邵丽 / 著

挂职笔记

北京出版集团公司
北京十月文艺出版社

目录
Contents

上辑

下辑

上　辑

挂职笔记

诸公解梦

过去所谓讨生活的“讨”，相当于现在爱拼才会赢的“拼”。当然，一个“讨”字，明摆着中国人的谦卑和忍耐。这是穷人的哲学，既有讨要，也有讨好的意思。如果讨不到好，就有可能讨打，不过到这个地步还有退路，可以讨饶。中国五千年香火能够延续下来，这个“讨”的哲学功不可没。所以说，“讨”并不仅仅是指穷和忍，它是国家智慧，国粹之一种；而一个“拼”字，则显摆着中国人民从此站起来的豪气，至少是中国人可以说不的痞气。拼不到赢，可以拼凑；凑合不了则可以拼命；惜命的人，还会拼嘴。但我不喜欢这样，认为它不是智慧，充其量是聪明，而且是小聪明。由此看来，在生活面前取什么态度，并不是个可有可无的小事。

对于小说家的讨生活，向来说法颇多，不一一罗列。王小波先生认为，他刚听说作家体验生活这件事的时候，以为是死人诈尸了，后来明白不是这个意思，才多少有点儿宽心。但他依然认为，一个小说家去体验生活，就是讨生活的一个明显例证，而且他还认为，除了在这种讨来的生活中有被强奸的危险之外，还有更深层次的意思，那就是如果你专门去体验生活，实际上那不是你的生活，而是你生活之外的生活。

这事儿就非常悬了。作为一个小说家，当我被派往一个百多万人的大县挂职副县长体验生活时，心情是非常纠结的。我常常融不进这种“生活”之中，但又觉得忽然之间失去了自己的生活。那时候我显然以为，挂职的意义不在于职，而在于挂。我是确确实实被挂在生活之外了。

但是，这种融不进去的生活，又非常有意思。记得我挂职刚刚满月的那天，跟一个党外副县长在一起吃饭。她过去是一个国民党员，先我一年来到这个县。我跟她聊起了头天晚上的一个梦，我梦见自己上腭的两个门牙忽然脱落了，但是那天有一个教育系统的表彰大会需要我去讲话，情急之下，我找了一根筷子，截了两节填在门牙的空洞里。当我在数千个老师面前滔滔不绝时，阳光照在我那闪着黄色光芒的门牙上，使台下的目光忽然之间都跟着亮了起来——那时金价正一个劲地飙升——一时间我不知所措，面对秘书写的稿子哑口无言。正焦急之时忽然醒来，怅然若失，摸摸门牙尚在，才略微放心。听了这个故事，党外副县长说，今天你给父母打个电话吧，一定啊。她的话音还没落，我哥哥的电话就打了过来。哥哥说，今天早上起来，父亲没起来锻炼身体。他们去喊他的时候，父亲的身体已经凉了。听了哥哥的电话，那一刻我的身体比父亲的还凉。

无独有偶，还有一次我梦见房子漏雨了。我在头上支了一把伞，在脚部用凳子放了一个盆子接雨。不知怎么的，盆子倒了，我一下子被泡在雨水里。当时我还挺乐观，想，一个副县长还住在漏雨的房子里，并且被泡在雨水中，共产党员“吃苦在前、享乐在后”的诺言终于兑现了啊！当我正被这种现实感动的时刻，突然被起床的闹铃叫醒了。当然现实比梦境温暖得多，我躺在席梦思床上，空调的温度正在把夏天挡在屋外。我的这个梦，是讲给县委的一个副书记周春江听的。听了我的故事，周副书记说，你有意外之财了。果然，当天接到通知，新来的一个省委书记，为了表示重视文化，决定对这几年获奖的作家予以表彰和重奖。我几年前获奖的一篇小说，也在被奖之列，据说奖金是五位数。

我真的很骇然，并不是对这种若有若无的民间文化有多么吃惊，而是对待这种文化的态度，国共之间的共识是如此的一致，让我浩叹不已。其实如果真正说起来，不但是国共两党，就是其他各党派，以及党派之外的芸芸众生，面对上述梦境的时候，可能都有类似的说法。中国的这种文化像土地、空气和水一样，任谁都是无法抗拒的，从你进入生活开始，它就进入你的身体，并不需要念兹在兹。即使你被摆在生活之外，那种强大的文化气场，也会紧紧地把你吸附在上面，一直到死你都摆脱不了。

将来谁会喊爷

在副县长里我分管的工作是最杂的一个。所谓挂职，实际上是编外副县长，不真正作数的。我的分工是文化教育卫生和计划生育，都是别人不愿意管的。计划生育原来是祁副县长管的，直到我离开这个县之前，才知道祁副县长大名叫祁福旺。实际上大家完全应该理解，中国人只要一当官，首先没有了长相，他们有个统一的官相。其次就是没有名字了，一来是别人不敢喊他的名字，二来是他也不乐意别人直呼其名。所以就祁副县长而言，在下级面前他是祁县长，在同级面前他是老祁，在上级面前他还是小祁。

关于祁副县长的笑话是非常多的，他是本地人，驴尾巴吊棒槌的亲戚如过江之鲫，不是连着骨头就是挂着筋，他的那些口口相传的糗事几乎可以连载了。他是从通讯员一步一步干上来的，其中的艰辛和转圜非常人能够想象。据他自己说，他那时候跟着公社书记当通讯员。书记奔六十的人了，还喜欢喝酒和打猎，一枪下来，一群大雁落在河里。他二话不说就跳进去。“那个冷啊，”他说的时候好像还站在齐腰深的冰碴子里，“日他个妈，鸡巴都冻得摸不着了！”上来之后，书记递给他半瓶烧刀子，连句安慰的话都没有。但是他从无怨言，他觉得跟着这样的书记干着过瘾。公社书记上任的时候，是县委书记亲自送来的。在全体干部会上，县委书记是这样介绍公社书记的：“妈拉个逼，这小子，有种！”听得人心里热腾腾的，知道新来的书记是条汉子，能服众。哪像现在介绍新到的干部，政绩都能当圣人了，简历让人听得脊背发凉，好像是在殡仪馆里。

他刚当乡长那会儿，为了练习讲话，天天站在自家屋子后面的高粱地里对着一坡高粱秆子训话。人家的高粱都收完了，他家的还直愣愣地戳在地里，被秋风吹过来摆过去，像一群没娘的孩子。娘过来说，儿啊，高粱再不收都喂老鸹啦！他挺胸收腹气沉丹田，朗声对娘说，娘啊，你用这一坡高粱能换个乡长不？目不识丁的老娘根据当前的物价指数合计了一下，摇了摇头。他就转身去给高粱讲第二个问题："……加强领导，统一认识，坚决彻底不折不扣地贯彻落实好上级精神……"

第一次在全乡大会上讲话，他还专门去买了一套西装和一条一拉得领带。讲到高兴处，在高粱地里练出来的手势全拿了出来。表情凝重，语调铿锵，再加上上下其手的舞动，现场气氛热烈。舞动了一会儿，他发现套在衬衣里面的红秋衣的袖子露了出来，他先是把它塞回去，结果一会儿又跑了出来，如是者三。他索性把袖子拉了出来，结果这一拉不打紧，一条压根没有穿进身子的秋衣都拽了出来。那一刻他的脸比秋衣还红，下面的掌声比开三中全会还热烈。

我从他手上接手计划生育工作，说实话这个茬真不好接。他管这项工作的时候，曾在全县的计划生育工作大会上讲了一通气壮山河的话，据说这段话正准备写入我国计划生育工作的历史。他是这样说的："同志们，如果上面不要求抓计划生育，我要是装孬非抓不可，你们日俺妈；如果上面逼着让我抓，你们不听我的下死劲抓，我日你们妈！”这话比县委全会决议和政府工作报告还管用，全县的计划生育工作从倒数第一一下子扶摇直上，拿了个金奖。后来据他们说，实际上他讲完上面的话之后，有个别乡镇并没有动，他也没有动用他说的那些招数。有一天，他一上班就去了其中的一个乡，把领导班子一班人喊过来，二话不说就把桌子拉开打扑克贴纸条。眼看快打到中午了，乡书记说，祁县长你有啥指示说吧？他说，没啥指示，就是来打牌的。乡书记看着形势不对，说，这牌不能打了，祁县长我看你是有情绪。他说，哪个狗有情绪！乡书记说，祁县长，我们就喜欢你白刀子进红刀子出的痛快，今天你非把活人扭捏死不行啊？有啥你就说吧！他说，我说啥说？说了你们也不听，还不如打牌快活！书记说，谁不听你的是龟孙！他这才哈哈一笑，把一脸的纸条扯下来说，你们要是听，就把刮宫流产这活儿干利索了，我请你们喝酒！

天，让我管这样的事儿，我头皮都是麻的，连三岁小孩都知道这是天下第一难。

之所以让我接管他的工作，原因是他最近犯错误被晾起来了。他有个儿子，结婚后生了个女儿，这一直是他的一块心病。他娘就生他自己，他老婆就生他儿子自己。他觉得要是这个副县长的家业断了香火，他这福旺的名字算是白起了，死了也没法往爹的脚头躺，所以一心一意想要个孙子。儿子媳妇的工作都做通了，孙子也快生下来了，上级不愿意了。你一个抓计划生育的副县长，连自己都不计划，怎么去计划人家啊？这道理他懂，但想想孙子绕膝的快乐，怎么也戒不了当爷的瘾头。市委组织部长受市委书记的委托来找他谈话，说，老祁，咱们在一起搁班子的时候，你是多明白一个人，怎么现在糊涂起来了？他说，我糊涂啥？活这么大，从来没这么明白过！部长说，还说明白，你想想看，到底是副县长重要，还是孙子重要？他说，我想都不用想，都重要也都不重要，副县长不也是个孙子？天天受不完的窝囊气！部长气得一巴掌拍在茶几上，说，老祁，你跟我撂明白了，到底是要副县长，还是要孙子？他说，老班长，你也别发毬火儿，你给我说说，副县长会喊我个爷吗？

后来部长说，人就是这样，想不明白了很可怕，想明白了更可怕。

关于刘县长

刘县长是大家对司机刘三召的称谓。刘三召这个人其貌不扬，初次见他，任谁都不会想到他是县政府的资深司机。他先后跟过六任县长开车，而且跟的都是县政府的一把手，不是副县长。这样的情况，在中国并不多见，甚至根本找不到，因为哪位县长到任，首先换的就是秘书和司机，这是一条显规则。而刘三召能够一直留下来，肯定有他的过人之处。

我跟刘三召只单独说过一次话。有一次我周末回省城，因为县长在省委党校学习，刘三召去接他，刚好我搭顺风车。一路无话，只是快进市区的时候，他问我，赵县长，门字里面长个一字，是个什么字？我说闩，读(shuān)。他一脸严肃地说，咦！昨天女儿问我我告诉她念(chā)，我心里一直都不踏实。我说，就是那么个意思，怎么念都行。他说，那会行！然后就没话了。他们说他开车目不斜视，只看着前面，从来不往后面看。跟人说话也是一直直视前方，好像他是自己在跟自己说话。最经典的一个故事是，有一次他拉着县长去北京，在服务区吃过饭，他规规矩矩地坐在驾驶座上等县长。他听到县长拉开后车门，又砰的一声关上，以为县长上了车，开着就走。跑出了一百多公里，没有听到县长的鼾声如期而至，这才扭头看了一下，结果发现后面并没有县长。赶紧掉头回来，看见县长还坐在餐厅里喝茶。原来县长开车门只是拿了个茶杯。

除了不该看的不看，不该说的他也不说。任谁从他嘴里都问不出来县长的行踪，后任的县长也问不出来前任县长的情况。不管什么事，他是一问三不知。有一次他拉着县长回来，县长刚上楼，就有一个局长过来问他，县长是不是回办公室了？他说，不知道。局长说，我刚刚看见县长上楼了。他说，哦，你看见啦？然后就低着头擦车，不再搭理人家。还有一次，后任县长问他，听说某某县长喝了酒爱骂人是吧？他说，没听说啊，反正他在车上没骂过。

我曾经仔细观察过他，始终弄不明白县长为什么都喜欢他。他并不会察言观色、见风使舵。从某种意义上说，他反应甚至有点儿迟钝，而且不是那种低声下气的人。据说有一次，他拉着某县长的老婆孩子去省城逛商店，县长老婆给他指路他不听，一意孤行，结果走错了路，多绕了几分钟。县长夫人说，你真是个糊涂蛋！他把县长的老婆孩子往路边一扔，开着车回了县里。县长老婆在大街上操着电话对县长大发雷霆，说你如果不换掉这个糊涂蛋，我跟你没完！县长说，这次你可成糊涂蛋啦，我就是换你，也不能换他啊。后来县长问他，你怎么敢惹我老婆啊，我都不敢惹！他说，我快五十的人了，她说我糊涂也就算了，说我糊涂蛋，亲娘老子也不行！

有一次他拉着县长回老家，返回的时候天已经黑透了，再加上雨天路滑，车子从一个坡上翻了下去，打了几个转撞在一棵树上。他摸着一脸黏糊糊的鲜血说，我不行了，县长你赶紧走吧，这车马上就着火。被撞得晕头转向的县长从后面一把拉住他说，老三，你不走我也不走。县长这一拉，把他从座位上拉了起来。他觉得身上没事儿，就起来撞开车顶玻璃先把县长驮出去，然后自己才爬出来。二人摸黑找到老乡家里，看了看，县长只是软组织损伤。他额头被撞个大口子，门牙丢了两颗，所以才一脸血糊糊的。

他住了几天院，就执意回到家里去养。县长带着办公室主任去看他，开门进去，发现屋子里摆满了装着清水的盆子。县长半天也不知道什么意思，办公室主任来过，知道他是在给屋子降温，原来他家还没安空调。县长说，空调今天就安上，这钱我掏。三召说，能捡一条命回来，老天爷够待见了，扇不扇空调能咋的？县长说，就因为咱这命是捡回来的，才得扇！

出了门，县长问，咱政府的司机，家里没空调的就只有他了吧？

办公室主任说，家里一台空调也没有的就只有他了！

虽然天天跟着县长，但他老婆的工作安排得并不是多好，在环卫站扫大街。几任县长都要求给她调换一下都被他拒绝了。他说她家是农村的，安排个她干不了的活，净让她受罪。扫大街这事儿，她能拿捏住，心里也舒坦。

挂职快结束的时候，我跟我的司机聊起了刘三召，我问为什么大家都喊他刘县长。司机说，曾经有个县长看他资格这么老，没跟他商量，就把他安排到县政府当办公室副主任了。知道后，他在政府小车班喝了个酩酊大醉，涕泪横流。几个司机逗他说，你升官发财了，还扭捏啥啊？他说，龟孙才想干这个，给个副县长我也不干！后来还是回来继续开车了，刘县长这个称呼也跟着喊开了。

我笑道，这个人真有意思。

不是真有意思，是真神！司机说。

神？我大惑不解，还是第一次听人这么说他。

你看他是个司机，可是没他办不成的事。沾亲带故的，不都安排在机关上班了？他从农村老家拉出来多少人啊！司机羡慕地说。

我一时无语，突然觉得心里有一种断裂感。后来我说，县长们都没想过换他吗？

哪个县长敢换啊！

为什么不敢换呢？

赵县长，你想想，要是你你会换吗？司机换了一下挡，车速降了下来，好像他跟我说这事儿异常重要似的，人家县长都能用他，就你用不了？这水平上你就比人家矮了吧？他刚跟县长开车的时候是个小司机，跟过三任县长以后，他就成了精了，比县长都大。你说是不是？

我说是不是？我心想，还真不好说。

还有个老三

政府小食堂的大师傅叫王三炳，加上刘三召，还有政府办一个副主任陈三宜，县政府一共有三个老三。王三炳在家并不是排行第三，之所以取了这么个名字，是因为算命先生说他命中缺火，取了个“炳”补火；但是这个火补得一定要有度，不是越多越好，因为中国传统认为，事不过三，物极必反。所以他的这个名字，是极有讲究的。每当来一个新领导，王三炳都会这样介绍自己。

但喊他这个名字的并不多，大家都喊他老三。他有一手好厨艺，据说是祖传的。他爷爷过去跟过袁世凯，擀得一手好面条。袁世凯每天睡觉之前，必坐在床沿上喝一碗他擀的清汤面条。他擀面条有诀窍，面条擀好之后，放上半个小时，然后毁掉重新擀，这样擀出来之后筋道。薄如蝉翼的面条，出锅的时候放一棵涤好的时鲜青菜，再撒上盐浸过的葱花，滴上几点小磨香油，简直是人间美味。袁世凯当了洪宪皇帝之后，他擀面条的机会少了。有一次洪宪皇帝想起他来，传旨让他擀面。他想，皇帝吃的面条应该与过去有所不同，就自作主张用高汤煨了一下。袁世凯吃着味道不对，皱了一下眉头放下了。内务府首长把他喊去熊了一顿，说，皇帝就是吃一碗面条也是国家大事，你一个鸡巴伙夫说改就改了？饶你一命，滚蛋吧！他回来不久，洪宪帝就驾崩了，这让他有很长时间愧疚不已，到处说，要是天天都喝面条，哪能会活不过六十啊！

他爹十几岁就参加了革命，一直跟着红二十五军军长徐海东在大别山打游击。他爹是通讯员加伙夫。徐海东打仗之前必先豪饮，然后光着膀子背着大刀片子带着队伍就冲上去了。他看着过瘾，有一次趁徐海东去中共中央北方局汇报工作，就背着他的刀痛痛快快地斩杀了一次。虽然他有庖丁解牛的职务之利，但还是把一把大刀砍成了锯条。徐海东回来，拿着那把刀光看着他笑，就是不说话。他说，奶奶的，真过瘾，到后来你这刀砍不成了，我就一脚把他们踹倒，拿这把刀把他们的头锯下来。他还边说边用手在徐海东的脖子上比画着。徐海东不但没批评他，还送了他一把崭新的日本军刀，说，连炊事员都成了战斗员，中国革命要不成功，那真是没有天理了！后来徐海东带着红二十五军去陕西跟毛泽东会合。他打了退堂鼓，跟徐海东说，父母在，不远游，我还是留在家里老婆孩子热炕头吧！他对十几年后天安门城楼上开国大典预留的那个位置视而不见，让徐海东恨铁不成钢。语重心长地劝说失败之后，徐海东把他的大刀换成了菜刀，撇下他，直奔陕北而去。

老三家族的这些辉煌历史，他自己倒没有亲口说过。有时候问起他来，他笑笑说，都是瞎扯，都是瞎扯，哪有那么神啊！然后再叹一口气说，唉，可惜了徐司令那把菜刀，人民公社那一年被充公了。他讳莫如深的口气，反而使这些故事更加扑朔迷离。

在做人方面，老三的口碑并不是太好。他们说他有三大赖，第一赖手赖，他爱赌，但是又没有赌德，偷牌换牌不说，赢了人家，欠他一分钱他都不愿意；要是输了，常常是拍拍屁股走人，所以到后来大家都不愿意跟他赌，看见他过来，找个借口就把牌摊子散了。第二赖是毬赖，他爱嫖，屁股兜里揣一个油腻腻的小本子，上面密密麻麻地写的都是下岗女职工的联系方式，瞅个屁大点儿的机会，就跟人家上床，临了甩给人家三五十块钱。为这事儿他曾经被辞退过，那次事情的起因是他被人家的丈夫摁在床上，然后打着骂着闹到了县政府。本来他的这些事儿尽人皆知，但是没捅破之前，谁都装迷糊。现在撕开了，为了县政府的尊严，不处理也说不过去，于是就把他给辞退了。辞退他之后，县政府的公款吃喝费用上升了百分之三百，原因是大家都去饭店吃饭，没人在政府食堂吃了。县长急得抓耳挠腮，又找不来台阶去请他回来，最后还是祁副县长解了围。祁副县长找到老三，说，老三，你要是能把那裤腰带松的毛病改了，咱还去县政府上班，好不好？老三说，你就是把政府食堂换成袁世凯的御厨，我也不会改这个毛病！我这一辈子就好这一口儿，你还是去找别人吧！祁副县长说，这样吧，要是你真戒不掉，那你就领着人家去外县吧，别在家门口惹事，我们也眼不见为净。

有了这么大的台阶，他才回到了政府食堂。

他的第三赖是嘴赖，多大的玩笑都能开，人家把他爹娘老子闺女媳妇都骂上，他也是哈哈一笑，从来不计较。有一次他爹死了，政府办公室的一帮子人去吊孝，几个司机跟他开玩笑说，三儿啊，别哭那么凶了，你爹死了，还有我们老弟兄几个在，就当你爹用吧！他哭得更凶了，边哭边说，不哭不行啊！你们爹多，死个把不要紧，我就这一个爹，能不哭嘛！

虽然有如此多的毛病，但有一条，在做饭这件事上，他可从来不马虎，任何人都挑不出来他的毛病。锅碗瓢盆他都是自己洗刷，虽然带了两个徒弟，但他信不过他们。操作台擦得明光锃亮，任何一个角落你戴着白手套都摸不出灰来。青菜洗得青葱碧绿，码在那里简直像个小花圃。大家一进政府小食堂，饭菜还没上来，馋瘾就上来了。但谁要是进来摸摸他的东西，他会气得暴跳如雷。有一次办公室一个副主任说，呀！老三，你案板上养这么大个老鼠啊？他缠住副主任不让走，非要他把大老鼠找出来不可。副主任说，我这是给你开玩笑。他依然不依不饶，说，开玩笑不是这种开法，你把俺闺女领去随便睡都行，不能拿这跟我开玩笑！后来大家好劝一番他才罢休，从此没人敢跟他开这方面的玩笑。有一次，他蒸了一锅馒头，谁知道采买采购的发酵粉质量太次，蒸出来的馒头不是太好看。他二话不说就把馒头藏了起来，然后自己掏钱买了百十个包子。

我来不久他就发现我爱吃香椿炒鸡蛋，所以每次吃饭都有一大盘子这个菜。后来吃香椿的季节过去了，他就用自己腌制的香椿单独给我自己炒一小盘，这让我大为感动。但是有一次，我吃着这个菜不是那个味儿，咸得无法入口，但是我看看他在旁边站着看我吃，硬是咬着牙把它吃完了。谁知吃完饭我刚走出门口，他就在后面喊住了我。

赵县长，他说，我想跟您说个事儿。

我说，好啊。

您是不是看不起我？我可没他们说的那么赖！他直视着我，一时间气氛有点儿尴尬。

我大吃一惊，说，王师傅，你这话从何说起？我从来没听人说起过你什么。

从您在这儿吃饭，一年多来，您从来没说道过我一句，您知道我心里是什么滋味吗？比您当面扇我的耳光还难受！

我说，王师傅，你做的菜这么好，我不相信还会有人说道你。

那么，他说，今天的菜也好吗？

挺好的啊！

不咸吗？

我一下子明白了，不知道该怎么说。僵持了一会儿，我说，咸。

那就是了。我今天放了好几倍的盐，想着您终于该说道说道我了，可是您硬是把它吃了下去，说明我做的菜，根本不值得您计较是吧？

唉——！我长叹一声，说，王师傅，我那是心里感激你，知道你总是为我做这道菜，所以不想给你找麻烦，才把它吃了下去。这完全是误会。你还不是很了解我，从小到大，我在吃饭上从来没提过意见，在家也是这样。

他说，赵县长，你们知识分子也不知道是咋想的，啥事儿都闷到心里。您知道我最佩服谁吗？周县长，他在这里当县长的时候，没有一顿饭不骂我，一端起饭碗就开骂，一直骂到吃完饭还在骂。他越骂我干得越起劲，知道他心里有我。如果他真对我有意见，一句话不说就让我开路了。我最怕你们有话不说闷在心里，吃完饭你们走了，我得猜你们的心思猜半天，恐怕你们没吃好有意见。

我说，王师傅，谁要对你有意见，我就对谁有意见。请你一定相信我！说了这话，我自己都觉得很苍白。我进入不了他的那种语境，他说的“说道说道”是批评还是表扬？若是批评，像周县长他们的“批评”，即使以骂的方式表达出来，也肯定不是批评。而我的批评，即使是笑着说，但只要一说出来，就是实实在在的批评。我真不知道他这是自信还是自卑。

为了告别的聚会

我挂职结束的时候，县里四大班子专门开了一个告别宴会。按照惯例，宴会开始前要请县委书记来一段祝酒词，这都是老套路。县委书记过去也是省里挂职下来的，挂到最后市里觉得他比较有水平，为了改变当地的干部结构，就执意把他留下来当县长，后来又当了书记。他曾经找我谈过一次心，据说这也是老套路，但我觉得那次谈心不能归到老套路上去。也许过去我们的工作背景差不多，也许我本来就是圈外之人，所以谈起来彼此都很敞开。我问他，在基层工作感觉如何。他苦笑一下说，累，心累。我问，为什么？他说，融不进去，你越是想融进去，他们就越是拼命想把你挤出来。我说，人家肯定都想融入你，还需要你融入人家？他笑得更苦了，说，开始他们是想融入你，但他们融入你的目的，最终是想让你融入他们。每任县委书记来的时候都豪气干云，想改变这里的一切，到最后什么都不能改变，如果有所改变的话，只能是县委书记变了，这里的一块砖你也变不了。

我大为诧异，下来之前就常常听说县委书记是土皇帝，一言九鼎，真实的情况怎么会是如此？我把这想法说了，他说，那些话都是没干过县委书记的人说的。说起来这个县有一百多万人，光四大班子领导就有五六十人，可真正操心管事的，就县委书记一个，最后所有的矛盾都堆在你这里。这就像我们这个国家一样，最苦的人是总书记，他没有一点退路。这种苦是真正的苦，因为它说不出来，说出来也没人信，连自己都不信。可是苦就在那里搁着，你都能看见，欲哭无泪。

这话是心里话，我听得似懂非懂，可是又仿佛感同身受。我们俩都融不进去。他融不进去，是人进去了，但是心还隔着；我融不进去，是心打通了，但是人没进去。也许正是人没进去，心才容易打通。

书记的致辞还没开始，下面的说笑声就开始了。毕竟这不是正式场合，而且县四大班子的领导聚到一起喝酒聊天的机会并不是很多。当书记说到“……希望赵县长回省里之后，认真学习邓小平理论和‘三个代表’重要思想，全面落实科学发展观，从理论到实践上……”县长接过话筒说，好啦老兄，菜都凉了，客套话就别说了，我替你说两句吧！县长过去跟着书记当办公室主任，是从基层一步步干上来的，经验丰富，左右逢源，工作也有魄力，是书记点名让他留下当县长的。在四大班子里，书记最敢批评的就是他，而最能顶撞书记的也是他。原来我以为他们有很大的矛盾，互相之间才会这么凶。有一次我跟党外副县长说起这事儿，党外副县长笑了，说，你太天真了，他们要是不好，敢这样吵啊？我说，好还吵啊？她说，对了，越好越吵，要是有一点儿不好，只会见面客客气气，绝对不会吵。这时候，县长清了一下嗓子说，今天是个特别的日子，我定个规矩，咱们关起门来说话，大块吃肉，大碗喝酒。我先喝一大碗，下面谁不喝把王八画谁脸上！话音没落，底下笑声和骂声一片，男同志起哄说一定要现场办公，女同志嚷嚷着流氓！流氓！他起身喝了一大茶杯酒，然后走到我跟前说，赵县长，你通过这两年的锻炼，认真体会一下，是上面舒服还是下面舒服？

我还没接上话，党外副县长就接了过去说，你这个土流氓，人家赵县长是个知识分子，哪听得懂你这黑话？去滚一边跟他们喝去吧！

他用胳膊圈住党外副县长肩膀说，从你来之后，开创了贵我两党如此融洽的历史，功不可没，你说是不是？

是你个鬼！党外副县长也不挣脱，用筷子敲着他的手，故意装出气愤的样子。

说实话，我有点儿魂不守舍，也不大适应这样的场合。应付了一阵子你来我往的喧闹和客套之后，我在角落里看到了祁福旺。他看见我在看他，就走了过来，笑了笑说，我想等他们都敬完再过来敬你酒。我说，我一杯也不能喝，一喝就吐。他说，我不会逼你喝，但是你得记住，你还欠我一笔账哩！

我一时想不起来，问他，欠你老兄什么账啊？

不是请你给我那孙子起名字嘛！

我想起来了，那天我吃过晚饭在政府大院散步，碰见他抱着孙子乐颠颠地逗着玩儿，看见我过去，说，赵县长，你看我这孙子咋样？

这不是个问题，但也最是个问题的问题。我做出欣喜的样子，过去看了看他孙子，又看了看他衣服上从上到下被孙子画的地图，说，挺好的，很像你，有虎气。

你给他起个名字吧，沾点儿你这大作家的光。

我随口答应了他，后来就把这事儿给忘记了。今天又说起来，我装模作样地想了想说，就叫个错儿吧！

叫个错儿？他有点意外，两只眼睛瞪得铃铛一般。谁错了？我觉得我没错，我孙子也没错儿吧？

我说，你真敢说都没错吗？我看你虽然不干县长了，可思维方式还是县长的，县长什么时候错过？但是，永远都没错不就是错？你不觉得是这样吗？

他想了想说，你说得没错。

村北的王庭柱

王庭柱名字考

王庭柱的故事是我听政府小食堂的王三炳讲的，他们是一个村的。后来我觉得挺有意思的，就把它写成了小说。

王庭柱原来叫王豹，在族里排行第三，在家里是老大。因此在他爹为他正式起大名之前，名字一直比较繁杂，有喊豹子的，有喊三儿的，有喊老大的，也有喊老扁的——他的头小时候没睡好，一直往右边扁了下去。他爹原来当过几年兵，“批林批孔”那几年，因为“活学活用”表现突出被公社突击任命为村支书。大家都知道，这样的身份在村子里相当于村级“高干”。生活在“高干”家庭里的王豹，作为长子，自然是嫡传的不二人选，被王支书十分看好和疼爱。他上高中那年，王支书专门跑了几十公里，到隔壁公社请来个老私塾先生，郑重其事地给他起了个大名，王庭柱。

其实，这个名字喊了没几年就被大家遗忘了。

1978年，中共十一届三中全会召开，他爹作为“三种人”被清算，但彻底审查之后并没发现有反党篡国杀人越货等重大政治问题，被宽大处理，贬为庶民，永不得再起用，自此王家家道中落。被废黜的王前支书既然已不居庙堂之高，当然也不思江湖之远，天天窝在家里，大门不出二门不迈，唉声叹气，酒越喝越薄，菜越吃越淡。

不过太子王庭柱的大名在被村人遗忘之前，还着实被热烈地议论过一段时间。

最后，大家比较一致的看法是，在王前支书没飞黄腾达之前，王豹的名字起得是比较阔绰的，“豹者，暴也”。他止在暴发的节骨眼上，你突然改为庭柱了，“庭柱者，停住也”，子曰诗云，名不正则言不顺乎，言不顺则事不成矣！这个皓首穷经的老朽不是活活断送了人家王家的家国嘛！要不出事，那才是日怪了！

西北偏北

有这么一个奇怪的现象，不知道是不是被社会学家或历史学家关注过：一个国家的西北部，总是最贫穷落后的地方；在一个国家内，一个省的西北部也不景气，以此类推，市、县、乡、村的西北部也大抵如此。

王庭柱的家原来是在村子的中心，他爹执政的时候，这也是全村的政治中心。自打他爹死后，他逐渐从村子里被挤了出来，流落到了村子的西北角，把边儿。他爹死时，王庭柱还没结婚。爹壮志未酬地说，王庭柱，爹对不住你啊！言下之意儿子虽然曾经是“太子党”，但可惜没当上革命的接班人，又白白浪费了这么好的一个名字，他死不瞑目。王庭柱说，爹，人各自都有命管着，谁都没有日天的本事！我二大爷一辈子没出过村，现在八十多岁了还吃炒豆哩！像你们这些当官的，不是被酒淹死，就是被烟熏死，有啥意思嘛！爹说，也是，难得你想这么开。只是我临死也没给你塑一处房子，到阴间也没法跟你爷爷交代！王庭柱想了想，说，这事儿你就跟爷爷说，我死活要住旧房，冬暖夏凉。再说了，他要回来看看也没那么多手续。对儿子的回答，爹比较满意。最后，爹深情地看着他说，王庭柱啊王庭柱，你一定要给爹争这一口气啊！王庭柱迟疑了一下，对爹迷茫而又认真地点了点头。爹一直拉着他的手的手，松开了。

王庭柱想，人啊，连生死都管不了，还算计那么多有啥用！

爹去后一周年，人家给他介绍了个对象。女方家过来相亲，各方面都比较满意，只是提出了要一处新房。王庭柱想，在农村盖房，只要有力气，也不算个多大事儿。可是跟东边邻居商量，东边说，盖房可以，前滴水不能超过东边，否则会遮风水；跟后边邻居商量，后边说后滴水得往前挪，不然一下雨院子里都是水。王庭柱想，我家人老几辈都住在这里，怎么临到我头上什么都不顺了？要是我爹在，你们谁敢龇一下狗牙？妈的，你们家风水也好积水也罢，关我们家滴水鸟事？如果按他们要求的，房子盖起来就成一堵墙了。想来想去，也没个头绪。独自生了一会儿闷气，慢慢地自己就想开了，与其跟这一帮势利小人计较，还不如把他们当一股臭屁放出去利索！罢罢罢，还是搬出去住，四边都不靠邻居，看你们还奈我何！

于是，他就把房子盖在了村子的西北而且还比较偏北的一处闲地。据说，那是土改那些年枪毙人的地方。好在是，那边住的都是些弱势群体，你不去招惹人家，人家也不招惹你，两相安闲。更重要的是，院前院后那些不管不顾生长的大树，让他觉得比人看着顺眼多了。

船到桥头自然直

王庭柱所在的村子是县城所在地的近郊，这几年城市化速度加快，也波及这里，很快就被划成了经济技术开发区。原来种田的农民，大部分都洗脚上田，洗手不干了。要么进城打工，要么在家开个小卖部或者小旅店，主要是为那些在附近打工的人群服务。总之是来钱的门路越来越广，大伙的日子也越过越红火。楼房多起来了，村街上跑的小轿车也多起来了。

王庭柱两口子还是守着自己的二亩地过日子，既不出去打工，也不想着捣鼓点生意。虽然收入不多，但还是够两口人吃饭的。后来添了孩子，花销逐渐大了起来。可是憨人有憨福，村子里集体资产那一块，租给了外来办厂子的那些企业，每年的收入分红也不少，三口人的日子还能过得下去。但他这种自给自足的生活，就怕遇到事儿。只要亲戚邻居一有红白喜事，或者家里添置个稍微像点样的东西，不借钱就过不去。这个格局跟他的个性也有关系，一是在村子里亲戚朋友各种关系盘根错节，知道人家有事他不去拉不开脸；二是他过去有那样显赫的家庭史，甚至到现在都不算是小户人家，既然去了少了也拿不出手。遇到这类事情，他张不开口，临了只好派老婆向人家借。老婆是个好老婆，不管他说啥，她就一个字，好！不管是对是错，从来没违拗过他的意思。她是嫁鸡随鸡嫁狗随狗嫁个扁担扛着走的中华民族优良传统的忠实继承者，这委实让他非常受用。但人家如果当着他老婆的面夸奖她，他总是把脸子拉下来说，还算凑合吧，不过还得继续努力。可当他自己带着老婆出去遛弯的时候，逢着没人，便把老婆粗粗拉拉的手捉在手里，一边哼着地方戏，一边看似不经意地把玩着，很有赞许和抚慰的意思。那时老婆的脸明显地滋润起来，手也慢慢地热了。

因为门口有几棵大树，又因为王庭柱比较有闲，慢慢地，他的门前就形成了一个牌摊儿。那些游手好闲的主儿一天到晚扎在这里，直到吃饭也不肯回家去。有时候老婆出来问他，中午吃啥饭啊？他会摸着下巴想上半天，好像有很多选择似的，然后说，那就吃什么什么吧！但他的选择，十有八九都只能是面条。有时候老婆就不再征求他的意见，径直做了面条，过来喊他吃饭。他会故意沉着脸问，啥饭？老婆说，还能有啥饭，面条！面条？还是面条，不吃！老婆说，都下好了，不吃咋办啊？不吃咋办？那好办，喂狗！老婆知道他一会儿自会回家来吃，所以也不答话，屁股一扭一扭地回去了。两只土狗在后面跟着，像保镖似的。这两只狗是她从娘家要来的，生下来的时候不足月，瘦小得像两只猫。刚要回来那阵子，一家人也不怎么待见，随便扔点残汤剩饭给它们，要死要活全凭它们的造化，结果它们反而活得越来越兴旺。老婆说，真是不是一家人，不进一家门啊！连狗都跟我们一家人这么像！看着就喜人！王庭柱说，别顺嘴胡扯，土狗都这样，泼皮，随性，喝凉水都能活。她知道他只要一接话，就有话要说下去，就盘着腿坐在他面前的地上认真地听着，随时准备等他发号施令。哪知他说完这话，再也不吭声了。俩狗蹲在两边，一会儿看看他，一会儿看看她，一会儿再互相看看，好像这个家庭的事情，也需要它们拿主意似的。

儿子上初三那年，王庭柱有一次问他，你上几年级了？儿子说，初三。哦，他说，上初中三年级了，好像才去幼儿园没几天嘛。儿了说，爹，我不想上了。他连想都没想，说，不想上了回来。结果儿子就卷着铺盖回来了。那天他正在打牌，老婆拉着儿子过来找他，对他说儿子不上学了。他说，不上学好啊，我知道了。老婆说，儿子不是今天不上了，明天也不上了。他说，好。老婆又说，他是后天也不上了，意思就是再也不上了。他说，那有什么不好吗？老婆说，他这么大事儿都没跟咱们商量商量，这怎么行啊？他说，这怎么不行？他生到咱家这么大事儿都没跟咱们商量，上不上学还算个毬事儿吗？老婆想了想，他说的也是事实，便对儿子说，去玩儿吧，这种破学你上着有啥意思？我看着都累得慌。

儿子在家待了不到半个月，吃了睡睡了吃。村子里的年轻人都出去打工了，只剩下些老弱病残，他也没地方去。有一天他对爹说，我想了想，还得去上学。王庭柱说，上学好啊，那就还上呗！儿子说，不是的，我仔细想想真有点后怕，我要是长大后成了你，该有多恐怖啊！他听了后哈哈大笑，说，儿啊儿啊，你要成了我那才没啥可怕哩！车到山前必有路，船到桥头自然直嘛！

锅是铁打的

王庭柱原来东边的邻居叫雷心强，小名叫雷子，绰号大头。之所以得了这个绰号，是因为他的头比身体发育得好，瘦骨伶仃的一个身子上，安着一个硕大的头，所以这个绰号一直喊到他当了村长，才渐渐转入地下。在王庭柱家每况愈下的大背景下，他们家也许是因为压住了王家的风水而日渐风光。先前他进城打工，据说来历不明的钱挣了不少。但他致富不忘家乡，又是建学校，又是修路，结果先后当上了省市县三级人大代表。但当了人大代表的他依然不折不挠地服务桑梓，等到村民委员会换届，他突然杀了回来，理所当然地当选为村委会主任。

这时大伙才突然明白，“雷子”原来在这儿炸响了。中心城市周围的村委会主任，那是流油的肥缺，按当选后大头醉酒后的说法，给个贫困县的县长都不换。

对于原来阻止王庭柱盖房这件事，王庭柱早就忘记了，至少是刻意不再想起。但大头一直没忘记，他之所以没忘记，是因为他觉得王庭柱不会忘记，至少他不该忘记。所以在村委会选举前，他专门安排人给王庭柱送去了一瓶酒，两条烟。王庭柱对个中原委当然是心知肚明，于是就跟老婆说，这烟咱得吸、酒咱得喝了它，不但喝，还得喝得响亮点儿。媳妇说，吃人家的嘴短，拿人家的手软。你向来不占人家的便宜，怎么这回犯糊涂了？王庭柱说，我心里透亮着哩，你以为黄鼠狼会给鸡拜年啊！你不喝，他以为咱们不投他的票！咱不但投，还得做工作让咱家亲戚朋友都投。回头把他们请过来，把这酒喝了，烟吸了，话说了！老婆说，也不一定，该是你的就是你的，不该是你的就不是你的。他根本没把老婆这没来头的话放在心里，兀自让老婆把自家的亲戚朋友都喊过来，边喝酒边如此这般地做了交代。投票那天，他把票都收过来填好，让自己的媳妇一股脑地交给了大头的媳妇。

要说这疙瘩至此应该解开了，但事情就怕拐弯儿。大头当上村长不久，就有人告他贿选。大头想，我贿选过谁啊？就除了给王庭柱送点烟酒，他要不说鬼才知道呢！于是这疙瘩就越系越大，成了一个死结了。

有一次，大头开着自己新买的轿车从街上过，看见王庭柱媳妇扭着屁股在街上走，也不减速，把她一条狗的狗腿压断了。王庭柱媳妇看着他连车都没停一下，一溜烟地跑了，就撵到他家里去讲理。大头把门开了一条缝，刚好能挤出他的头，问，你有什么事儿？

王庭柱媳妇说，压住俺的狗你没看到吗？

大头说，看到了，那是狗腿！

王庭柱媳妇说，我说的就是狗腿。狗也是一条命吧？

大头冷笑道，狗也是一条命？要是狗都没命了，就不会乱咬人了！说完咣当一声把门撞上了。

王庭柱的媳妇哭哭啼啼地回了家，前后左右地把事情经过数道给了王庭柱。王庭柱把没吸完的一支烟踩在脚下捻灭，笑笑说，这孩子毛嫩，没吃过亏，还不知道锅是铁打的。别跟他一般见识。

王庭柱说了这话不久，大头的家好像被哪个神诅咒过一样，接连出事，就没再消停过。当上村委会主任后，他把村子周围的土方工程全部强揽下来，专门花了一百多万买了个沃尔沃后八轮载重自卸车。有一次他在新区拉土，走到一个大转盘那里，发现后面两个轮胎爆了。他头天晚上赌了一夜，连说话的精神都没有，就让司机拦了个车去修轮胎，自己躺在车上睡觉。睡得正香，被一阵敲玻璃的声音震醒，起来一看是两个警察。警察问他，车出事了你知不知道？他说，知道，轮胎爆了。警察说，什么轮胎爆了，是你的头爆了！下来看看吧！他下来一看，一辆机动三轮车卡在车屁股后面，开三轮车的把肋骨撞断了，坐车的人把腰椎撞断了。因为他是违章停车，结果赔了人家六万多。又有一次他去邻村拉土，有一个人正在田里抽水浇地，水管子从路上拉过去。他让人家挪开，人家说，这是生产用路，不能走这么大车，你车过去了，我的管子也全完了。他二话不说，下来动手就打。谁知道他是个腰伤刚好的病人，他一脚踹人家腰上，又踹进去了三万多。

因为是独家买卖，他拉土方赚了不少钱，给媳妇买了一辆车。媳妇说，这个我可不敢开，连个驾驶证都没有。他说，没事儿，在咱们这地界横着开都没事儿，谁敢查你啊？听了这话，媳妇胆子大了很多，拉着自己的妹子和村子里几个要好的女人去了美容美发店，在路上与一辆公交车追尾。新买的车子报废，车上的三个人受伤，还赔了公交公司三万多元。老婆她们三个住院期间，大头天天跑着往医院送饭。有一次经过一个路口，前面的车把一辆收破烂的车撞翻跑了，他跟在后面又补撞一次，自然成了唯一的肇事方，人家死活拦住他不让走。他最后只得把收破烂的俩人弄到了老婆住的医院里。这次饭也不用送了，干脆每天在医院食堂包桌吃饭。这几个事刚刚处理结束，可故事还没完。有一次，他和司机开着大车去新区拉土，走着走着，自卸车车斗突然自己翘了起来，挂住了一条空中电缆。这根电缆算是结实，往前拉了二十多米都没拉断，倒是把车斗钢板嵌进去二十多公分。据后来参与处理这次事故的人讲，这件事的惊险和蹊跷程度，一点也不亚于好莱坞大片，一直到现在还被人津津乐道——拉断电缆近两公里，拉折了三十多根电线杆。电线杆倒下来的时候，砸毁两辆轿车，一辆卡车。在西郊小学门口正在烤羊肉串的一个摊位上，老太太刚刚把羊肉穿上，电线杆砸在她面前，离她只有半米多，好在没伤着孩子。老太太吓得心脏病发作，从此再也没能站在这里卖弄她的祖传手艺了。

大头也只是后来才知道，这根电缆是移动、联通、小灵通的共用光缆。因为这次线路中断，造成直接经济损失五百多万元，间接损失近千万元。法院把他的所有资产都抵上还不够，要债的天天堵着门口。最后他主动找到法官说，求求你让我进监狱吧，眼不见为净！法院看在他是三级人大代表的面子上，以破坏通信设施罪判了他三年半有期徒刑。进去不久的一天晚上，他在监狱里看当地新闻，一辆轿车交通肇事，撞死了一个流浪汉。电视镜头推近，他差点晕倒过去——开车的是他老婆，估计是开车到监狱来探望他。那时他才想起来，给老婆的驾驶证还没办好呢。

不在这头在那头

说起西北角这些人，也有奋力有为想挣脱出去的。比如王大拿他爷儿俩，从来就没停止过踢腾。土地承包刚刚开始那几年，儿子王志祥才十三四岁，王大拿就带着他走街串巷，捣鼓些针头线脑。后来有了些本钱，他又不远千里，跑到山东一个地方学习电气化孵鸡。人家的技术承诺是保证十五天出一批鸡，他求鸡心切，加大了辐照量，结果鸡没孵化出来，鸡蛋倒是煮熟了，吃得一家人打嗝都是鸡屎味儿。据说王大拿最多一天吃了二百零七个毛蛋，有好事者还怂恿他申报吉尼斯世界纪录。但当他听说这个纪录是洋鬼子搞的且没有奖金时，大义凛然地拒绝了。再后来他又跑到河南的一个"老鳖县"学习养鳖，这次有前车之鉴，技术倒是学得门儿精，回来就承包了五十多亩水塘，父子俩像伺候亲爹老子般地照看这些四脚动物。眼看着丰收在望，一场百年未遇的大洪水袭击了这里。老鳖们立足内地，遥望东海，眨眼之间作别了他们父子俩，顺流而下。省委书记坐直升机来视察灾情的时候，看见他趴在水塘边痛不欲生的样子，就与他在镜头前执手相看泪眼，竟无语凝噎，并亲民地拉着他的手安慰道，在党中央国务院的坚强领导下，相信我们一定能战胜百年未遇的天灾。有人在，就有青山在，有青山在就不怕没柴烧。书记走后，晚上他看到第一条电视新闻上书记跟他亲亲热热，在第二条新闻上就丢下他不管，西装革履地参加欢迎日本鬼子的宴会去了。他哭得更凶了，说，日他亲娘！有人在，也有青山在，就是老鳖不在了啊！

儿子王志祥从小耳濡目染，也学得油嘴滑舌，江湖人称“羊屁眼子”，意思是他说话随便，像羊放屁一样容易。有一次他专门过来拜访王庭柱，向他咨询立业大计。王庭柱说，我四体不勤五谷不分，怎好给你拿主意？羊屁眼子说，大哥，咱们还没出五服，说实话我跟我爹已经走投无路了，差点儿都快上吊了，连这个忙你都不帮我？王庭柱说，天无绝人之路，不过，上吊也算是一条路。羊屁眼子说，哥，救人一命胜造七级浮屠，帮帮我吧！王庭柱说，怎么帮你你说吧！羊屁眼子说，你就帮我拿个主意就得了，谁不知道你是有名的王半仙啊！王庭柱笑了笑说，这个名字好，我喜欢。要叫我给你出主意，那就一个主意，你爹这个人有心劲，也有办法，就是没脑子，人家干啥他干啥，连屁都闻不见！难道你要跟着他一条道走到黑？羊屁眼子说，这个我也看出来了，他调事算得太精明，有点儿过头了，愿意跟他打交道的人不多。王庭柱说，精明人有两种，一种是心里精明，面子上看着傻，这是大精明；一种是心里精明，脸上也精明，人家一眼就能看出来，这是小聪明。你爹就是属于这种人，这种人很难成事。羊屁眼子说，你早就看出来了，为啥不点拨点拨我呢？王庭柱说，自己的梦还得自己圆，别人点拨不了。羊屁眼子说，看来人家说你是高人真不假，那你告诉我我该怎么办吧？王庭柱说，该怎么办我真不知道，要是让我出主意，那就是人家干啥你别干啥，人家不干啥你就干啥。只要心里扎实，没有锯不倒的树，没有蹚不过去的河。只是你记住一条，多干少说，言多必失。羊屁眼子说，听哥一席话，胜读十年书，谢谢哥哥的点拨。王庭柱说，要说点拨也算点拨，要说不是点拨，你心里肯定早有这样的想法了，我只是把你的想法糊结实了而已。

羊屁眼子走后，老婆说，恁大个人，就剩下个嘴了。

王庭柱说，我看他能成，他虽然说大话，也能办大事。

老婆说，他爹不也说大话，办成啥大事了？

王庭柱说，那不一样，他爹说大话是为了面子，他说大话是为了里子。

王志祥回去，认真思考了好几天。他来找王庭柱说，我想通了，截至目前，村里所能知道的就是，建筑队的沥青活找不来人干。我报名去干。

王庭柱说，对嘛！公鸡头，母鸡头，不在这头在那头！

所谓沥青活，就是屋顶的防水防潮工程，是建筑队里最脏最累最危险的活计。要把成块的沥青高温化开，然后一点一点地铺在房顶上。烟熏火燎，毒气熏蒸，虽然不至于损胳膊折腿，但干这活的浑身上下没一块好地方，所以一般人都不愿意干这个。王志祥从小吃惯了苦，去了也不挑肥拣瘦，让干啥干啥，很快就得到经理的青睐，让他干了个分队长。王分队长更加卖力，工作越干越有劲，话也越来越少。由于他脑袋灵光，经常给建筑队搞个小技术革新，很快就提高了建筑队的劳动生产率和管理水平，也提高了经理对他的信任度。比如过去下面条，百十口人的面条，要下近二百袋挂面。前面先下的挂面煮成面糊了，后面的还没撕开。要是先撕开堆在一起一块下，往往煮成一坨了。后来他出主意说，挂面厂就在隔壁村子里，咱派个人去说说，把挂面直接从挂面杆上拿下来，不用截断，也不用小袋子装，像装粉条一样，一百斤一个包装，拉回来直接下锅，两便。后来一试，果然是好办法，大家伙满意得不得了。熬沥青的锅子，用完之后粘的里外都是沥青，清理起来很麻烦。他就到工地找来人家挖掘机换下来的黄油，抹在锅子里外，从此再也不用清理了。有一次，他正准备下班，被经理叫住了。经理平时不爱说话，但说起话来像钉钉子，说一不二。他本来是个文化不高酒量高的家伙，只要一喝了酒，二百五的劲头就上来了。有一次他跟人家打赌说，他自小就练过铁裆功。大伙知道他在吹牛，就起哄说，都听说你那家伙厉害得很，拉出来遛遛呗！他也不含糊，把两个十公斤的塑料桶装满水，用一双尼龙袜子拴在睾丸上，当着大伙的面前后晃悠起来。晃悠一下大家喊一声好，晃悠一下大家喊一声好，直到把他喊晕了过去。拉到医院把道具卸下来之后，发现睾丸大面积充血水肿，被切掉了一个。后来他当了老板，人家不喊他老大，只喊他“老一”，主要的不是喊他的职务，而是喊他的这个个性特征。不过他平时对王志祥挺器重，有什么事儿喜欢找他商量。这次经理说，王志祥，我有个事儿想求你。

这是经理第一次这么煞有介事地喊他的大名，他觉得不是一般的小事，便说，要不我去洗洗，换换衣服再说吧？

经理说，其实没什么大事，就站这说吧。

王志祥说，好，你说吧经理。在队里他是唯一喊他经理的人。

经理说，事情是这样的。要说公事也是公事，要说私事也是私事。反正跟你的工作有关。

王志祥说，我知道自己干得很不够。不对的地方你只管批评就是了。

经理说，现在我们屋顶的这种处理方法，要不了一两年就会漏水，所以返修率很高。用户意见大，我们投入也不小。我求你想想办法，把这个问题给解决了。现在全国都没解决这个问题。我说是公事，是说咱这个建筑队都是大伙一起干的；说是私事，毕竟这个是我自己的企业。他从怀里掏出一条“中华烟”拍给王志祥，然后拉着他的手说，要是你把这个事儿给我解决了，我答应你两个条件：第一，我给你磕三个响头；第二，我把女儿许给你。

王志祥说，这事儿不是我干不了，可是我不能干。

经理惊得跳起来，咋啦？

咋啦？你说这话就是糊弄我。如果你给我磕头，你就还是我的经理，就不会把女儿嫁给我；如果你把女儿嫁给我，你就是我的老丈人，就不会给我磕头。所以你要真有诚意，咱就说死，给我一个条件就行了。

队长想了想，磕头经济成本低，社会成本高；许女儿社会成本低，经济成本高。但是他是有钱人，面子重要。于是就咬着牙说，行，就把女儿许给你。

没出三个月，实验成功。这就是后来在全国推广开的“三粘三油”的屋顶防漏新技术，据说后来也成了这个行业的国家标准。

羊屁眼子财色兼收，带着新娘子来看王庭柱，那时候王庭柱正在门口打牌。羊屁眼子恭恭敬敬地过去说，哥，我跟你说件事儿。

王庭柱说，啥事儿，说吧！羊屁眼子说，你能不能出来一下我跟你说。王庭柱说，你怎么不懂打牌的规矩？我这会儿正赢着人家哩，怎么能站起来走？你等着我输了再说吧！羊屁眼子一句话也没再说，一直站在那里等了一个多小时，这一个回合才告结束。王庭柱过来说，啥事儿，说吧！羊屁眼子拉着媳妇扑通在他面前跪下，当着村子那么多人的面，结结实实地给他磕了三个响头。

我就说嘛

那天晚上，王庭柱照例半躺在床上吸烟。老婆过来说，你这烟戒掉吧！他说，你这晌不晌夜不夜的，咋说起戒烟来了？我不是说过，啥时断气，啥时才断烟嘛！我看你这是没话找话说！老婆笑了起来，说实话，我就是没话找话说，最近我特别高兴。王庭柱朝老婆屁股上肉厚处踢了一脚说，你这个臭婆娘，有啥可高兴的？老婆说，我就是高兴。过去他们刚开始有钱的时候，都笑咱们俩不会过日子。现在都开始羡慕咱们了，说你看人家两口过的，想吃吃，想睡睡，自在得跟风摆柳一样，从来没挣扎过。我想想也蛮得意的，觉得跟着你过日子就像坐轿，虽然看不见外面的路，可是一直知道往哪儿去。而且我觉得咱家的日子越过越厚实。仔细想想，没有车咱不怕撞死，没有酒咱不怕喝死。虽然没上过大台面，但也没短过吃喝。老天爷也怪开眼，连个头疼脑热也没处罚过咱。

王庭柱说，咦！你这个傻婆娘，看着傻，用着可不傻啊！你这大半辈子可都没说过这么多话啊，是不是下午偷着打草稿啦？

老婆说，谁说我傻？我心里可扎实着哩。你说的那些话都往我心里去哩。比方说，那时候大头他们家正红火的时候你说他不知道锅是铁打的，后来果真应验了。

我就说嘛！王庭柱喷了一口烟。

后来你又说羊屁眼子那事儿，我觉得又被你说准了。

我就说嘛！王庭柱得意地看着自己的老婆。腰身是看不得了，脸蛋子还入眼。屁股大头小，光干活不吃草。这娘儿们！

老婆说，不过说来说去，我也不是孬人。算卦的都说我是帮夫命。

你说着说着咋就脱稿了，你说的意思是咱家全靠你了？

至少有你的一半，也有我的一半吧。有这样的老婆全是你的福气哩！

嘿！说你胖你就扶墙了，我看你是秋后算账哩！实话说给你吧，女人都是泥，男人是模子。啥样的泥装到我这模子里，铸出来都一样，明白吧？

不明白还让你这死人天天压我哩！唉，刚才说起算卦，人家都说你会掐会算，你咋不好好弄弄呢？现在这个可吃香了。

王庭柱正色道：老婆，我这一辈子就没信过算卦的。你要信命，命是啥？命就是龟孙，你软弱了它欺负你，你旺盛了它巴结你。你以为那些事儿是我算出来的啊？我那是这半辈子一眼一眼瞅出来的！爹在的时候，我是热眼看热事儿啊，越看越热闹，越热闹越糊涂；爹死后，我这是冷眼看冷事儿，越看越冷，越冷越明白。所以能从热地方看出冷处来，人就活透气儿了。

老婆痴痴地看着他，一时间不知道说什么好。她有点似懂非懂，又有点儿想继续说下去，但一时找不着话头。她从地上起来，坐在床沿上揉着他的腿说，你既然看这么准，那你就看看咱们这孩子，将来靠得住靠不住。

那你是想靠住，还是不想靠住？

我要是不想靠住，那才叫傻娘儿们哩！

我看啊，你不靠，他就能靠得住；你要是靠他，那就保准靠不住。

那为啥？老婆更糊涂了。

为啥？你光见过娘肚子里有儿，莫非还见过儿肚子里有娘吗？

媳妇哧哧地笑了起来。她笑的时候，是肚子先动，然后嘴里才发出声音，好像那声音走了很长一段路才冒出来似的。王庭柱把烟扔掉，手从媳妇衣服下插进去，抚摩着她的肚子。当他摸到她肚皮上为生儿子拉开的刀口时，手停在那里，叹了口气，说，爹临死的时候嘱咐我，让我给他争一口气，到现在我也没闹明白，给他争哪口气。

媳妇把他的手拿起来，放在心口上说，那还不简单，一口气就是一口气呗，人不就是一口气？争也是一口气，不争也是一口气。你这样想想，心里不就宽敞了？

王庭柱心里一动，本来想说，媳妇啊，你才是这个世上最明白的人。这样想着的时候，他的手又开始往下游走了。走到那个伤疤处没再停，继续往下。可他说出来的话却是，臭娘儿们，快去把门锁紧，别让孩子这个时候闯进来了！

老革命周春江

缘起

今年上半年，我去北京参加一个小说研讨会，在会上遇到鲁迅文学院的一位老师。他说，你的王庭柱写得不错。这个小说，开始我投给了一个大型文学期刊，主编打电话给我说，这部作品长得不像个小说，没法用。这让我相当迷惑，我知道，虽然他也说不出小说应该长成什么模样，但一眼就能看出什么长得不像小说。不过这个小说被另外一个刊物发表出来后，《小说选刊》选载了，好评颇多。

说实话，关于小说的写作，最近一直困扰着我。刚开始写作的时候，下笔万言，倚马可待；可越写越胆怯，就像一个车手一样，刚开始肆无忌惮，开着开着就胆怯了。就是在这种背景之下，我去了一个县挂职当副县长体验生活。我就是在那里知道王庭柱的。

我这次到北京来还有另外一个任务，替老干部周春江申诉。在挂职期间，每个人还要联系一个老干部，据说这是我党珍惜革命财富，充分体现民主的一个重要举措。过去我知道，老干部退下来之后，还可以到一个专门机构工作，那个机构叫顾问委员会；后来虽然取消了，但老干部还得参政议政，所以现任班子的领导干部，从书记县长到每个副职，都要联系一个老干部，一方面倾听他们的意见，另一方面解决他们的实际问题。总之，不要让他们找事，或者他们找事的时候，不能闹事。

我联系的这个老干部周春江，过去是县委副书记，我来后不久他才刚刚退下来。他是 1950 年年初参加革命的，按规定，1949 年 10 月 1 日以前参加革命的算离休，而那之后的算退休。离休和退休虽然一字之差，但是待遇却差很多。他的情况说起来比较复杂，虽然他错过了 1949 年 10 月 1 日这个期限，但他是在海南岛参加的革命，海南于 1950 年 5 月才解放，按规定离休日期可适当延长到解放之日。也就是说，如果按照他在海南参加革命的时间，算离休；如果按照在家参加革命的时间，算退休。他参加革命的过程也挺复杂，他和哥哥去海南岛贩白胡椒，解放海南的仗打起来后，与大陆的交通中断了，他哥俩为了混碗饭吃，一合计就参加了解放军。仗打了一半，他哥被一发炮弹切去了左边的胳膊腿，部队本来想把他送回后方，但他哥眼看性命不保，非要回家埋到自家的祖坟里不可，无论如何不能死在外面。连长做他的工作，他就揣着一颗手榴弹，说如果不让回家，他就自己炸死自己。后来连长批准他把哥哥送回了老家。等他再回海南，海南岛已经解放，成立了海南军政委员会。他参加的那个部队，他既不知道番号，也不知道连长的名字，只知道他叫潘连长。找了半个月也没找到，所以只好回了老家，重新参加革命。

就这个事儿，他退休后与各级组织和信访部门打了不少嘴官司，而且也成了我县信访工作的一个热点。进入21世纪后，和谐社会建设日益提速，各地对信访工作的要求也越来越严。这次我借到北京开会的机会，帮他到国家信访局讨个说法，免得他到处乱跑给省市县惹乱子。

参加完小说研讨会，我直接去了马家楼国家信访局接待中心。下车一看，万把人挤在那么个小地方，黑压压的一大片，把我吓了一跳。在马家楼站了一会儿，我打电话找北京的朋友求助。朋友说你别在那里等，还是去国家信访局办公地方吧，在月坛南街，中国造币总公司的隔壁。听完他的介绍，我在车上乐了半天，心想，把这两个单位规划在一起，绝对是决策者们深思熟虑的结果。你想想看，国家造币总公司是专门制造麻烦的，而国家信访局则是千方百计消除麻烦的，这可真是不是冤家不聚首。最近到县里工作后才听有人说，解决人民内部矛盾还是要靠人民币，其实再往根子上查一查，人民内部矛盾还不都是人民币惹出来的？

棋友

这个周春江是个老倔头，之所以把他推给我，一来我是外来的，与他没有过节，而且与他相处得还算不错；二来我是个女同志，他说话再难听也得有所顾忌。分工我联系他后，我往他家打过三个电话。第一个电话是他老婆接的，我在电话里给他老婆说明缘由，他老婆说，这不是电话里说的事儿！然后砰的一声就挂断了。第二个电话是他接的，他说，赵县长，你也了解我，甭给我讲大道理，这理儿从我哥为新中国捐了胳膊腿儿那阵子我就想通了。你能帮忙你就帮点儿，要是真帮不了你就闪开，我自己来！第三个电话他的口气才有所缓和，说，你每周六下午到锅炉房找我吧，我在那下棋。

让我奇怪的是，退下来之后，他忽然变成了两副面孔。一副面孔是对组织的，他当县委副书记的时候，从没给组织上提过任何个人要求。要说像他这种资格的老干部，早就该提拔上去了，可每一次提拔干部他都是让给人家，说，我这文化不行，让我上去尽是作难。他基本上没怎么读过书，开会做笔记每次都是把一个笔记本用完，每页只写三五个字，都像鸡蛋大小。他退休的时候，光笔记本装了满满两卡车。会多不多，问问那天去他家收破烂的人就知道了。开会让他念稿子他又不怎么会断句，比如念“我们的工作”，念到“我们——”，他就用指头点住，开始自由发挥讲其他事，从司机不知道节油，讲到苏联和东欧共产党倒台，陈芝麻烂谷子讲了一大堆，然后又回头从“——的工作”开始念。一篇稿子念完，他满头大汗，还要补一句：“可算完了！”秘书提醒他说，最后这一句今后不要说了，而且“完了”听着也别扭。他说，你们他妈的别扭个毬！我读个鸡巴稿子明知道也没人听，比杀个日本鬼子都难！可是如果不让他念稿子，光讲具体事，虽然理论上上不去，但讲得头头是道，大家都爱听。

退下来后，他给组织上提出的唯一的要求，就是自己的离退休问题，说这个问题不解决，县委就不得安宁。这样威胁的话语出自他口，让县委书记既非常吃惊又特别不受用。县委书记说，周书记你咋一下去就变脸了？他说我不是周书记，我是周春江，那个副书记是你的，周春江是我自己的。过去是给你干，现在是给周春江干。不该得的我不要，该得的我绝对不让！县委书记说，你的这个离休问题，从情理上说绝对应该解决，但是没有证据嘛！他一下子跳了起来，说，我哥丢在海南岛的胳膊腿儿，算不算证据？

他的另一副面孔是对平头老百姓的，在大街上不管见到谁，逮谁跟谁聊。有时候人家买菜急着回家，他就边走边跟人家说着话，陪着人家过了几条街，话头还没说完，说下次咱们再好好聊聊。有时候人家去他家串门，说不了三两个小时根本走不了人。好不容易出来了，他送人家到门外，站在走廊上还得饶上半个小时。大家都说，老周心态好，能活个大寿限。他说，反正我这命也是捡回来的，那时候说是把我哥背回来了，其实也是把我自己的命背回来了。要留在海南，十有八九回不来。

他让我每个周六下午去锅炉房找他，是因为他到周六雷打不动地去锅炉房找后勤陈耀金下棋，据说这棋已经下了十几年，也没分出个胜负。陈耀金原来是农村户口，接他爹的班上来的。他爹原来跟着周春江当通讯员，1975 年，中原地区遇到了一次千年未遇的大洪水，他爹陪当时是公社书记的周春江看守水库大堤，眼看着守不住了，周春江还是不让撤。他爹趁周春江解大便蹲下的时候，一条麻袋套他头上，扔肩膀上把他扛上了山。他们走后半个小时，水库垮坝。后来周春江当了县委副书记，把他爹安排在县委办公室管后勤，说，我不退休你也甭退，县委办的后勤交给谁都没交给你放心，全县没人不知道你的手最干净！他爹说，我要是不干净，耀金还会在农村种地？听了这话，周春江知道他的心病，就让他退休回家，儿子陈耀金接班进城。陈耀金进城之前，本来在农村有个老婆，进城后休了。休这个老婆得到了周春江的赞同，他说，像这种不孝顺父母的东西，留在家也是祸害！陈耀金后来又娶了一个，也是离婚的茬儿。他俩各带了一个孩子。他的孩子叫星儿，她老婆的孩子叫马子，然后俩人共同又生了一个叫高台。俩人刚结婚那阵了，好了就好个死，闹了就闹个死。好的时候，下了班，他骑着自行车，前面车杠上坐着星儿和马子，后面车座上坐着老婆，一路小曲儿就去赶夜市了。他在前面一边唱《爱情三十六计》："是谁开始先出招没什么大不了，见招拆招才重要敢爱就不要跑。"一边拿着老婆的手，摁在自己的腰上揉搓着。闹的时候，风生水起，不掂着刀撵半条街不算拉倒。俩人大喜大悲地折腾了一年，高台呱呱坠地。按道理这个孩子违反计划生育政策。县里准备处理他，他就去找周副书记。那时候他跟周副书记就是一对儿恩恩怨怨的棋友。有时候周副书记赢不了他，就一推棋盘说，妈拉个逼，看我下次不好好收拾你个孬种！他也没大没小，说，你这老头再胡说，今儿个我把水烧到八百度，明天非开你的追悼会不可！说是这样说，因为他爹的关系，他在周春江这里也跟半个儿子差不多，老周家里的粗重活计，他两口基本承包了。这次事儿他找到周副书记，周副书记正在给两个人说工作，一看他进来，就对那俩人说，你们走吧，我还有事儿，你们明天再来说。接着他跟陈耀金拉开棋盘，战得昏天暗地，他也忘了找周副书记说什么了。过了吃饭时间，他老婆找到周副书记的办公室，在门口喊道，孩他爹，你赶紧吧！你赶紧吧！他说，赶紧啥呀你这个傻逼？他老婆说，家里出大事儿啦！他说，谁在咱家后院埋地雷啦？他老婆说，不是地雷，是地震——你的儿子打我的儿子了，把咱的儿子吓得要死要活的，你看这咋办！说着说着，她也进办公室了，胖胖的脸蛋激动得通红，一脸的雀斑都淹没在油腻腻的红晕里。周副书记见状，把棋盘一掀，说，你这小子我还正准备找你算账哩，你们闹到我办公室里算啥事吗？陈耀金也把棋一扔站了起来，说，你要想处理我你就处理吧，我天天带仨孩子蹲你门口要饭吃！周副书记说算算算，我也难断你这家务事，你把你儿子送回你老家，她把她儿子送回她老家，就留下你们俩的儿子，我好说话，行了吧孬种？

去南方

改革开放后刚恢复县政府那阵子，周春江任政府副县长。在此之前，他是县纪检委书记，那时候的纪检委书记是正县级。之所以把他从正县级降到副县级，是因为他当纪检委书记期间，有一次下乡查一个案件，工作结束后他到过去联系的一个农户家去，临走的时候拿了人家几个茄子，一把青菜，还有一罐自酿的蜂蜜。这事儿现在说起来，简直是与人民群众打成一片的典型，可在当时不行，这就是白吃白拿老百姓的。要说他对这个联系户非常好，逢年过节都要亲自或委托别人送些吃的用的过去。但党的政策历来是丁是丁，卯是卯，对联系户好是应该的，这是党员领导干部最起码的觉悟。拿人家的，再怎么也说不起嘴，而且，违纪。

当了副县长的周春江负责农林水等工作，这是他的强项。他天天蹲在田间地头，按下属的话说，好像一天闻不到大粪味儿，他这个县长就当得不踏实。这让他分管口上的干部苦不堪言。跟着他下乡的局长们如果抱着葫芦不开瓢，他就故意问他们农业生产技术，局长要是说不上来，不管面前有多少人，他会马上抹下脸子，把人家批评得头不是头脸不是脸。如果这些局长们对农民指手画脚地瞎指挥，他更是火冒三丈，大骂道，人家农民种了几千年地了，你四体不勤五谷不分，知道个毬啊！这还不是最难受的，如果他出差，喊谁谁都推说有事，不愿意跟着他去。他出差有一个规矩，住宾馆拣车站附近最便宜的，吃饭的时候只准点一个菜，如果吃着不错，就再点一个这个菜，吃着不好吃才能再换一个。所以跟着他出差的人，等陪他吃完了，再偷偷出去吃一顿。他退下来之后，有一次去省城看儿子。儿子在省政府一个重要部门当处长，中午给他点了一桌子菜。他一看大发雷霆，一口饭没吃站起来就走，说，咱家出你这样的败家子，算是跟监狱挂上钩了！那公家的钱长的都有牙你知不知道？总有一天会咬死你！儿子也不敢跟他犟嘴，只好自己掏钱把菜打了包，放到冰箱里吃了一个星期。

有一次，他分管口上的几个局长给他提意见，说，周县长，人家各个单位为了学习先进经验，都到南方去考察，你什么时候也带我们去开开眼界？他说，开啥眼界？还不是为了转一圈旅游啊？我不相信谁种地能种到天上去！后来还是分管的副书记劝他说，老周，我们不能关起门来抓工作，是该学习学习先进地区的经验了，否则我们的农业会越抓越小。这次我们俩带队去南方考察考察，学学人家的先进经验。他勉强同意了，但是有一个条件，既然去看农业，那就去人家农村，不能到城里去。所以虽然到南方转了十来天，还是跟在家里差不多，天天蹲在人家地头，像一群流民。考察结束的时候，大家提出来，这辈子没到过广州，回去的时候路过，我们进去看看吧。副书记也说，广州市的城市观光农业搞得也不错，还是去考察考察吧。他们在广州转了一天，没看到人家的观光农业，高楼大厦里姑娘的腿肚子倒是看了不少，这让他本来就窝了一肚子火。晚上安排住宿，房间里冷气开得特别大，他也不知道怎么调。开开门找服务员，走廊里连个鬼也找不到。他想，这他妈连我县委招待所的水平都赶不上，我那招待所，服务员就在门口候着，看见人不喊叔不说话，哪敢擅离职守？他找跟他一起来的人，一个人影也没有，他们把他送回来晚上都跑出去“考察”去了。更可气的是，他床上只有白花花的一床褥子，连个被子都没有。洗了洗澡，又累又困，只好把裤子衬衣搭在身上睡了一宿。第二天起来，他流着眼泪鼻涕，对着办公室主任破口大骂，说他们捉弄他，安排的房间没有被子。办公室主任过他房间看了看，笑得眼泪都出来了。原来人家宾馆的被子四个角都压在床垫子下，他拉了拉没拉动，也不敢乱动了，只好躺在床罩上睡了一夜。

这还不算，办公室主任结账的时候，他的房间里多出七百多块钱来。仔细查了查账单，才知道他把人家房间小吧台上的商品全部打包了，估计想着是人家宾馆白送的。不过这事儿到现在都没人敢给他说破，如果他知道了，不但得把钱退给公家，估计他们几个挨个十次八次骂也是少不了的。

夜宴

2009 年是县里最热闹的一年，按照上级要求，国家要搞新中国成立六十周年大庆，要各地严密排查各种矛盾，一律把不安定因素化解在基层，不能让那些上访人到北京乱跑，扰乱各项大庆工作。各级领导干部守土有责，谁出问题拿谁是问。这样一来，县里如临大敌，县委书记县长天天轮流坐在信访接待室里找上访的老百姓谈心。老百姓说，几十年了没见过书记县长这么平易近人，如果这几十年都这样，鬼还去上访啊！

可是上级这样的安排，等于是给那些上访人一个信号，平时不怎么闹事的，也都赶在这个时候来凑热闹。先是一个打官司败诉的上访人，在 9 月 28 日这一天，把一家老小上至八十三岁的老母下至五个半月的婴儿，一共十七口人拉到了天安门广场，在那里打电话给县委书记说，我的事儿你解决不解决？如果不解决，一分钟之后要让全世界震惊，你这县委书记也别干了。县委书记说，你什么事儿啊？他说，你这县委书记是给谁当的？老子打官司输掉了你知

周春江六点不到就出去散步，到现在七点半了还没回来。我赶紧穿衣起来，坐上车，然后打电话让办公室主任通知我分管的各口领导，抓紧时间去找他。到中午十一点半，仍然没有结果，我只好回县委报告县委书记。书记说，其他人进京，最多是个通报批评，如果他去了，多少闹出一点乱子，估计咱们俩得一锅烩——这个土坷垃太大了，能绊倒人。正说着，突然有一个电话打到我手机上，说，我是周春江，听说你找我了？我吃了一惊，不知道他现在在哪里，只感到脊背发凉，脸上汗立马就下来了。我赶忙说，是这样子，今天本来我想去你家吃饭，结果他们说你出去了，我让找找你。他笑了笑，说，人找人不好找吧赵县长？这事儿我可干得太多了。今天我出来散步，正好碰见耀金回去看他爹，我就跟着他回农村了。这样吧，晚上回去我请你吃野菜好不好？

好！好好！好好好！周书记，我等着您，我赶紧说。

真是太好了，好得不得了，我看着县委书记，痛哭一场的心都有了。

他家就住在县委的后院，晚上我过去的时候，他正在看着老伴儿炒菜。桌子上已经摆上六七个菜，还有一大堆没有炒。我说，就咱们几个，怎么能吃这么多菜？他说，不，你通知你分管口上的领导，今天他们都挺辛苦的，喊过来一起吃吧。想起来今天找他的事，我脸红了一下，答应也不是，不答应也不是。他说，叫他们都过来吧，过个节也不容易！我只好一个个打电话通知他们。人到齐之后，他说，我也不客套了，今天咱们是陪赵县长过节，我先喝为敬！说罢先喝了一大杯酒。酒过一巡，他说，咱们先停住，我说几句再喝，好不好赵县长？我心里一紧，赶紧说，你是老书记，让我和这几个局长先敬您老领导一杯好不好？他把手捂在酒壶上，哈哈一笑，说，我知道你是咋想的，怕我胡说是吧？可是你们一人三两杯酒，根本堵不住我的嘴啊！我说，不是不是，你是老领导老前辈，这是礼节。他说，我没几句话，不过也不是胡话。他转过头来问我，赵县长，你知不知道党中央在哪里？我说，知道，在北京。他说，北京哪里？这个问题难住我了，我一下子转不过弯来，想说在中南海，可是说实话我也吃不准。到北京我曾经问过朋友们，他们说中央领导都在"海里"办公，"海里"就是指中南海吧。至于党中央在哪里，他们也说不清楚，各个部门都不挂牌子。他说，我如果在咱们这里说，我去党中央反映情况，大家肯定都会像你一样说，去北京吧。可是我到了北京，你们没有一个人肯告诉我党中央在哪里！我去了三趟，被糊弄回来三趟。我革命了一辈子，当了二十多年的县领导，你们就让我找不到党中央，人家普通老百姓到哪里去找？我说，如果全国人民都去找党中央，那中央怎么能吃得消？他说，我并不是一定要找到党中央，如果你们告诉我在哪里，我连门口都不去，这个觉悟我还有！可是连这你们都不敢给我说！其实岂止是党中央，连书记县长在哪里办公，老百姓能知道吗？我们让老百姓跟着我们闹革命，闹到最后连我们在哪里都不敢给百姓说，到头来怎么向老百姓交代？他们这样搞，我相信这绝对不是中央的意思！

酒喝到这个程度，话说到这个程度，已经无法再热闹起来了。我再次说，老领导，咱还是边喝边说比较好吧？他说，好好好，我还有两句话，说完咱们痛痛快快地喝。我之所以请大家来到我这里喝酒，是因为我知道你们今天找我找得很辛苦，我这也算是谢罪酒。可是你们不管我，我难道会给组织上添乱吗？今年是新中国成立六十周年大庆，是全党全国人民的大喜事，我还没糊涂到那个程度。六十年了，哪个国家有我们这六十年发展得这么好？这是举世公认的，我们怎么庆祝都不过分。但是，有些问题我还是想问问，尤其是赵县长，你是大知识分子，你能不能告诉我，我父母是六十年代饿死的，尤其是我哥，在海南国民党没把他炸死，可是在1961年给活活饿死了。想起来他死的时候看着我的眼神，我都要痛哭一场；我的很多同事，也是"文化大革命"那几年被整死的，我们在大庆的时候，能不能想起来他们，也给他们个说法？如果大庆的时候不合适，大庆以后说也行啊，人死了难道就白死了吗？这次我之所以为我的离休闹意见，也只是要个说法。如果对我有错，就要有个人站出来承担责任，给我说一声，周春江，我们搞错了，正式给你道个歉。有了这句话，我要是再放个屁，就他妈的不是人！我当了几十年的领导了，我们各级组织把事儿办错了，不管花多少钱，只要能把事情糊弄过去，在所不惜！可是一句道歉的话，认错的话，再怎么着也不会说。一句道歉话就那么难吗？难道我们这几十年，就没做错过什么吗？如果错了，怎么一次也没有道过歉？为什么做对了的事情大家都争着站出来说话，而错了没有一个人会站出来？出门你踩人家脚了，也要道个歉吧？我就害怕像我的父母，像我哥，像我的那些同事一样，死了就死了，错了就错了，你能怎么的？我还能活几年啊，想想不寒心吗？

周春江说到这里，突然泪如雨下。大家也都想不起安慰他的话来，一时间有点儿冷场。过了一会儿，我说，周书记，我相信你这事儿会有个说法的。但是今天这样的场合，一句话也说不完，把大家请来也不容易，何不痛痛快快喝几杯呢？他说，好吧好吧，我再说最后一句话。赵县长，说实话，你老说对我负责，其实我干了一辈子，能不知道你是对谁负责吗？你是对书记负责，这事儿管不好没法给书记交代。书记是对谁负责？对上级负责，出了事没法给上级交代。这事儿说穿了，没有一个人会考虑怎么对我负责，也没有一个人会考虑怎么给我个交代。我一个党的领导干部都是这样子，人家老百姓的事儿谁会去负责？

那天晚上我回去不久，爱人打来电话，说孩子在上海旅行期间患了感冒，怕感冒治不好影响旅行，一次偷偷吃了十几片退烧药，结果转氨酶升高到四千多，如果不及时治疗，就有可能得换肝，或者会有生命危险。听着电话，我的腿都是软的，电话没说完，我就泣不成声。我通知司机连夜往上海赶，走之前我没有向县委书记请假，这个事儿我想等我到上海把孩子的事情安置停当了再给他说。如果他担心周春江这边会不会出事，我会郑重地告诉他，如果相信我的人格，就要相信周春江不会出事。

剪辑错了的故事

年初给老干部体检，周春江查出来有腹主动脉瘤，而且情况也比较严重。后来他家人建议再去省里复查一次，复查的情况更糟，除了有腹主动脉瘤，还有肺癌。要说这事儿不该闹到县委常委会上，可因为是周春江，所以县里很重视，专门召开了常委扩大会，扩大到我和卫生局长、财政局长。涉及周春江的是两个问题，第一个问题是，他的手术到哪里去做？根据专家的意见，这样的手术一般的医院做不了，如果先做肺癌，他的腹主动脉瘤随时可能爆裂，即使在手术台上，出现这样的问题也很麻烦。如果先做腹主动脉瘤，他的肺部被麻醉之后，因为癌症的影响，可能会彻底失去功能，再也不会醒来。第二个问题是，费用怎么报销。如果按退休，只能报百分之七十五；如果是离休，就由国家全部包了。

争议的焦点主要集中在治疗地点上，我极力主张去北京解放军总医院，那里的医疗条件和水平目前在中国是最好的。可县委书记不主张去那里，桌面上的理由是太远，害怕路上出问题，而且家里去护理也不方便。其实我知道他内心真实的想法，“周春江去北京”，这是一个问题。

争论到最后，形成了一致意见：手术在省人民医院做，由他们去解放军总医院请专家来，所有费用由县里全部报销。这一条意见是县委书记亲自拍板的。我也觉得舍此之外没有更好的办法，只好同意了。

出门的时候，县委书记跟我说，你一定要给周春江同志带个话儿，把组织对他的关心传达给他。县委这次做了重大突破，可以说是为了他的身体健康不惜代价。我点了点头，我会告诉周春江同志，这个决定是书记“亲自”做出的。亲自，这里面的分量和压力，相信周春江会明白。

周春江做了手术回来，保住了一条命。据说专家的意见是，如果恢复得好，还可以活个三五年。我去看过他两次，因为在场的人多，也只是说了一些场面上的话就告退了。

很快我的挂职时间到了，由于单位来接我的时候有点突然，我也就来不及给大家一一告别。开完欢送会，我直接坐上车往省城奔去。在高速公路上，我接到了周春江的电话。他的声音很微弱，又加上高速上信号不好，断断续续的。

听说你很快就离开县里了？他说。

我说，是的周书记，我的挂职结束了。

你什么时候走啊？他问。

我……我突然觉得不好回答。短暂的空白之后，我说，周书记，我明天才走。一会儿我去看看你！

车子回县委的时候，我没告诉任何人，直接去了周春江的家。他坐在院子里的躺椅上，一脸大病初愈的倦容。看见我进来，他没有起身，只是笑了笑，用手指了一下他旁边的凳子。待我坐下后，他说，赵县长，我一直想找你好好谈谈。

我说，周书记，我们想到一块儿去了。

我找你不是谈别的，更不是我自己那破事儿。我那事儿我也想开了，他们不给我解决，是咱们官场的道理；给我解决，是我自己的命。只是我想着，你作为一个作家，要好好把我哥哥写一写，他这一辈子太窝囊了。一直到死，我觉得他有很多话都没说出来，如果我再不说出来，那他就等于白活了一生。

他哥哥在海南炸成那样，怎么能活着回来，这是我心中的疑问。如果他不提及，我还真不好意思问，今天说起来这个话题，我便问他，你是怎么把哥哥活着带回来的？

我跟你说实话，这也是我一心一意参加革命的原因。哥哥炸成那样，非要回来不可。要说部队正在火线上，哪有时间管这事儿？可是，潘连长把我拽到一边，说，我看你们哥俩也不是打仗的料，我给你们凑点钱，你们还是回家种地吧！他把自己身上所有的钱都掏出来，又向其他战士借了一部分塞给我。我说，潘连长，就是为了你，我死活也得回来！他说，你要回来我欢迎，要是不回来，也算你们跟着我生死一场！就为了他这句话，我知道我这辈子就是把命拼上，也要参加这样的革命。我觉得这样的革命，只有好人才会参加。我们到了大陆，才知道全国都解放了。那时候你知道，只要说你是共产党、解放军，老百姓就跟看见亲人一样。就靠着我们哥俩这一身军装，到哪里没人照顾？我们几乎没怎么作难就回到了家。

你哥哥没有作为伤残军人对待吗？我问。

没有，他坚决不同意给他报伤残，他说，我连一枪都没放，算是什么军人？别人问起我来，我怎么跟人家讲打仗的事儿？这不净让别人笑话！回来以后，他一天好日子都没过，好在我父母身体都好，可以天天照顾他。1961 年的农历四月初九，是我母亲的生日。我偷偷跑回来给母亲过生日，那时我在另外一个县的县委当干事，由于当时农村形势不好，干部一律不让请假。我回家一看，家里没有一点活气儿，四门大敞。找了半天，才在柴堆里找到哥哥，他已经剩下最后一口气了，说话的力气都没了。我问他，父母呢？他的眼泪流了下来，头歪向了院子里的一个新鲜的土堆。我看看土堆，又看看哥哥血迹斑斑的手，知道父母已经饿死了，是哥哥用一只手把他们埋葬的。我把哥哥抱回床上，他啊啊地喊着，但是已经说不出话来了，只是拿眼睛狠狠地瞪着我，躺到床上就昏迷了。我在门后找到一把铁锹，在院子里拍死了一只猫。等我把猫肉汤炖好给哥哥端过去，他已经断了气儿。

说到这儿，周春江好像缺氧似的，不断地做着深呼吸。我站起来给他添上水，示意他停下来。他喝了一口茶，继续很吃力地想说下去。我说，周书记，要不我们改天再说吧，你这身体不能激动。他说，我不是激动，而是愧疚。我好像又看见哥哥躺在我旁边。

我说，像你这么大的手术恢复这么好，还真不多见。我想转移一下话题。

他没接这个茬，继续往下说。眼泪顺着他的眼角流下来，我递给他几张湿巾。他接过来，但是没去擦。眼泪把一张虚黄的脸洗得明晃晃的。

我说，这事儿你也不用难过，在自然灾害面前，人类都无能为力，现在不也是这样？

不！不完全是天灾。

你知道吗？很多老百姓就饿死在粮仓门口，就这也没有一个人去偷、去抢。世界上哪有咱们这么好的老百姓啊！如果连这样的老百姓我们都对不起，怎么给历史交代？

我把他的手拉过来，用两只手捂着。他的手摸起来软绵绵的，冰凉冰凉。我一直努力想暖热它，但坐到很晚，它还是凉的。

刘万福案件

一

如果告诉你作家是这个世界上自杀率最高的职业之一，恐怕你会相当惊讶。我再告诉你，这是真的，连加西亚·马尔克斯都认为“写作是自杀的职业”。一个作家比一般人更容易被故事所诱惑，最可怕的是他久久地不能从故事里走出来。他被故事绑架了，他被故事撕票了，就是这么回事儿。

实际上一个时期以来，我对选择作家这个职业追悔不已。这样的情绪缘起于我那次北京之行。我去北京前刚做了一场新书签售仪式——在那个仪式上，我签到手软。我写的故事越来越被市场所认可。毕竟啊，美女作家，官场小说，漫不经心的表达方式，似是而非地针砭时弊，样样都能出彩，想不让读者喜欢都不容易。签完之后，我去看我文学院的老师，还没说几句话，他就从书架上拿出一本我刚出的小说集不满地说："你作为一个作家应该明白，虽然小说是讲故事，但故事不一定就是小说。"他把小说集砰的一声扔在我面前的茶几上："从原始人那个时代起，人们就会讲故事了。编一个故事，把各种小说元素掺进去爆炒一下，这就算小说了？那种低级的故事说来说去，隔靴搔痒，都是些盗版的生活。"我从幸福的峰顶一跤摔下来，心里真是拔凉拔凉的。老师一向对人说话不好听，但是这么严肃地对我还是第一次。看来他对我的不满已经远远地越过了边界，泛滥成一股洪流了。我诺诺而退，站在北四环那条从老师家出来的路上，禁不住悲从中来。谁不想要正版的生活呢？这个可恨的浮躁的世界……可是话又说回来，这世界不是我写好故事的必要条件，但却是我写坏故事的充分条件。作家应该走在时代前面——不过这也难说，如果碰巧活在当下，你走远了那你不是比时代还浮躁了？如果你走在了时代后面，就只有复制人家的生活，毕竟没有几个作家是伟大的先知嘛。

老师让我学我们那些先辈们，下去体验生活，或者是去找生活。在这样的背景下，我来到鄂豫皖交界处的一个县挂职当副县长，并在这里"找到"了很多故事，包括刘万福的故事。

其实后来在我被刘万福的故事弄得进退维谷的时候，我想，我干吗一定非要去关注刘万福的生活呢？那种关注已经超出了一个小说家的边界，让他与我的生活在某些方面重叠。说实话，我被这个故事俘虏了，"我体会了和他的悲哀同样的悲哀"这句话，恰如其分地表达了我那时难以言表的心情。当然，当你读完刘万福三死三生的故事之后，相信你也会有这样的感觉。

先说说我的家庭吧。我到这个县挂职之后，我的家庭就与这个县挂钩了。我老公是一个经济学家，师从经济学界京城三大才子之一、著名的经济学家梁晋先生。他和他的老师都是哈耶克的忠实信徒，信奉绝对的自由主义经济政策。我到这个县不久，他就把这里作为他们的信息采集点——这是他们构建庞大的县域经济模型计划的一个组成部分。他们雄心勃勃的计划是找一百个县作为研究标本，在特殊性中寻找一般性，以期从底层突破中国经济发展的瓶颈，创造新的路径和模式。

我女儿是学艺术的，先是学钢琴，十岁那年考上中央音乐学院附小，因为受不了每天像打铁般的在黑白键上至少敲击八小时，她要求改学作曲，写过几首被我们盛赞为新世纪噪声的曲子后，再也没有跟我们交流过音乐方面的话题。她是后现代的中坚力量，冷漠地解构着这个充满乱象的世界，任何我们津津乐道的所谓有意义的事情，往往被她拆解成一地鸡毛——从举世瞩目的奥运会到某个企业家信誓旦旦的裸捐。某年某月的某一天，她来到我挂职的这个县，在某个地方与某个群体的某些生活不期而遇，因而从某些方面改变了她曾经自以为是的看法，决意要去最贫困的地区当志愿者（这是她博客里的原话）。

总而言之，这就是我们这个家庭。我是一个现实主义者，我的所有的作品，双脚都插在黏糊糊的现实里不能自拔。如果再加上老公的自由主义和女儿的后现代主义，我们这个家永远同时拥有三双不同的眼睛观察、体味和评说世界，而且在我接下来的叙述中，这样的家庭色彩使这个故事充满着历史的隐喻和现实的嘲讽。

该说说刘万福的故事了。

故事的开始，照例是平常的一天。那天我在群众信访接待室值班。在我来之前，这个县就制定了这么一个制度，每天由县委或者县政府的一名领导干部到信访接待室接待上访群众。那天我在接待室里接待了两拨上访群众。一拨是淮河岸边老船民公社的一帮村民，因为1947年8月刘邓大军千里跃进大别山强渡淮河时，征集他们的船作为渡河工具，到现在还没给报酬，他们一直向上级反映也没人管。我问那个牵头的老人，当时借船的那些人你见过没有？他说："咋没见过？是个侉子，说话还带把儿，为这俺爹还跟他戗了几句，后来还是刘伯承出面亲自摆平哩！"我说："看来你还见过大世面。"他说："那世面大不大，村里老少爷们儿知道。"说着就把烟袋从腰里掏出来，在腿上磕了一下，把一根烟扯去过滤嘴插在烟嘴里，然后才噙在嘴上。这个动作让我忍俊不禁，它几乎是一个暗示，而且还是一种文化。他后面有个瘦点儿的小孩说："邓小平睡过他家的炕，还给他爹敬过烟。"信访局局长老刘插话道："不是加长熊猫的吧？""不是，"老者说，"那个时候天下还是老蒋坐着哩，共产党的头头们哪有熊猫烟抽啊。有一次我那在北京打工的孙子回来，给我带了两盒熊猫烟，说邓小平吸的就是这个。我吸了两口就熄火了，捻开一看都是烟梗子，可能邓小平觉得这烟劲大，想必有人在旁边跟着点烟吧？"信访局局长说："有。我老家俺老婆她娘家舅的媳妇的外甥，就在北京跟着他专门点烟。"这个玩笑把大伙儿都逗笑了，这一笑就把气氛笑松了。我说：“老伯，你把条子留这里吧，回头我们研究个意见再去跟你们见面，好不好?”老人说：“研究完了你县长去找我们?”我郑重地点了点头。他说：“我也不喊你县长了，你这闺女咋说咋好。虽然你穿裙子，我看比那些穿裤子的都干脆，你说咱老百姓，啥时候不相信政府？不过你们要好好算算账，虽然条子上没有写给多少钱，就是一块钱，再乘以六十二年零一个月又七天的利息，有多少算多少，这要求不高吧?”我说，不高不高。说了之后，我出了一身冷汗。虽然我的数学不好，但是这一块钱利滚利算起来，估计会让政府的钱袋子瘪下去不少。

另一拨上访的是一批下岗职工，情况比较复杂。他们的企业原来是生产文化用纸的，老厂长是个退伍军人，管理比较严，愣是把一个不死不活的企业发展成了亚洲最大的麦草浆造纸企业。但是，他只会管理不会拉关系，在企业内部，退下来的那些人组织一些工人拼命告他；而企业外部，党委政府的各个主管部门的招呼他也不怎么听。这些内外力共同作用，今天纪检委查，明天检察院查，后天审计局查，查来查去虽然没有大问题，但磨道里找个驴蹄印子还是不难的，而且对于人收拾人的内战游戏，中国人历来是行家里手。很快上级就以一个正当的理由把他免了，任命那个牵头告状的人当厂长。那人刚当上厂长有些工人就说，新厂长胃口大，估计这个厂子吃不了两年。果然，两年下来，这个厂就被他搞垮了，工厂停产，职工下岗。这一拨上访者坚持认为，党委政府在这个过程中有过错，错了就错了，他们也不是来纠缠领导们该负的责任，但是工人的饭碗政府要端着。

关于这个事情，县政府常务会上曾经议过，只是由于所需资金过大而搁浅了。我不顾信访局局长和办公室主任的反对，坚持把政府常务会研究的情况告诉他们。

他俩反复提醒我说：“这样可不好，他们会越闹越大。先稳住他们把他们弄回去，再慢慢化解。”

“那不是糊弄人吗？”我说。

他俩互相对了一下眼神，好像我这句话问得太幼稚了。信访局局长说：“眼下只能这么办了，基层情况不是一句话能够说明白的，赵县长。”

我说：“我们已经犯了一个错误了，如果再欺骗他们，等于是犯了俩错误；对这俩错误再心安理得，那就是三个错误了。这样对老百姓，我们还有一点政治伦理没有？”

信访局局长说：“赵县长，政治伦理是什么我不懂，可我知道捂住不让他们闹事是最大的政治！”

政治伦理他听不懂不能怪他，但我还是坚持给他们解释政治伦理是官员的良心和脸，最起码是遮羞的衣服。

不过最终我发现不是他们错了，错的是我。当我向群众说明县政府常务会研究的结果时，领头的人质问我：“你是说县政府管不了是吧？”

“不是管不了，而是目前还没有这么大的能力解决大家的问题。”我这样说，连自己都觉得这话绵软无力。不过宁愿这样，我也不想骗他们。

“你们把这个企业交给一个无赖的时候，怎么没考虑能力？”另一个领头的说。他的话音还没落，其他人喊起来："算了！哪里能管得了我们就去哪里！"

这时信访局局长站了起来，走过去给几个领头的人每个人散了一根烟说："赵县长刚到咱们县里，情况还不是很熟悉，"他回头意味深长地看了我一眼，"这样吧，你们要是觉得我老刘的脸还是人脸，就相信我的话你们先回去。过几天我亲自去找你们，我拿几瓶存放了多年的好酒，你们添几个小菜，不过可记住了，那菜得对得起我这酒啊！边喝咱们哥几个边聊，好不好？"他说着给他们几个人使着眼色，估计意思是让他们给个面子。那几个人合计一下说，咱们再信他一回，走吧。

面对这样的交易，我哭笑不得。人走了之后，信访局局长对我说："赵县长，您一直在大机关工作，咱们下面的情况你还不是很熟悉。接待群众上访都是有套路的，一般情况下我先说个意见，然后再让您拍板，免得领导被动。"都说领导干部好干，主要是下面有人给你找退路，让你左右逢源啊。我看着他油腻腻的脸，觉得也找不出来合适的话回他，就嗯了一声，算是回答，也算是不屑。

今天的接待就算结束了，我出了接待大厅，心里憋闷得慌，但还是长出了一口气。不过我刚刚走下台阶，从广场入口呼啦啦围过来一群人，他们在我面前排好，为首的一个年长者说，给县长跪下了！

一群人全部跪到了信访局门口的广场上，他们举在头上的横幅写着："一心一意永牢记，三死三生报党恩"。这样的场面我还是头一次遇到，一时手足无措。我求援似的回头看看信访局局长，本来送我出了门口他已经回去了，不过很快我就发现他面带着另一副笑容走了出来。他不紧不慢地走过我面前，又不慌不忙地迎着人群走了过去，前后过程真像一出大戏的一个桥段。

基层干部应对突发事件的能力，那真是没说的。

二

这帮人不是来上访的，他们跑了三十多公里，目的是来给县委县政府送锦旗。按道理说这锦旗不应该送到这里，我想可能他们知道县委县政府的大院进不去，而信访接待室每天都有县领导值班，又在一个人比较多的广场边上，所以就直接来了这里。我让信访局局长把他们带到接待室去，他们不愿意去，说在外面要排排场场地把锦旗送给县委县政府。办公室主任说，我代表县委县政府把锦旗接下了。他们说，那不行，我们想让电视台来录个像，要让全县人民都知道知道这事儿。办公室主任征求我的意见，我看了一下信访局局长，说："按规定办。"信访局局长说："没规定。"我说："没规定按套路办。"他们两个赶紧打电话，还没打完，就看见宣传部副部长带着电视台的一帮人赶了过来。录像的时候副部长让我讲几句。我说："到现在我还不知道什么事儿，怎么讲？""哎哟！你看这只顾高兴，把这头儿给忘了。"信访局局长大笑起来，他放松笑的时候显得很单纯，人也年轻了些。我小声问他："宣传部这么快就知道这事儿了？"他忽然认真起来，说："这就叫新闻的敏感性嘛！赵县长您想想，这年头见个给县委县政府送锦旗的，比钓个老鳖都难，这是多大的卖点嘛。”然后他问带头的那个年长者，说：“你这三死三生是啥意思?”那人从口袋里掏出来一沓纸递给他，说：“这个您拿去看看。”

信访局局长把它展开递给了我。我看见那稿子是用褚体毛笔小楷写的，很有功力。稿子最上面的右上角这样写着：为县电视台代拟新闻稿。我抬头看了看那帮人，发现他们也正目不转睛地盯着我看。稿子的标题是“三死三生念党恩”，下面是正文：

正值全县人民以极大的政治热情热烈欢庆新中国成立六十周年之际，我县半山羊村刘万福全家族老少七十三口人一起到县委县政府来送锦旗，共同感谢共产党的三次救命之恩。事情的经过是这样的：

刘万福1960年初生于半山羊一个贫穷的乡村，他是家里的老大，下面还有五个弟弟妹妹。20世纪80年代初期，为了维持全家生计，他开始外出打工。辗转多地之后，经亲戚介绍来到了山西山阴县的一个煤矿当挖煤工。一次，他们这个施工班刚进入井下不久，就遇到了矿井塌方。面对危情，共产党员、班长阎涛说，大家不要慌张，跟着我走，只要我们齐心协力，就有生还的希望！刘万福没经历过这些，吓得哭起来。他就安慰他说，哭没有用，坚持下去就是胜利，共产党不会不管我们的！他领着大家靠吃煤泥维持生命，六天六夜眼都没合过。到第七天头上，他们听到了头顶上风钻的声音。他说，有救了，共产党来救我们了！十几分钟后，煤层被打透，部队的战士跳了进来。刘万福记得，他们用微弱的声音喊出的唯一一句话就是，共产党万岁！

后来，刘万福买了一辆旧车带着老婆到全国各地跑运输。1998年10月，他们去湖北贩运水果，走到夜里十点多，他又困又饿，想着抽根烟，可是手里没有火儿。这时刚好一辆轿车超车时扔下一个烟头，他踩下刹车，跳下去捡那个烟头，一辆车从后面过来把他撞到了路旁的沟里，然后逃逸了。恰好湖北某市公安局党委书记、局长杨子龙夜里巡查路过此地，二话不说就把他送进了市医院，并帮他垫上三千多元的医疗费，然后就不声不响地走了。由于得到了及时抢救治疗，他不但保住了一条命，而且很快就康复出院。可让他想不到的是，出了院他再去找杨子龙，杨子龙根本不承认是自己救了他。实在没办法，他就回到医院找到杨子龙签字的押金条和当时接诊的护士一起来到杨家。杨子龙说，这事儿是一个共产党员应该做的。刘万福说，通过这件事我才知道了什么是真正的共产党员！

经过这两次大的波折，刘万福又回到了生他养他的村庄，靠着短途贩运蔬菜维持全家的生活。他们村有个叫刘七的，是个横行乡里的地痞，1983年因为调戏刘万福的媳妇，被刘万福扭送到派出所，双方就此结下了仇怨。2008年，刘七带着一帮黑社会分子到刘万福家果园里寻衅滋事。刘妻胆小怕事，刘的小女儿与他们讲理也被他们侮辱。这时刘万福义愤填膺地从家里赶了过来，看见刘七就不管不顾地砍了一刀，致使他当场毙命。然后他又追上刘七的另外一个同伙，也把他一刀毙命。刘万福相信党和政府的有关政策，立即去派出所投案自首了。法庭根据他犯罪的性质和投案自首的情节，判了他死缓。在接到判决书的那一刻，他在法院的回执上还是签下了那句话：共产党万岁！

看完了他们代拟的新闻稿，我已经知道了他们的来意。我执意让他们到接待室里仔细谈谈事情的经过，那时候我仿佛有直觉，这不就是我要寻找的生活吗？矿难、交通肇事、故意杀人，各种要素都有，缺少的就是细节了。看来我的老师说得没错，真正的生活果真是在基层。

那帮人又站了一会儿，才推荐领头的那个年长者代表他们全家跟着我来到接待室。他是刘万福的二姑父，叫张和平，是个中学教师。我问他：“感谢信是你写的吧？”他脸红了，搓着手说：“字写得丢人了，请县长批评。”我笑了笑说：“敢批评你的人不多，临褚遂良字体的人不少，成功的凤毛麟角。”他突然严肃地说：“县长，我看您是个好人，能不能让我单独跟你说几句话呢？”我看了看信访局局长和办公室主任，他们马上就走了出去。门刚刚带上，他又喊了一声赵县长，扑通就跪下了。我吓了一跳，但并没有去拉他。我说：“我不喜欢你们这样，哪能轻易给人下跪？你起来吧，有什么需要单独跟我说的你就随便说。”他并没有起来，说：“赵县长，刘万福太亏了。”我说：“他亏什么？杀了两个人，法院也没杀他，你还认为他亏？”他说：“我不是说他冤枉，是说他亏！”我大为吃惊：“那么，冤枉和亏的区别在哪里？”“区别就是，判他的刑合法不合理；不判他的刑合理不合法。”我说：“法律是这个社会的天平，绝对不能被感情所俘获，否则……”这时，外面有人敲门，我说：“你站起来吧，我哪天专门去找你聊聊。”他站了起来，这时门也开了，办公室主任过来说：“赵县长，县政府值班室通知说您家人打电话找您，您手机没人接。”我把张和平送到门外，让他们先回去，然后才从包里把电话拿出来，一看吓一跳。电话是我老公打来的，四十七个未接电话。我把电话回过去，老公在那边说：“你怎么不接电话?”我告诉他今天接访，电话在静音上，这是对老百姓的尊重，然后问他有什么急事。他说：“什么急事？你昨天烧那么厉害，今天怎么样了也不告我一声!”这个大男人，真拿他没办法，难道非得把人幸福到腻歪不可吗？我说：“老公，你这样好的男人，不找个情人连我都过意不去；或者说，你已经找到了，只是为了补偿我才对我这么好吧?”他笑了笑，岔开话题说：“我下周去县里蹲一段时间，你先向周书记报告一下。”我边答应边说：“既然是蹲一段时间，那就把你的情人带来我也开开眼。”他说：“我很踌躇，不知道带哪一个好?”我说：“就带不会写小说的那个。”他说好吧就这么定了，然后挂了电话。

第三天是个周日，我带着秘书去了乡下。车子开到半山羊村的村头，看见一老一少两个人站在路口，我让秘书下去问路。秘书还没走到两人跟前，那两人就开始往后面退。秘书摆了摆手他们才站住，秘书说：“请问刘万福家住哪里?”老者看了看那个小的，又看了看秘书，摇了摇头。秘书问小的：“你知道不知道?”小的也摇头，然后歪着头想了一会儿，说：“我们村没有叫刘万福的啊!”我在车里说："就是那个杀人的，法院留他一条命。""哦，"小的赶紧说，"你说的是刘大眼吧？他家前天不是去县里送锦旗了吗？"我赶紧下车说："是啊！是啊！""他啊，真是条好汉，你们判他真亏！"我已经知道了亏不是冤枉的意思，所以就着这个话题问他："你了解情况吗？""我？"他看了看老者，翻了一下眼，"我和我爷爷天天站在这里等人家来买果子，那天他杀人就在我们俩眼皮子底下，那才真是叫赞！""怎么个赞法，说来听听。""这话说起来可就长了，还是从那天开始说吧。"我拿出笔记本来准备记，他一看急了，问："原来你不是领导，是记者吧？"秘书说："这是咱们的赵县长。"我说："副的。"他脸红了起来，说："想不到县长是个女的。要是记者我就不说了，来了那么多记者，吃了喝了，最后也没把大眼从监狱里捞出来。全村都给他凑钱保他，最后还是人财两空。"我说："你还是说说那天的情况吧！"他说："要是我说了你能给他减刑，现在我们爷俩就给你跪下磕三个响头！"我说："我不能，这事儿归法院管。"他说："你要不管就算了，我不相信县长管不了法院！"我说："我真管不了，信不信由你。"他的脸又红了起来，说："算了算了，我看你是个好人，还是给你说说吧！"听了他这话，我有了更大的惊奇，想起来自从我下到县里之后，很多老百姓都跟我这样说，我就问他："你是怎么看出来我是好人的？""嘁！那还用咋看，对你们当官的，好坏人我们一眼就能看出来。"

我催他赶紧讲讲那天的事情。"好吧，我就拣我看到的说吧。那天我跟爷爷就站在这里。开始是大眼他老婆和他小女儿在果园里干活，一会儿，刘七带着一帮人开着车过来，走到大眼他们家果园里停下了。一个小喽啰下来说，弄几筐桃子放车上。大眼的老婆赶紧说，这是给人家准备好的，马上人家就来拉了。小喽啰说，谁吃不是吃？干吗非得等那些王八蛋过来？让爷烦了，腿给他们卸下来！说着一脚把桃篮子踢倒了，桃子撒得到处都是。大眼的女儿冲过来跟他们讲理，刘七从车上跳下来说，你是不是想让我先吃你啊？我看你比桃子鲜多了，肯定蜜水儿比桃子多了去了。大眼女儿一句流氓还没骂完，就被刘七一脚踹老远。她娘过去扑在女儿身上，哭着骂道，真是丧尽天良，这么小的孩子你也欺负。还没骂完就被刘七一脚踢开。不知道是谁告诉了大眼，他掂着大砍刀从家里奔了出来。一眨眼工夫，刘七的人也开着车来了四五十个。大眼还没跑到跟前，刘七就迎了上去，说，刘大眼，今天给你说实话吧，老子就是引蛇出洞，专门来修理你个王八蛋来了！大眼说，是啊，是到了该跟王八蛋算账的时候了！刘七说，别看我带这么多兄弟，一个都不需要他们上，咱俩玩个你死我活。大眼说，你说颠倒了，是你死我活。刘七从车里抽出两把刀扑了上去，还没到跟前，就看见大眼手起刀落，一刀砍在刘七脖子上，呼呼地往上喷血。”

“他们带的那么多人，都没上吗?”我的秘书问。“他们的人别看多，那还不是树倒猢狲散？但是大眼不会饶他们，他走到开始找事儿的那个喽啰面前，那个人也是个无赖，都传说他手里有几起人命。大眼说，你认识你爷吗？那个人吓得浑身筛糠，跪在地上给他磕头。大眼也不理他那么多，又是手起刀落，可惜头没砍下来，还剩一层皮挂在脖子上，像个葫芦耷拉着，埋他的时候是用纳鞋底子的针线缝上去的。等大眼再站起来的时候，人都跑完了。”“那么，我想问一下，既然你们都看见刘七欺负大眼的老婆和女儿了，怎么没一个人上去拦一下?”“上去拦一下? 您说得容易，谁敢啊? 他说卸谁的胳膊腿儿那可不是说着玩的。村上有个老头儿刘全柱，儿子媳妇一家三口出车祸死了，他就靠几只羊养活自己，后来一夜之间羊全没了。老人气得骂大街，晚上麦秸垛就被人点了。他还骂，大白天房子又被人点了。他跟刘七还没出五服哩，要不是这，人早给烧成灰了。”我又问：“当地的派出所就不管?”他说：“怎么管? 除非上面直接下来抓才行。”正在说着，他突然指着远处说：“好了，来了来了。他能说清楚，前前后后的上诉材料都是他写的，让他给你说吧。”我抬头一看，原来是张和平骑着自行车过来了。

三

从张和平零零碎碎的叙述中，我基本弄清楚了刘万福在近三十年的时间里三死三生的来龙去脉。刘万福是家中的老大，出生时正赶上三年自然灾害，全家人都没有饭吃。他们这个村子由于村干部胆子大，让群众私下里种点水果什么的，情况比别的村子好一些，但还是有人饿死。刘万福的父母挖树根熬水喂他，他得了肠炎，拖拖拉拉一个多月，眼看着皮包骨头没命了，父母把他扔在院子里等死。谁知道他命大，又慢慢活了过来。到了七岁上，他又得了脑膜炎，幸亏山里水库边上有个二炮的基地，送到部队的医院里，解放军给他治好了。

半山羊村是个穷得连羊都喂不活的地方，改革开放之前，村子里的生活比原始社会好不到哪去。很多家庭穷得家徒四壁，冬天冷得受不了，就在自家屋子里挖地窖，人天天躺在地窖里，只有一套冬天的衣服，谁出去谁穿。由于长年累月在地窖里生活，半山羊村的很多人都是骨节粗大，罗圈腿，驼背，几乎所有的人都有关节炎。那个时候，村子里有几家日子多少好过点的人家，每到春节会做上一碗“看菜”。这个菜是专门看不能吃的，实际上就是一碗肥肉片，总共有九片肥肉。谁家有客人了就把这一碗菜借过来，吃饭的时候摆上。在整个吃饭的过程中，主人要向客人热情地让三次这个菜，开始的时候一次，中间一次，结束的时候还有一次。主人用筷子点着菜说，吃吧吃吧，咱家还多着哩！客人一边往肚子里咽着口水一边说，吃着哩！吃着哩！如果客人真的控制不住了，拿筷子去夹这个菜，主人就会连忙用筷子挡住，说，你真不想吃就算了，这东西腻歪得很，谁吃了都拿不住。回头还人家菜的时候，要给人家拿两个馍。这是一桩生意。

在出去打工之前，刘万福连饼干都没见过。他第一次拿到工资，就跑商店买了一包饼干，站在柜台前一口气吃完了。当时他想，人要是能经常吃到饼干，该是多大的福分啊。看他吃得这么过瘾，营业员说，我们这还有几盒过期的饼干，便宜点处理给你算了。这天上掉馅饼的好事他哪能不干？把兜里的钱全都掏出来，营业员看了看说，就这么多？他说，就这么多，一个月的工钱都在这了。营业员看着油腻得发绿的毛票说，把钱收起来吧，饼干拿走，盒子留着我们卖废品。他脱了褂子把碎饼干包上，出了门直奔半山羊而去，徒步走了一百多公里，就是想让爹娘和弟弟妹妹尝尝啥叫饼干。

1982 年，经他的一个表兄弟介绍，他来到山西省山阴县的一个煤矿挖煤。这个地方的煤层浅，煤质好，报酬也高。刚来的时候，他跟着班长阎涛打下手。他们这个班一共有八个人，数他年龄最小，才刚刚满二十岁。班长阎涛四十多岁，是从工程兵退伍的，在部队入的党。他的主要任务是放炮，这是一个技术活，据说他在部队就干这个。他腰里挎一个包，里面装着炸药。把炸药堆在作业面上，上面插一根雷管，点着后人再跑还来得及。这个地方的煤矿里面没有瓦斯，所以放过炮后他就坐在一边抽烟，其他人过去挖煤，装在一个小车上。刘万福负责把车子拉到巷道口，然后再吊上去。每车煤可以挣两块钱，一个月下来每个人可以分一百来块钱。在20世纪 80 年代，也是很大一个数目了。他有眼色，又勤快，白天跟着他们下井，晚上帮班长洗洗衣服，打扫打扫房间的卫生，混得人缘不错。班长有点什么好吃好喝的也都没忘记他。他们的工作时间是两班倒，每班下去十一个小时。

出事的那天是农历初一。按照当地的习惯，初一十五下井前都要拜拜井口，仪式挺隆重的，矿长亲自出面，在井口摆上三牲六畜，各色时鲜水果，蒸馍糕点，还要插上高香。矿长在前面先跪下给井王爷土地爷以及祖宗八代磕三个头，嘴里念念有词地说上一大堆好话，然后矿工们依次一批一批地跪下叩头。那天好像有什么预感似的，刘万福的头刚刚叩下去，突然清清楚楚地听见他娘说，大眼啊，你回头看看。他激灵一下，回头一看，莫名其妙地一股旋风吹起来，卷起地下的煤末，遮蔽了阳光明媚的天空。他脊背上冒起一股凉气，心里有点发怵，本来想请假不去了，可是班长阎涛走过来说：“大眼，昨天给你出的那个谜语猜出来没有?”他说：“我忘了，没猜。”阎涛说：“那今天下去好好猜猜，我给你再说几个精彩的。”他说：“今天我不想下去了，头疼。”“没事儿，”阎涛拉着他往吊车那边走去，“下去师傅给你按两下，保证手到病除。”他又回头看了一下，旋风还在那儿打旋，只是煤灰没那么多了，阳光照着地面上的黑金一片闪烁，他的心忽然一松，就跟着师傅下了井。

吊车落到了井下，他们嘻嘻哈哈地说笑着往里面走。边走班长边跟王延辉开着玩笑，他说：“老辉啊，昨天跑了几次马?”王延辉说：“日他娘，我这一段时间见鬼了，天天跑马，我这床可成跑马场了。可惜养马的人不在，要不然说不定里面还会有个少将什么的。”孙刚插话说：“老辉，你真得去医院看看，不管啥时候掀开你的被窝，你身上都跟水洗过似的，虚得太狠了。”马新喜也嬉皮笑脸地插进来：“我说你还是别去，万一碰见的医生是那个万人迷小孙的话，估计你这法力当场就会井喷。”王延辉说：“要是我那媳妇不跟人家跑，要是我能活着回去……”他话还没说完，突然听到身后井口方向哗啦啦响声一片，声音像下瓢泼大雨似的。大伙儿一下愣住了，回头去看班长。班长的脸色唰地变得雪白，但他很快就镇定下来，说：“你们跟我来，我们别往外面跑，那是去送死。”孙刚说：“大哥，你再想想，上一次那几个人的结局你忘了？说不定我们往里跑是等死。”“我不用想，等死还有机会活，送死死就在那边等着你哩。赶紧跟上我，一个都不能落下！”他们往巷道里面跑着，身后因为塌方形成的烟雾已经追了上来。跑了有一千来米，位置相对较高的连接巷处有个空旷的地方，阎涛说："大伙儿都坐下，全部背靠背，往头上看着岩石注意有没有松动。尽量少挪动身体节省体力。你们别想着三五天就能出去，出去出不去就看老天爷想不想灭咱们了。"

刚刚安置好，刘万福觉得松了口气，他看着班长说："涛叔，刚才孙刚说的那几个人是咋回事儿?"阎涛看着他说："你真想知道?"他说："想，你说说呗。"阎涛一巴掌扇到他脸上，骂道："煤埋住半个身子了，你他妈的还不长心眼!"说完又吼了一句："只留一盏灯，其他全部关了！睡觉轮流来，头顶上一定不能大意，时刻盯紧了!"

气氛这时才真正紧张起来，刘万福想起家里说的一门亲事，妹妹来信说女方人不错，又贤惠又会做女活，就只等着过年回家见面了。再一个，他爹老了以后，风湿性关节炎越来越严重，大部分时间只能卧在床上；弟弟妹妹们又小，全家里里外外的活计基本上只能靠母亲一个人操持。他万一再有个三长两短，这个家就算彻底完了。想到这些，禁不住哭了起来。阎涛过来坐在他跟前，抚摩着他的头顶，半天才说："大眼，你想不想死?"他止住了哭说："没谁想死。""你怕不怕死?""没谁不怕死。""那你还哭什么?"大眼不解地看着他。他扭头看了一下那几个人说："这些人都跟你一样，不想死，怕死，可是你看谁哭了？如果老天爷看着你哭就放你一马，那你就使劲儿哭吧！就是死也要死得像个汉子，就你这熊样子，到了阎王爷那边还得让你挖煤。"

这时，马新喜说想屙屎。阎涛站了起来说："对了，我忘了说了，”他往前边走了走，在靠近巷道边的一个地方用脚划拉了一下说，“屎都屙在这里，谁屙了之后自己拿手给它拍成饼子，糊在旁边那根柱子上。”王延辉说：“头儿，糊屎干什么啊?”阎涛走了回来，站在他们面前说：“孙刚，给他们说说糊屎干什么。”孙刚说：“干什么？吃!”

刘万福把这事儿在心里想了一会，觉得胃里一阵恶心，差点吐了出来。孙刚说：“你恶心什么，自己屙出来的东西自己吃，说不定还是一种食疗方法哩。”马新喜说：“好像你吃过一样。”孙刚没理他，接着对刘万福说：“这屎啊你没吃过，第一口你把鼻子捏住吃，第二口就没什么味儿了，到了第三口啊，就有一种奶味了。”刘万福问：“不是可以吃煤泥吗?”“可以，短时间行，吃多了就在肠胃里结块了，饿不死你胀死你。”

到了第三天，上面还没有一点动静，大家的情绪明显低落了起来。阎涛先是在周围巡视了一圈，回来安排把大灯调成小灯，隔半个小时开一次，安排停当以后，他问刘万福：“前几天我给你出的谜语还没猜出来?”刘万福说：“啥时候了你还说这个?”阎涛说：“啥时候？趁着还能说，不说白不说不是。”“你出的啥谜语我都忘了。”“咦呀，这点事儿就把你吓成这了啊？延辉，你给他说说。”王延辉说：“谜面是‘新婚之夜’，打一个历史名人。”刘万福摇了摇头说：“我不想，也没啥毬意思，肯定你是在书上看的。”“是在书上看的，没错儿。”“我又不是不认识字，还让你给我说啥？不想猜。”“算了，我还是告诉你吧，谜底是查理一世。”“查理一世是谁？我不认识他，这谜语也没啥意思，尽是瞎转文，没劲。”王延辉嘻嘻笑了起来，说：“没劲？咋没劲，没劲还办不成哩。你再想想查理一世是什么意思。”刘万福说：“我再想也没啥意思，到底谁是查理一世？”阎涛边用手指头比画着边骂道：“日你亲娘，你就是个榆木脑袋，查理一世不就是‘插里一试’吗？”大伙都笑了起来，气氛缓和了不少。马新喜屙了屎回来也来凑热闹，刚想开口说话，阎涛问他：“糊好了没有？”他说：“好了，保证跟烧饼一样，又薄又脆。”大伙都说你先把手擦净再说。他说：“我在煤水里已经洗过了。我还是讲个拉屎的故事吧。话说有个老大爷，也是大眼他们老家的，他正在地里锄地，一只乌鸦飞过，拉了泡屎在老大爷头上。老大爷抬头大骂，我日你祖宗八代！你出门也不知道穿条裤衩！乌鸦说，你神经病啊，你个老不死的屙屎穿裤衩吗？”

到了第六天，大家基本上都动不了了。这天晚上，阎涛过来坐在刘万福跟前说：“大眼，明天咱们吃屎吧？”刘万福瞪着眼看着拱形的巷道顶，动都没动一下。这时阎涛把手伸过来拉住他的手，他感到手心里多了一块硬硬的东西，不用看也知道是吃的。他心里梗了一下，想到怪不得大家都动不了，就他还能来回地走，再想想他已经有十几年的井龄，出生入死习惯了，也就没再往深处想。阎涛让刘万福站起来，刘万福试了试，连坐都无法坐起来。阎涛又递给他一块东西，比刚才那个小，拍了拍他的脸就走了。饿得奄奄一息的刘万福先把那个小块放嘴里，是一块糖，还没品出味儿来，已经化完了。他又去吃那个大块，是一块压缩饼干，过去加班矿上发过。吃着吃着，他的眼泪就下来了，他知道阎涛跟孙刚是表兄弟，但他却没有去照顾他。过了一会儿，阎涛又过来了，问他能不能站起来。他试了试还是不行，阎涛叹口气也坐下了。刘万福迷迷糊糊地睡了过去，他在梦里逛了许久，还回了一趟家。家里空无一人，他在厨房里找到一块凉馒头，正准备吃，看见爹回来了。爹的两条腿像裤腿一样搭在肩膀上，是用手撑着地走回来的。刘万福说，爹，这么多吃的你咋不吃？爹说就是等着让你回来吃的，我吃饱了。你快吃吧，新媳妇还等着你哩。他正想往嘴里塞，忽然有人一把夺走了，还使劲用胳膊推搡他。他睁眼一看还是阎涛。阎涛说："快七点了，起来我们办点事儿去。"估计是那些吃下去的东西起了作用，他一下子就站了起来，只是走着腿脚还有点发飘。他跟着阎涛往巷道口方向走。阎涛说："今天不吃屎就得吃人了，不然谁都活不下去。"刘万福愣了一下，说："吃人？吃谁啊？""实在不行就先吃我，我家里也没啥牵挂的，上无老，下无小。"刘万福知道他说的是实话，他没亲人，就一个守在矿上的老寡妇是他的相好。刘万福没再理他，只管看着脚下的路。又往前走了一段，已经看不见他们的人了。在拐过一个弯的时候，刘万福突然觉得后脑勺有一阵凉气，像一条蛇一样从脖子一直顺着后脊梁骨碌了下去。他激灵一下，想起了母亲那句话：大眼啊，你回头看看！他回头一看，矿灯正照在阎涛的手上。阎涛手里掂着一大块煤矸石，俩人猛一下打了个照面，都愣住了。这时，头顶上轰的一声巨响。阎涛喊了起来："有救了！有救了！"他边拿煤矸石砸井壁边喊道："日他妈，我就算着他们该来救我们了！"

十分钟后，钻头打了进来。阎涛又把石头砸在钻头上，钻头退了出去，一缕强光射了进来，刺得他们俩睁不开眼。上面喊道，有人吗？他俩扯着嗓子喊救命啊救命啊！上面的人说，你们赶紧往回撤，撤得越远越好。他俩沿着原路退了回去。刚刚回到大伙那里，又一声炮响，随后一群解放军跳了进来。他们还没来得及说什么，头就被一个黑袋子套住了。刘万福眼前一黑便失去了知觉。

等刘万福醒过来已经躺在医院里了。睁开眼睛，他看见母亲和妹妹都守在床前。“大眼，你睡了三天三夜，”母亲擦着眼睛，“你睡着就跟你爹一模一样。”妹妹也过来说：“开始咱娘哭得快背过气去了，寻死觅活的，可把我吓坏了。后来知道死的不是你，她才止住哭，多少吃点东西。”刘万福说：“开始你们还以为是我死了？”“那可不？拉上来一大片死尸，面目都看不清了，咱娘看见一个人穿的鞋是她做的，抱着一边哭一边拿头往地上撞。后来她去摸他的身子，在他胸口上没摸到那个黑痣，一下就傻了，说，这不是俺的儿！这不是俺的儿！喊着喊着又笑开了，弄得人家领导哭笑不得。”刘万福说：“你做的鞋我穿着小，给咱们一个老乡了。”

妹妹说：“哥，经过这个事儿你还不回家？”

刘万福说：“回！”

“人家闺女还等着你哩，跟人家见面吧？”

“见！”

“你要同意的话，咱爹说马上把房子盖了，你说盖不盖？”

“盖！”

他们正说着，阎涛推门过来了。俩人的目光对视了一下，既有惊奇，也有尴尬。刘万福的母亲看见阎涛，亲热地过去拉着他的手说：“他就像你亲兄弟一样，一天跑几趟，真是操心了。”阎涛说：

“老嫂子，我把大眼看成自己的孩子了。”刘万福看了看阎涛，又看了看娘说：“娘，就是他救了我们几个人的命。”阎涛的脸红了一下，说：“那个就不说了，我来跟你商量商量，咱们这一次矿难，死的赔一万，伤的赔三千到七千不等。像我们这不死不伤的，补偿一千块。其他几个兄弟都愿意在这干下去，你看你是拿着钱回家，还是跟着我在这里继续下井？”

刘万福推开身上的被子，从床上坐起来，看着阎涛的眼睛一字一顿地说：“我就是回家吃屎，也不会再跟着你下井了！”

四

老公来的那天晚上，本来我想和他讨论讨论刘万福的故事以及把它写成小说的初步构思，可是他又和周书记喝大了，还是一如既往地被抬着回我的住室。他每次来都是这样，屡战屡败，屡败屡战。

周书记是学法律出身，中国政法大学毕业后本来要留校，家里的女朋友一封血书把他召了回来。他们俩从中学起就是同学，高考的时候他考到了北京，而她则考上本省的大学。她是他老师的女儿，老师待他不薄，总是给他们俩一起吃小灶。高三的时候他先给她递的纸条，一来二去俩人就私下里订了终身。现在俩人过了半辈子了，她还是喊他哥，夫妻过成了兄妹；或者像他自己说的那样，俩人从兄妹开始，也一定会以兄妹结束。

从北京回来后，他先是在省政府下面的一个厅局任职，后来作为后备干部被派到贫困县挂职，挂了一年就落地生根了。老公第一次来，我报告了周书记，他问道："你老公喝酒怎么样？"我实话实说："能喝点儿。""多少？""不知道，反正没见他醉过。"周书记笑了一下说："我知道了。"那天我老公是晚上到的，因为修路堵车，到地方已经零点了，我没惊动周书记。第二天早上起来我带着他去政府小食堂吃早餐，正碰着周书记。周书记说："是妹夫吧？"我说："正儿八经防伪的。"周书记扭头向里面喊道："老四，拿我的好酒来！"老四是我们的炊事员，赶忙拿出来一瓶红星二锅头，铁盖的没有外包装的那种。周书记接过来，用牙把盖子咬开，咕咕咚咚一人倒了一大茶杯，说："喝吧！"然后一仰脖子灌了下去，边喝边用手指着喉结，喝完了才说："看见了吧，一口干，喉结不能动，直接进高家庄的地道。"老公看了看我，又看了看酒杯，也端起来喝了。不过我看他喉结动了好几次，估计周书记也看到了，但他没吭气，又喊道："老四，酒！"又一瓶上来，俩人又干了。我看见老公的脸都白了，说："别喝了吧，哪有大早上喝酒的？"周书记说："一边是娘家哥，一边是老公，你看着办。"老公大着舌头说："谁不让喝我跟谁急。"俩人就那样又一口气灌了两瓶。倒下去之前，老公说的最后一句话是："该上热菜了吧？"从此这句话就留下了话柄，每次喝酒之前周书记都要说一句："妹夫，咱不急，一会儿才上热菜呢。"

据说周书记刚下来的时候滴酒不沾，规规矩矩的像个大姑娘。他的前任书记告诉他说，不会喝酒就当不了县委书记。他苦练了一个月，胆汁都吐出来了，功夫才练得差不多了。

他们俩的好不仅体现在酒上，更多的是在思想上的交锋。前面说过，我老公是一个自由主义经济学家，认为市场这只看不见的手就是万能的，世界经济史一直走在这条道上，顺之者昌逆之者亡。而周书记则认为，中国的经济之所以创造了奇迹，是选择了一条政府管制和市场经济相结合的第三条道路。“邓小平的政治智慧在于，始终在斯密和凯恩斯之间摸着石头过河，既避免了大起大落，又让经济在可预期的河道里顺流而下。”

这次老公来主要是考察职业技术培训对外出务工农民所起的作用。吃饭前，他跟周书记说明了来意。周书记说：“我先问你一个问题，为什么一定要把这些人喊作农民工呢?”老公说：“这很重要吗?”周书记说：“重要，非常重要！我一听你们喊农民工这三个字，头都是大的，哪有什么农民工？一个人，他去种地就是农民，去做鞋子就是工人，怎么还有农民工?”

老公说：“这是约定俗成的说法，也不一定有什么特别的意义。”

“你想过这个问题没有？一个城里的工人下岗之后来我县里种地，不管种多少年，他的身份还是工人，还是市民；而一个农民在城市里不管做了多大的老板，他还是农民工。好像农民身份就是他们的‘红字’，这跟过去喊地主的儿子地主崽子有什么区别?”

眼看着俩人又要展开争论，这时我开始插话，我说：“我始终不同意你们把农民‘赶进城市’的观点，而且非常反感。”我简单地讲了讲刘万福的故事，最后的结论是，简单地把农民赶进城市会害了他们，如果刘万福一直待在农村，也许就没有后来那些事儿。现在中国很多社会问题，有很大一部分都是农民盲目进城引起的。所以我想把刘万福这个故事写成小说，小说名字就要把三死三生体现出来。

周书记说，为什么是三死三生呢？我觉得这是拼凑，中国人什么事都往三上靠，太俗气。我老公则觉得这个故事写成小说肯定有意思，但是他认为即使写成小说，也不能与农民进城联系在一起，农民进城可以说是生命不息进城不止，因为城市让他们觉得还有很多种活法，在城市里一切皆有可能，放谁身上都是如此。

这时恰好周书记的电话响了，是市里有个领导来了，让他过去敬个酒。他看了看我们，摇着头苦笑了一下。到下面之后我才知道县委书记有多苦，有一次他一个晚上陪了十七个饭局，用他自己的话说，喝得都找不到自己的嘴了。

周书记走后老公问我，他最近听说了一些传闻，对周书记很不利，问我知道不知道。我说，你是指哪一方面？他说，你没看网上把他涂黑成什么了，什么与开发商勾结霸占农民土地了，什么养女大学生了，什么对现行政策不满了。我说，你信这个吗？老公笑了笑说，肯定不信，但是人言可畏哪。老公知道妥协，知道取舍，他最大的特点是不激进，中庸，受他老师的影响很深。我不能说他俗，他也要有生存的空间，我也一样。我说，这些事情周书记都知道。但他不信邪，很自信，所以我们也都没怎么当回事儿。老公说，越大意越容易出问题，你还是要提醒提醒他，他要是出事了，你想想谁还敢说真话干实事？

说实话，我比老公还担心。周书记的改革触及了很大一部分人的既得利益，私下里干部议论纷纷，但是没人敢告诉他。我曾经说过他几次，根本不能改变他。他坚持就做他自己。“全国不是有三千二百个县委书记，是三千二百零一个，那一个就是我。”他说。

说着说着周书记已经敬完酒过来了，说：“还接着刚才的话题说吧，才刚刚开始个话头嘛。”我说：“农民待在农村有什么不好，什么税费都免了，种的东西都是自己的，干吗要‘赶’他们?”

周书记说：“真实的农村什么样你知道吗？中国社会的跨度太大了，一边是你老公这样的，背着笔记本电脑满世界飞，一边是老百姓拿鸡蛋去换盐；一边是喝腻了可口可乐的小皇帝，一边是老天爷下多少雨才能喝到多少水、一辈子可能都不洗澡的农民的孩子。”

“那按你俩的逻辑，把农民赶到城里去还是最大的道德，而且功德无量了?”

看见我脸色突然变了，老公说：“你看人家作家，就是比我们有正义感是吧？不过像你说的刘万福这件事情，并没有统计学上的意义，”他把酒杯端了起来，“经济学家不考虑单个人的感受和结果，也许经济政策对某个人是不道德的，但如果对大多数人是道德的，就是良策。”

“那么，亲爱的，请你告诉我，为什么不道德的事儿总是轮到刘万福他们?”我对他的口气也刻薄起来。我需要一次爆发。

“从理论上讲是这样的：只要改善某些人的境况，就会使其他人受损，那就不要轻易变动，这个社会就是最合理的，最合理的也就是最道德的。这就叫作帕累托最优，也是我们追求的目标。”

“我不管什么最优不最优，看着这些活生生的人活得没有一点儿尊严，如果我们再熟视无睹，不管他是经济学家也好，县委书记也好，我觉得都不是一件多么体面的事情！”

周书记愣了一下，然后笑着问我：“你说我们都错了是吧？”

“你想呢？希望你从头到尾都仔细想想，有多少地方是对的？你以为你能改变这个世界是吧？你以为这么多人都愿意跟着你坐过山车是吧？”

五

从山西回来之后，刘万福在家待了十多年，娶妻生子，为父母养老送终。孩子上学之后，对城市的渴望像毒瘾一样始终折磨着他。有一年春节，他的一个在广东打工的表弟回来看他，说起了城市的生活。他再也控制不住自己了，第二天就打起铺盖跟着表弟去了广东省中山市。走的头天晚上他呼呼大睡，老婆一夜辗转反侧没有合眼，看着不到四十岁的男人枯树皮一样的脸，禁不住悲从中来。但她忍住没哭，送他走的时候老婆还笑了，说：“实在不行了你还有个家，该回头时得回头。”他看了看老婆和她手里抱着的最小的孩子，说：“你放心吧，第一不会去偷去抢；第二不会去挖煤了；要是让车碰死了，那是我的寿限小。”妻子的泪水再也止不住了，把丈夫的背影泡得像一块破布。车子已经开动了，她只会反反复复地说：“可要记住家啊，小三还认不得你哩！”

到了地方收拾东西的时候刘万福才发现，老婆把家里所有的钱都偷偷给他打在行李里面了。她知道他的腿有关节炎，用狗皮缝了两副护膝。刚到中山，因为手里没有几个钱，他就摆地摊卖菜，慢慢地有了些积累后，他千方百计把弟弟妹妹们都弄了过来。干了一段时间积累了经验和资金，他就不再卖菜了，开始给工厂供应盒饭，在这个过程中认识了一个台湾老板萧先生。萧先生是时任台湾行政院长萧万长的堂弟，他先是在河南开了一个药厂，主要生产治疗肺结核的特效药利福平的原料药，大部分产品都出口东南亚。后来因为企业合资双方的内斗和国际市场行情的变化，他的药厂遭到重创，虽然当地政府极力保护这个企业，但毕竟气数已尽回天无力。他卖了药厂到中山开了一家鞋厂，贴牌生产世界三大休闲鞋之一的“ECCO”牌便鞋。有一次，刘万福因为结算问题与厂方主管争论起来，刚好萧先生路过，听见他满口的河南话，就折回来问他是哪里人。他回答之后，萧先生笑了起来说：“真是有缘哪，河南可是个好地方，主要是人好，讲义气，每次去都把我喝趴下。可惜我的挖金命不在那里，但我跟那里缘分还没尽；要是你不嫌弃我们厂，今后盒饭都由你供应吧！”

捡了个这么大的便宜，他高兴得什么似的。回来专门开了个家庭会，他要求家人说，赚钱不赚钱是次要的，关键是要对得起萧先生的信任。一年下来，萧先生非常满意。年底公司做尾牙，还请他作为特邀嘉宾，萧先生发给他一个大大的红包。他想想已经三年没有回去过春节了，就带着一家人衣锦还乡了。春节过得喜喜庆庆，所有的亲戚都走了一遍。谁知道过了节最小的孩子因为吃了太多的好东西开始犯病，他让弟弟妹妹们先走，自己在家陪孩子几天。走时还反复交代，工厂的盒饭一定不能马虎。听的人都拍着胸脯打保票，他想着都是自己的家人，了解他们的品性，也并没有太在意。谁知道他在家待了不到十天，就被一辆警车接走了。警车进村的时候，全村人像过节似的围过来看热闹。当他戴着手铐被按进车里的时候，妻子在后面哭着喊道："你不是说不偷不抢吗？还不如挖煤砸死你哩！"坐在警车上，他被妻子的那句话逗笑了，想，老天爷的心不会那么软，不把你折腾到筋疲力尽怎么会让你死？

到了中山他才知道，临时顶替他当采买的妹夫买肉的时候贪图便宜，买到了死猪肉，致使萧先生工厂二百多人食物中毒。"食物中毒？不就是吃了死猪肉吗，咋会中毒啊？过去俺村子里人经常吃瘟死的鸡猪狗猫啥的，也没见过一个中毒的。"当公安讯问他时，他吃惊地说道。不过公安人员的回答就更让他惊奇了："那可不中毒咋的？二百多人拉肚子，卫生间都不够用，临时买了一百多个便盆。""拉个肚子也叫中毒？这城里人也太娇气了吧？"

从看守所出来后他去找萧先生道歉，去了三次萧先生都不见他。后来萧先生传出话来说："让他先学会做人，再来见我吧。"他不相信这是那个笑嘻嘻像弥勒佛一样慈祥的萧先生说的话，站在工厂门口不走，后来还是一个保安的一句话把他说走了。保安说："老乡，咱河南人的脸够黑的了，您老可别再作孽了！"他扭头回去了，把全家人召集起来，只说了一句话："这事儿已经过去了，咱们没有挣钱的命。"他没法责怪他们，他知道他们穷怕了，没见过钱。他们都没错，即使错了，他也不忍心责难他们。

回家待了不到半年，他的城市毒瘾再次发作。他发现在家根本没法活，在这个生他养他的村庄里他会窒息而死。现在的他像一条鱼那样，需要不断地从一个水域游到另一个水域，才有足够的氧气让他活命。不久后，他通过熟人包了一辆车，带着老婆在全国各地跑起了运输。

那一天，他和老婆从湖北贩了一车橘子和大米回来，路过一个服务区，他们想过去吃点饭休息一下。刚刚把车停在车位上，两个戴大盖帽的走了过来。他们是工商局的，其中的一个问："车上装的什么?"他说："水果，大米。""大米?"一个工商跳上车，把袋子用脚踢开，米漏了出来。"你不知道不能贩运粮食吗?""不知道，报纸上不是说现在全国什么都放开了吗?""哪家的报纸说的？其他可以，粮食不能贩运，罚款五百。"他噌地扭过头瞪着他们，心跳加速，血往上涌："报纸上还说，工商不能上路查车吧?""睁开你的眼看看，这是不是路上？那仨字是什么，服、务、区！看清楚了吧?"那人跳下车，把车钥匙从车里拔了出来，扭头就走。他正要冲上去，老婆抱住了他说："你也不想想孩子还眼巴巴地在家里等咱们?"然后她跑过去追上他们，好说歹说交了三百元罚款。

饭没吃成，连水都没有喝一口，他们又上路了。一路上他们再也不敢找服务区停车。走到夜里十一点多，他又饿又困，想抽根烟，手里又没有火。他正在着急，一辆小车超过他，从车窗里扔出来一个烟头。他赶紧踩刹车，想让老婆捡起来，看看老婆睡得正香，他就自己拉开门从车上跳下来。双脚还没着地，又一辆车从后面冲过来。随着一声瘆人的喊叫，他像一只鸟那样飞了出去。

等他醒过来已经躺在医院雪白的床单上了，他极力想睁开眼睛，可是头上的绷带只给他留了一个小缝。他看见妻子像烟油子一样焦黄的脸，说实话，如果不是这次车祸，很久他都没有这么近地看妻子的脸了。妻子看他醒来，脱口而出的第一句话竟然是："想不到你的命这么苦，可命还真大！"他不知道妻子这句话是夸奖还是心疼，但对于他来说都差不多。他记得小时候常常做梦梦见爹娘死了，他在梦里痛哭失声。那不是对失去父母的伤心，而是他实在不知道怎么打发这件事儿。后来爹娘相继去了，他反而淡定了很多，觉得死亡无非就是睡个长觉不再醒来，只是一个第二天早上起来穿不穿床头那双鞋的问题。他想跟妻子说点什么，可是嘴根本张不开，急得满头大汗。妻子说："我知道你着急的是啥，橘子和大米都卖了，是交警帮助处理的，车也没啥事儿。"他闭上了眼睛，还想睡，可是脑子里乱糟糟的，过去的经历一个一个排着队在脑子里等着他，这个还没打发完那个就跟过来了，脑仁子疼得像要裂开。

到了第二天，脑仁子不疼了，思维也比昨天清楚了很多，可身上的疼痛感明显增强了。他能开口说话了，问起那天晚上的事情。妻子说，她是被他的叫喊吓醒的，她往车下一看，什么也看不见，车灯照着他丢在路上的一只鞋子。妻子吓得腿都软了，赶忙下车去找，最后在路边沟里发现了他。他身上也没有出血，就像喝醉了一样趴在沟里一动不动。妻子过去摸了摸，他还有脉搏，想拼命把他往上拖，但拖不动，就坐在路边放声大哭。这时一辆警车闪着警灯开过来，从车上下来一个警察，问了问情况，然后又下来一个警察，把他抬上了警车，直接拉到医院去了。妻子坐在后面卡车上，帮助开卡车的警察说，前面开警车的是他们的局长杨子龙。妻子说，这名字好记，跟他们的孩子差一个字儿，儿子叫小龙。那个警察说，你真行，到这个时候了还这么镇静。妻子说，不是镇静，是习惯了，开着这么个破车天天在路上跑，我总想着说不定哪一天跟人家碰头就没命了，真想不到是这一天。警察说，这一天怎么了？妻子说，今天是他的生日，今年是他的本命年，这一劫到底没躲过去。

妻子还说，到医院以后，他们俩交了押金就开着车走了，一直没再露面。刘万福叹了口气说："你还当人家是你亲戚啊？"妻子说，那押金可是三千多，要不是这，人家医院会抢救他？这倒让他大感意外，说，那得赶紧想办法通知家里来人送钱来，再一个家里的孩子也得有人照顾。妻子说，他的弟弟已经往这里赶了，孩子的姑姑也搬他们家住去了。刘万福又叹了一口气，想到他们这一家子人只能共患难而不能同富贵，心里觉得更是悲凉得无边无际。虚无了一会儿，他想去拉妻子的手，却发现胳膊抬不起来，两条胳膊都骨折了。

在医院住了一个多月，他已经能四处活动了。他让妻子赶回去陪孩子，让弟弟在这里照顾他。出院前有一天他跟弟弟说，一定要去公安局找找杨局长，得把人家交的钱送还人家，还要特意去感谢人家的救命之恩。弟弟去买了些礼品，兄弟俩打了个车去了公安局。开始他想着那么大个局长肯定不好见，所以心里想好了主意，就说是局长的亲戚。结果到了公安局门外，听他们说是找局长的，门卫根本没有盘问就让他们过去了。但当看见他们掂着礼物，又喊住他们说道："群众来见我们局长随时都可以，但是带礼物不行。"他说："我们是他的亲戚，专门来看他的。""谁也不行，规定东西不能带进办公楼，放在这里吧！”放下东西，他们按照门卫指点的楼层和门牌号敲了敲门，里面应了一声。他们推门进去了，看见杨局长正在一堆文件上写字，对他们点了一下头。他们也不敢坐，站在那里等着。局长依然没抬头：“坐吧，我这里有个急件等着发走。”等局长写完安排人拿走，才问道：“你们找我有什么事儿吗？”刘万福对弟弟说：“黑蛋，你替我给杨局长跪下。”杨局长站了起来，说：“你们这是干什么？找我有什么事？”刘万福眼泪涌了出来，哽咽着说：“杨局长，我是你一个月前救过命的刘万福。”杨局长愣了一下，然后很快就平静了下来，说：“你找错人了，我从来没有救过人。”杨局长的这句话差点没把刘万福惊得跳起来，他说：“杨局长你忘了，10 月 3 号的夜里十一点左右，我在一〇七国道上被车撞了，是你把我送到医院，还是你垫的医药费。”杨局长说：“10 月 3 号我还在市里开会，怎么可能在路上救你？肯定是搞错了。你们如果没其他事情就出去吧，我还有个会。”兄弟俩出来，站在院子里百思不得其解。后来看见杨局长下楼坐着车走了，看见他们连招呼都没打一个。俩人回到医院，把那天晚上值班的护士找过来，问送他来的是不是杨局长。护士说：“是公安局的杨局长，我跟他弟弟是大学同学，还去他家吃过饭。那天晚上是他和司机一块送你来的。”刘万福更加迷惑了，就把自己今天的遭遇给护士说了。护士说：“咦？真看不出来，现在还有人想做无名英雄？肯定是做了好事不愿意留名。”他问护士：“你说我该怎么办呢？是找记者写个稿子，还是再去找找他？”护士说：“你别着急，我去财务上找找他交押金时签的单子，拿着单子我陪你一起去，看他还怎么说！”

第二天，护士拿了押金单子，带着刘万福又去了公安局。杨局长一看见护士过来了，就笑着打招呼说："什么风把三妹给吹来了?"护士说："你说什么风？局长哥，是舍己救人的春风。"杨局长看了看刘万福说："你先出去一下，我们说几句话。"刘万福站在门外，心里七上八下地打着鼓，不知道他们这葫芦里卖的是啥药。一会儿护士打开门，让刘万福把还局长的钱交给她，然后又把门关上了。又等了半个多小时，护士才走了出来，拉着刘万福就走。刘万福说："我们就这样回去？这算哪门子事儿啊?"护士说："好了好了，我们回去再说。"回到医院，护士说："这事儿到此为止，你的命人家也救了，人家的钱你也还了，现在两清，你知我知天知地知就行了。"刘万福说："哪有你说得这么简单？这又不是做生意，结完账就拉倒了。要不是杨局长，我拿这么多钱连一个脚指头也买不到。"护士说："你真是个榆木脑袋，还看不明白是咋回事儿？人家不想张扬!"刘万福说："我们就事论事，张扬什么了?"护士气得点着刘万福的脑袋说："反正官场上的事儿给你三句两句话也说不清楚，你就别问了，赶紧治好病走人。"刘万福说："这比让我死还难受，实在不行我就去报社找记者，不这样我会亏欠人家一辈子。"听见他这样说，护士的脸都变色了，说："看你是个外省人，我还是给你说实话吧。刚才你出去后，杨局长很认真地跟我说，三妹，你要觉得我还是你哥，你就饶了我别再说这档子事了。我问他咋回事，他说，也没法给你细说，大致你明白就行了。这里的公安局局长派谁来没一个人愿意，我也是无法推托才过来的。前三任局长都给告到监狱里去了。我刚刚到这里来，工作还不到一年，据说告状信可以用麻袋装了，我正在给上面打报告说身体不行准备调走，你们这一搅和非黄了不可。我说，你和他们不一样，口碑非常好，大家都说你敬业能干有魄力，对待老百姓也非常好。他说，这样更糟，真是天天拉关系找门子不干活的没人找事，只要干事就有人找你的碴儿，所以我现在就想着赶紧走，一天都不想在这里待，你一定要帮帮哥。”

刘万福听了半天也没听太明白，但是知道人家不愿意跟他拉扯，这事儿说出去对人家没好处，也就只好作罢了。只是走的时候又带着弟弟去了一趟公安局。他远远地看着杨局长，心里想，光知道自己的命苦日子不好过，不知道这命好的人日子也这么难过。看来这公家的车子坐着扎屁股，饭碗端着也烫手哩！

六

就农民工进城这件事，后来我又跟周启牛书记争吵了一次。我之所以用争吵这个词，就是每次跟他谈起这些问题，他都没有足够的耐心。他的意思是，农村的事儿你连皮毛都还不懂，一句话也给你说不清楚。这也正是他激怒我的地方，其实在我看来，我只是就事论事，并不像他对我的印象那样，好像我总是站在道德的制高点上，好为人师。

“你们这些知识分子所谓的农民，不是一个人，只是一个拼贴的镜像，是你们凭空想象出来的。”那次我们在他办公室谈完工作，他主动跟我说起这个话题，“你们这些整天口口声声爱农民、怜悯农民的人，在你们想象里的那个农民勤劳、善良、隐忍、宽厚，总之，中华民族的一切传统美德都集合在他身上。可是真正有一个满身汗味的农民走到你们跟前，你们马上会捂着鼻子躲开；如果你握一下他们的手，心里想的只有一件事，那就是找洗手液洗手。可是，我天天要跟他们待在一起，是你们了解农民还是我了解他们？是你们爱他们还是我爱他们？”

我告诉他，这完全是两码事，正如热爱正义事业的人不一定非要冲到浴血奋战的前线。可能某个具体的农民并不值得同情，但是对他们的关心依然是大家共同的情感，而且不管怎么说这也是一种高尚的情感。他同意我这种说法，但还是坚持认为，他主张把农民“赶进”城是目前最好的“选择”。“你知道吗，每个月即使他们只有一千块钱的收入，也几乎是每亩地一年的收入，这不仅能解决脱贫的问题，上学就医都能解决了。所以这样的选择是理性的，你回去可以和你老公继续探讨这个话题。经济学家认为，一个理性的人每时每刻都面临着选择。就像目前，我可以选择结束争论，也可以选择不。”

这年的寒假，老公把女儿带到了这个县一起搞调研。对老公的这份热情，女儿一直嗤之以鼻，包括我的挂职锻炼她也作如是观。在一个后现代主义者眼里，我们所做的这一切简直就是一场闹剧。“不，”她说，“把这些说成是闹剧算是夸你们了，说是一厢情愿的意淫更贴切。”其实，我喜欢她辛辣的语言和尖锐的思想，这常常使我的写作掉转方向。

不过在看了几个困难户之后，她喋喋不休的讽刺终于画上了一个句号。我们到的第一家是个三口之家。男主人过去在城里帮人家开货车，一次车祸致使他高位截瘫，屎尿都拉在床上。女主人的手由于长期泡在水里洗涮，患上了风湿性关节炎和严重的腰肌劳损，骨节粗大得吓人，腰都直不起来。家里只有女儿还算个正常人。当我先生问他们需要什么帮助时，他们的回答是："没有不需要的！"

第二家是一对捡破烂的老人，收养了四个残疾儿童：两个侏儒，一个兔唇，一个肺结核患者。两个老人靠每天捡破烂的收入养活他们。我们去的时候，那个患肺病的孩子正躺在床上咳嗽，离很远就听见他拉风箱一样的哮喘声。这个孩子面部潮红，头上汗津津的。我们站在他面前看着他，他也用眼窝深陷的眼睛看着我们，黑眼仁有一种死亡的光芒，亮得让人心疼。老人说，他每天下午都发烧，吃了药也没多大用。我说，好像政府有个专项救助，就是专门针对结核病的。老人说，知道，不过政府规定得拿到市里的证明才作数。如果到市里去，光花费就得成百上千，他们拿不起。这时女儿从包里掏出一千块钱给他们，让他们抓紧时间去检查。

第三家的生活状况更是让人惨不忍睹。这家的男主人跟着人家上山打板栗，回来的时候车翻进了沟里，十三个人到现在都没找到尸首。女人也撇下五个孩子扬长而去。孩子们跟着风烛残年的爷爷生活。屋子里几乎没一样像样的东西，室外的光线透过残缺不全的窗口照着阴暗的室内，看着就像好莱坞的劫难后剩下一堆废墟的片场。两个大点儿的女孩子上学去了，剩下的三个孩子木呆呆地看着我们。就是在那里，女儿被深深地震撼了："真想不到……怪不得……"我觉得她肯定在心里试图把自己和她生活圈子里的人与这个残破的家庭拼接起来，但她的努力显然失败了，这巨大的反差使她陷在一种矛盾的虚无里。她主动把汗湿的手放在我的手心里，一直到往回走了很久也没说一句话。

快到县城的时候她提出来要去西部当志愿者。我和她爸爸都没有说什么。

晚上周书记陪我们吃饭。女儿突然提出了一个想法，她建议电视台搞一个栏目，叫“一百个人的过年梦想”，把这些人的生活困境和他们过年的愿望通过电视反映出来，让更多的人关注他们，从而帮助他们过一个充满爱心的春节，然后在县里举办的春节晚会上把其中的经典节目植入进去，以达到“在欢乐中抒写悲苦”的强烈艺术效果。

我对她这个想法在心里还是首肯的，她的想法也得到了电视台的一致赞成。过了没几天，电视台“大爱汝东——圆你过年的梦”的大型公益节目如期推出，并引起强烈的社会反响。当我在电视上看到那个患关节炎的母亲说“我需要一台洗衣机”的声音刚落地，下面飞播字幕打出来的手机互动，竟然有一百多个人愿意帮助她圆这个梦。那个捡破烂的老人带着四个残疾孩子出现在屏幕上，我相信所有观众的心都被震撼了，他过年的愿望是：“吃一顿大肉饺子，给每个孩子买双鞋。”手机信息应接不暇，电视台打出了这样的字幕：“因观众所发信息过多，致使信息平台出现拥堵故障。”

春节晚会又把这个活动推向了高潮。那个因车祸而高位截瘫的病人被推到了舞台上，他们一家三口在聚光灯下泪流满面。这个病人说：“谢谢你们的关爱能让我们度过一个温暖的春节，我的心给你们跪下了！”他的女人真的在镜头前跪下了。这个朴素的动作，让台下热泪横飞，掌声雷动。一个企业家走上台动情地说：“你这一辈子的轮椅我都包下来了。”

捡破烂的老人带着四个孩子出现在人们的视野里，背景音乐《爱的奉献》如梦幻般响起。四个孩子都穿上了新鞋新衣服。那个患肺病的孩子依然瞪着漆黑的眼珠看着这个喧闹的世界。在他们转身走下去的时候，县里从北京请来的两名歌星走上台来，捐出了她们当晚的全部所得。

让我遗憾的是，那个爷爷领着五个孩子的家庭始终没有露面，电视台的节目没有他们，春节晚会也没有。大年三十的上午，和女儿离开县里回家之前我专门去了一趟。五个孩子都在家，围着爷爷包饺子。这个家虽然困苦不堪，可是依然有着幸福家庭的其乐融融。看到我进来，老人赶忙站了起来，孩子们坐着都没动。我让司机把我带来的东西拿下来放进屋里，孩子们依然坐在那里一动不动。

站了几分钟，我走了出来，站在院子里跟老人拉家常，一个声音突然从屋子里飘了出来：“阿姨，你们走吧，让我们安静地过年！”声音有点儿激动，也有点儿胆怯，甚至还有点儿愤怒。我重新走到屋子里，看着这几个手上沾满面粉的孩子，我说：“我来没别的事儿，也不是公事，只是想趁过年看看你们。”那个大点的女孩站了起来，她有十六七岁的样子，跟我的女儿差不多大，冻得红通通的小脸上挂着泪痕，胸脯一鼓一鼓的。她说：“我们不需要。”我走到她面前，试图去拉她的手，被她躲开了。“为什么呢，孩子？”

“不为什么，”她扭头看着墙壁，“我们只想过一个有尊严的春节。”我大为惊奇，说：“孩子，这跟尊严无关，每个人都可能遇到需要别人帮助的时候，包括我在内。”这姑娘依然没回头：“我们也需要帮助，可不是这时候。”“那是什么时候呢？”我问。“我弟弟没钱交学费而被逐出校门，我爸爸失踪没人管，你们都在哪里？我妈妈为什么出走？她到政府跑了上百趟，没一个人管我们。”

这时我女儿过来插话说：“小妹，关心别人是不分时候的。”那个女孩停了一会儿说：“是这样子吗？既然是这样，为什么只有到了春节才能看到你们的笑脸，摸到你们温暖的手？可是你们知道吗，当你们在电视上拉着我们的手笑的时候，我和妹妹却在底下看着你们哭。你们从来没想过，把我们一家人的痛苦拿去展览我们会是什么心情？我爸爸每年都要在电视上死一次，妈妈每年都要在电视上跑一次，”她用手指了一下我女儿，“换你你能承受得了吗？”

这样的话不仅仅是愤怒，简直算是仇恨了。现在小孩子们的早熟，着实让我吃惊。我以为女儿会跳起来，但她却默默地拉着我的手往外走。老爷爷跟着把我们送出门外。我坐上车，看他站在寒风中目送着我，那一刻我突然想起了我的父母，也一下子明白了他们的心情。我又跳下车，把过年给双方老人准备的红包掏出来给了他。他紧紧地握住我的手，语无伦次地说：“孩子不懂事，您别生气……过了年她就该去打工了。”

在他的语境里，出去打工就是长大了，成人了，懂事了。

在路上，女儿手脚不停地发着过年短信。我说：“孩子，别发了，我心里堵得难受。”她说：“我比你还难受。”“我们的难受不一样，你难受是受了刺激，我难受是感到无助。”女儿停止了动作，说：“不是的妈，我觉得你们彻头彻尾地错了。其实，拿人家的苦难作为你们爱民如子的表演道具，让人家每年都陪绑，并不是最大的悲哀。最大的悲哀是，你们凭什么不经人家的允许就可以随便推开人家的门怜悯人家？就因为你们是领导，就因为人家是穷人吗？”

七

张和平所叙述的刘万福杀人事件，远比那天我在半山羊村听来的沉重。这不是一个简单的复仇故事，它缓慢的生长过程，充满着远远比故事大得多的张力。

刘万福与刘七的恩怨从上一代就结下了，那时刘七的爹是大队支部书记。已经做了爷爷的刘七爹，看上了刘万福的一个小姑，就在一次村里组织的冬季兴修水利工程的工地上，把她给强奸了。但是这事儿到底是不是强奸，刘万福一直很迷惑。因为那时候在村子里，小姑可以莫名其妙地不参加集体生产。她待在家里，一会儿刘七爹就踱过来了，叼着一根烟，胳肢窝里夹着一本记工本。刘万福知道，只要他拿笔在这本子上画一道，你就可以得到一天的工分，价值一毛多钱。

后来小姑远嫁到山那边的安徽省去了，据说小姑父曾经给刘七爹写过一封信，这封信的内容到现在也没人知道。小姑父肯定不会说，刘七爹也因为患睾丸癌被耗得皮包骨头后一命归阴（他死的时候，村子里的人都说，死在这上头真是报应）。只是有一次小姑父来走亲戚的时候，一家子人正在吃饭，刘七爹忽然蹿了进来，进门就把桌子掀翻了，然后冲上去扇了小姑父一个耳光，骂道：“你他妈的不是告我强奸你老婆吗？告去啊，我就是强奸了，我看你能把我咋的?”刘万福记得他爹赔着笑脸把骂骂咧咧的刘七爹劝走了。小姑父捂着肿胀的脸，半天没说话。

作为小孩子的刘万福的疑惑是，如果是强奸，小姑干吗在家里等他？如果不是强奸，那么她干吗要告诉小姑父？长大了他才咂摸出这里面的道理，估计是新婚之夜那一关小姑没过去，被小姑父审了出来。小姑父一气之下写了封信给刘七爹，才出现后来的那一幕。

等刘万福能想明白这个事儿的时候，恩怨已经移植到他们这一代了。从煤矿回来后他结了婚，婚礼的第二天他就领着新媳妇到田里干活，也算是冤家路窄，在路上正碰上刘七。他跟刘七还是小学同学，小学毕了业他就辍学了。刘七一直上到高中，毕业后凭他爹的关系跟着公社书记当通讯员，后来因为跟打字员乱搞被清退了回来，在家里不务正业游手好闲。看见刘万福两口，刘七踅了过来，说：“大眼，都说新媳妇长得漂亮，这一看才知道嫂子长得果真不错啊!”说着就动手动脚起来。刘万福说：“刘七，咱俩可是从来没开过玩笑，这儿也不是开玩笑的地方。”刘七听这话并没恼怒，还是笑嘻嘻地说：“我没赶上闹你的洞房，今天刚好在这里找补一下。”他眼睛看着刘万福，趁他媳妇不注意，忽然扭头猛地一下把她的裤子褪了下来。新媳妇里面没穿内裤，羞得尖叫起来。刘万福说：“刘七，你不能……”话还没说完，刘七又去扯她的上衣。老婆哭着喊道："大眼，你还是个男人吗？"刘万福赶紧过去推刘七，刘七一个趔趄倒在稻田里。他从水里爬起来，指着刘万福的鼻子骂道："你他妈找个破货还跟捡个宝贝似的，你看她屁股这么大，像个处女吗？戴个毬绿帽子还这么嚣张！"刘万福说："你再瞎扯我撕碎你的嘴！"刘七没敢再过来，只是点着刘万福说："有本事你过来撕撕看看！"还没等刘万福冲过去，就被他媳妇拦住了，媳妇说："别跟小人一般见识。"刘万福咽不下这口气，拉着媳妇去了派出所。

结果可想而知，他们在派出所遭到了一顿奚落。人家警察说："你们怎么这么经不起闹腾？新婚三天，天地闹翻。如果都不跟你们闹，你们这婚结得多没面子？"刘万福说："要是只有我自己遇见这事儿也就拉倒了，算我倒霉。你们知道他在村子里祸害过多少人吗？现在正赶上严打，你们不打这样的坏蛋，光抓那些小偷小摸的算什么啊！"警察立马严肃起来："你说话得负法律责任，他犯了什么罪你现在就可以举报，但是诬告是要反坐的。"刘万福想了想，说了几件事，警察说："这些都是鸡毛蒜皮的事儿，够不着犯法。"他也实在想不起来有什么大事，只好垂头丧气地回了家。

从湖北车祸出院之后回了家，刘万福彻底断了进城的念头。在弟弟妹妹们的帮助下，他买了辆农用三轮车给人家运建材。有一次他拉了一车石子正跑着，看见一辆越野车横在路上。他下了车走过去，看见刘七带着一群人坐在车里。大热的天，刘七头上还歪戴着一顶帽子。刘七说："老同学，你在大城市待习惯了，咱乡下的规矩你还不知道吧？"刘万福说："该知道的都知道了，不该知道的确实不知道。"刘七的一个小喽啰拉开车门跳了下来，走到刘万福的车子前面举起手里的一把锥子，把刘万福的三轮车的轮胎全捅破了，然后用锥子点着刘万福说："这个规矩你不知道吧？你以为咱们这么大个半山羊都是你们家的一亩三分地啊？"说完这帮人扬长而去。

后来刘万福才弄明白，这附近所有的建筑材料都被刘七他们垄断了，只能从他们手里高价买才可以。他知道斗不过人家，就不干这个了，承包了几亩果园，水果下来的季节就卖点水果，平日里往城里贩运蔬菜，以此维持全家的生活。有一天他进城贩菜回来已经很晚了，进家看见屋子里黑灯瞎火的，大冷的天，孩子们都坐在院子里。他觉得气氛不对，就问孩子你们妈去哪里了？孩子们都不吭气，拿眼看着紧紧关着的屋门。他推开门，看见老婆和大女儿一个坐在炕沿上，一个坐在凳子上相对垂泪，知道肯定出了什么事，而且不是小事。他实在被出其不意的打击弄怕了，那一刻他的嗓子眼发干，头涨得嗡嗡响。他问老婆："出什么事儿了？"老婆只是哭，头也没抬。他问女儿，女儿也不答话，扑在床上拿被子蒙住头大放悲声。他又问老婆："到底怎么了？"老婆抽咽着说："刘七这个挨千刀的，真不是人连个畜生都不如啊……"他觉得脚底下忽然裂开了，像一个无底深渊，一眼看不到底，心像被一只大手揪住，有人拿一把钝刀子一下一下地锯着。他过去双手抓住老婆的肩膀，低声喝道："你给我说清楚，到底这个畜生怎么了？"老婆哭得更凶了，边哭边说："我就是给你说了，你能怎么他？不是平白把你搭上受侮辱吗？"他听着老婆的话，心里更加疼痛了，疼痛到麻木。"老婆，"他觉得自己的声音从很远的地方飘过来，好像是另一张嘴说出来的，"就是一头猪，逼急了也会咬死人；我们忍到时候了！"老婆说："忍到时候了？要么是他死了，要么是咱们俩眼一闭死了才算到时候。"老婆这话让他在复仇和无奈的情绪间漂游，这种复杂的情绪拍打着他，前胸后背都汗津津的。尽管他知道这次事件肯定非常恶劣，但还是抱着希望不是他恐惧的那件事，再次请求老婆告诉他怎么回事儿。老婆看了一眼在床上哭泣的女儿，抽抽搭搭地把事情经过给他说了一遍。

刘万福的大女儿初中毕业就辍学了，开始帮母亲在家干农活，后来经她的一个同学介绍，在镇上一家超市打工。那天下午下班她骑车回家，出了镇子不远，就发现有一辆车在后面跟着她。在一个陡坡前她下来推着车子往前走，那辆车在她面前停了下来。刘七从车子上跳下来拦住她，说："你爹是大眼吧？"她拿眼睛瞪着他没吭声。他又说："这样吧，明天我请你吃饭唱歌，我们交个朋友。"她说："你也不看看你的年龄，我都该喊你大爷了。"刘七说："最好喊我个爷爷，咱们隔辈亲。"她不再理她，推着车子就走。刘七在后面喊道："别忘了，明天，不见不散。"她知道刘七不好缠，所以第二天不到下班时间就请假回了家。走到半路上，刘七的车从后面追了上来。她还没停住自行车，就看见从刘七的车上下来两个人，其中的一个她认识，是她同学的哥哥。那俩人不说话，拉着她就往汽车上塞。她向同学的哥哥喊道："哥，你也害我吗？"那人也不答话，只管往车上推她。刘七在车里说："这里没有你哥，只有你爷爷我。你识相点，你敢喊立马把你的嘴封住！"她还是不管不顾地喊了起来，但车子的门已经关上了。车子往山上开去，她的胳膊被人紧紧地抓着，一下也动不了。接下来的故事就像演电影一样：她被扒光了，被扔在一个超大的床上，被那个跟他爹一样年龄的人压在下面……

听完老婆的叙述，刘万福觉得浑身像被掏空了一样。他呆呆地坐了半天，屋子里沉闷得简直像要爆炸。老婆说了这些以后，就像放下了一副重担，拿空洞的眼睛一会儿看看他，一会儿看看女儿，好像这事儿已经跟她无关了。后来，刘万福说："我要不把这个王八蛋碎尸万段，我就真不是个人了！"女儿忽然停止了哭泣，坐了起来，咬牙切齿地说："砍碎他也得拿他喂狗！'说完愣了半天，又捂住脸哭了起来，然后看着刘万福说："爹，我求你了，吃个哑巴亏算了！这事儿要闹腾出去，你想想你们还怎么活？我还怎么活？"

刘万福还没答话，老婆已经站了起来，拉开屋门召集孩子们说："吃饭吧。"

八

我试图在刘万福的故事里寻找背面的东西，也就是说，为什么会发生这样的故事？这是比故事本身更耐人寻味的东西，也是张和平反复向我询问的问题。每次讲一段刘万福的故事，他总是要加上这样的设问：要是他不去挖煤会咋样？要是他不去贩运会咋样？要是派出所把刘七严打了能会咋样？我告诉他，生活是不能假设的，不是应该咋样，而是就是这样。他说："你说这就是他的命？"我说："你是个老师，怎么还信这个？"他的回答让我啼笑皆非，他说："我是教语文的。"我说："是不是教哲学的就不信了？"他愣了一下也笑了："现在还有谁不信这个呢?"这个非常简单的结论真的把我给镇住了。我想，如果真是一个国家的老百姓都信这个，那这个国家还有救吗?

当然，这不是我应该考虑的问题，毕竟尚有"肉食者谋之"，我"又何间焉"？我需要考虑的是，在这个故事里，怎样找到老师说的"真正的小说"——看清楚它的人物，琢磨透它的细节，从而对他们的生命进行评价。在别人的生命里穿越，其风险自不待言，而我更大的苦恼来自于在没有看清楚自己之前，如何能够看清楚别人?

只要一安静下来，刘万福杀人的那把刀子就明晃晃地出现在我的脑海里。同时，我总是把它和另一个作家的小说《清水里的刀子》联系起来。曾有一家杂志让我点评过这部作品，我在评语里说，这是二十年来我读到的最好的小说。在这篇小说里，一头牛能在自己作为牺牲奉献给真主的时候，看见宰杀自己的那把刀子。因为牛是大牲，它能看见群星后面的天庭，那是它的尊严所在。而作为杀人者的刘万福，又是在什么时候看到了自己生命里的那把刀子？我相信，他的尊严不是由灿烂的星空做底子的，而是在生活的烂泥里一点一点泡出来的，即使到了天庭他寻找的肯定不是灿烂的星空，而是一个能让自己喘口气的角落(如果天庭有角落的话)。作为当时的看客和后来的读者，也许看到的只是他一刀索命的快意恩仇，看到的只是他把刀举起又落下的物理过程，可支撑这个物理过程的心理过程有多长？是一个世纪，一辈子还是一刻?

可以肯定地说，不是一刻。有一次，刘万福见到了刘七，刘万福说："刘七，你的头晃荡得太久了!"这话从刘万福嘴里说出来，着实让刘七吃了一惊。“岳父大人，”刘七剔着牙说，“是太久了！是太久了！”等刘万福走过去，刘七呸地吐了一口痰，好像那口痰就是刘万福，他用脚踩着那口痰，狠狠地说：“这话也配你说！”

那天杀了人之后，刘万福掂着刀先去了自家的坟地。他把刀插在坟前，扑通一声跪下，磕了三个响头，说：“爹！娘！儿子这边的事儿已经一了百了了，就要跟你们见面了。我很快就躺在你们二老脚头，再也不分开了！”说罢，拔腿去了派出所投案自首。

先后开了两次庭，他对自己的犯罪过程供认不讳。法庭的判决下来了，死刑。第一次就是判死刑，法庭问他上不上诉，他说不上诉。第二次开庭法官还是这个问题。“不上诉，”他坚决地说，“我只想着快点死，等死比找死还难受。”

关在死牢里的一共有三个人，一个是黑社会犯罪的主犯张科大，一个是因为妻子有外遇而愤然杀妻的中学教师王思成，他们三个人都戴着脚镣手铐。刘万福进来已经是晚上了，还没看清楚屋子里的人，就听见一个低沉浑厚的声音在头顶上响起：“又来客人了！”等警察锁了门出去，这个声音又问了一句：“做了几个？”刘万福这才看清楚他，戴着一副黑框眼镜，面皮白净，像个老师，只是胡子有点长。“我杀人了，俩。”刘万福回答他，估计他问的“做”就是杀的意思。那人说：“还赶不上我的零头。那个老师，”他用头点了一下另外一个墙角的人，“他最窝囊了，自己老婆被人家睡了，临了被杀头的却是他。”刘万福没答话，他又接着说：“我这一辈子赚大发了，该吃的吃了，该喝的喝了，该睡的睡了，该杀的杀了。”

刘万福转过头去看那个老师，他皮肤黝黑，满脸胡须，倒像个杀手。后来他想，这个世界真是颠倒了，老师像杀手，而杀手像个老师。有一次他问起老师的杀人经过，那黑脸汉子半天没理他。张科大对着老师说：“你还想要出场费咋的？这是你这一辈子最后一个人听你讲你的故事了。”他还是不说话，后来张科大三句话就把这件杀人故事说完了：“他跟他老婆是大学同学，他老婆爱的那个男人跟他们的另外一个女同学结婚了。他老婆在人家的婚宴上喝醉酒后宣布要跟他结婚。结婚没多久，他晚上回家发现那个男人跟老婆睡在一起，就宰了他们俩。”说完又找补一句：“真窝囊!”刘万福想，你只知道他窝囊，不知道我比他还窝囊。所以等张科大让他讲他杀人的故事的时候，他就把前面的大部分内容省略了，只是从果园讲起。讲到手起刀落那一段，张科大哈哈大笑，痛快痛快！这才像个大哥。从那个时候起，他就喊他大哥。

进来没几天，家里送来了一套西装，还有秋衣、衬衣和鞋子袜子，都是崭崭新的。张科大说：“这是家里给你送行的。大哥你先走，给我们打个前站，到时候我俩也有个依靠。”刘万福把那些衣服翻过来抚摩着，在里面找到了两封信。一封是弟弟写来的，弟弟在信中说：“哥，我们都尽力了，你别怪弟弟妹妹们没能耐，没把你捞出来。我们几个常常抱头痛哭，都想替你去挨这一枪，可是国法不容啊！现在我想跟你说，我们唯一的遗憾就是你不能回到爹娘的脚头了。咱们的坟院已经没地方了，就是那个地方能挤下你，也挤不下我和三弟。你怎么忍心咱们兄弟到那边再分手啊？我们的意见是再新开一块坟地，咱们弟兄三个还住在一起，我们跟你还没过够。哥，你一定答应和原谅我们。”老婆的信是女儿代写的：“你的苦终于熬到头了，我不知道该高兴还是该悲伤。你安心地走吧，在那里等着我，我们下辈子还做夫妻！”在妻子的话下面是女儿自己的：“爹，我们爱你，我们为有你这样的父亲而骄傲和自豪。”看完信，泪水无声地从他脸上落下来。张科大说：“大哥，这时候哭足哭够，上路的时候得像个汉子！”

晚上看守所送来了几个菜，还有酒。过来了几个干警，把他们三个的脚镣手铐全打开了，监视着让他们洗洗手脸开始吃喝。张科大说：“大哥，给你送行还要我们俩作陪，人家警察真够意思！”他没说话，都知道这顿晚餐对他意味着什么。当天夜里他睡得很踏实，只是到后半夜，他被王思成的梦话惊醒了。王思成喊道：“鸟！那么大的红鸟！”这是他听见他说的唯一的一句话。

第二天相当平静，并没有人来带他。第三天的早上，牢门哗啦啦地打开了，过来一群戴墨镜的法警，把张科大和王思成带出去后，又哗啦啦地把门锁上了。他用头撞着门喊道：“法官，法官，还有我！”一个法警把瞭望口打开，骂了一句：“你他妈的死也这么着急啊！”他心里想，我咋不着急啊，已经着急两个多月了。

当天上午，法院又来了两个干警，向他宣布最高人民法院的裁定，根据他的犯罪性质和自首情节，改判为死缓。

听完判决，他愣愣地站了半天，最后说：“怎么你们不办个人事儿，把我杀了啊！”

九

有几件事情还需要做一个补记。

关于刘万福这个故事还远远没有结束。那天张和平到我办公室来，异常兴奋地告诉我说，到监狱不久刘万福就被改判了，由死缓改判为无期徒刑。我也替他高兴，问张和平："他怎么表现这么好？看来是真的悔罪了。"他说："这事儿你可帮了大忙了。"我诧异："我？帮忙？""是啊，那天在信访局门口的广场上，你讲了话。那个三死三生的新闻在网上被一百多家媒体转载，所以监狱研究给他减了刑。不过还得感谢县委宣传部，那个活动是他们事先安排好的。"我想起来了，那天是由宣传部副部长带着电视台过去录的像。这个桥段让我有点儿意外，但也觉得完全在情理之中，当然也在套路之中。

临走，张和平嘱咐我说："赵县长，这事儿你要是写成小说的话，也不能把刘七写得那么坏。我前天去监狱看看大哥，他也是这个意思。""为什么呢？"我很吃惊。"其实刘七这个人也办了不少好事，进村的路都是他修的，村里建校没钱也都是他捐的。"嗯，我想起毛主席他老人家说的，最懂辩证法的是人民群众，这话没错儿。"刘七的爹也没那么坏，三年自然灾害那些年，他私自让老百姓在山上偷偷地种果树养家禽家畜，也冒着杀头的危险哩！"

他还说："赵县长，你得多往乡下走走。咱这地方有写头儿，您想想，鄂豫皖三省交界，解放前出红军，解放后出将军，人的胆子大得很！”

关于县委书记周启生我还想说几句。我挂职结束回省里不久，他就被调到市政协工作了，明升暗降，这已是公开的秘密。我和老公去看过他几次。他已经没有了先前的激情和锐气，豪气干云的喝酒气派也没有了。“你这次喉结动了。”我笑话他，他也一脸无奈，说：“术不及道，道不及势啊！”

其实，他哪里去研究过什么术道势？只不过是自己解嘲罢了。

喝完酒后，我们又找了个地方喝茶，好像有很多话要说，但是又实在找不到话头。月明星稀，乌鹊南飞，离开他往回赶的时候，已经是夜里一点多了。在路上，老公收到他发来的一条短信，是一首诗。诗的名字是《兄弟》。

我不想在一首诗里翻身
不想在被反复歌吟的长句里苏醒
除非碰着那些人
他的骨头硌着我的痛处
眼里的光掺着时间的沙砾和无助的悲哀
而即使坐在动辄得咎的明处
语言的剑鞘
仍然包裹不住思想的锋芒
他是我的兄弟
我们不该让思想劈面相遇
在静夜里电闪雷鸣

不该在风雨如磐的时节里

把日子拼贴得风生水起

兄弟，记得有一次我们谈起了王小波的散文

仿佛站在楚襄王的快舟上

“一点浩然气，

千里快哉风”

我们在这个时代里鼓腹而游

也在这个时代里百病丛生

不管是在庙堂之高

还是江湖之远

左手家国天下

右手儿女柔情

如今，何处是长亭更短亭

天涯望断

高楼休倚

只是读到“理想主义火焰生生不息”时

鼻腔发酸……

第四十圈

“以眼还眼，以牙还牙，以手还手，以脚还脚。”

——《旧约全书·申命记》19：21

一

十六岁那年我发表第一篇小说。说起来甚是好笑，这篇作品像一个孤儿，前不巴村后不着店。其后将近二十年时间，我没再写过什么东西。不但没写过东西，也没做过什么让自己高兴的事儿。生活黏巴巴的脱不开手，二十年时光，左支右绌，只用来应付生计已是身心俱疲，遑论其他！在一次高中同学聚会时，有人提起这篇小说，告诉我小说中写到的“那个人”现在已经是国家某银行人事司的司长了。老天爷！“那个人”是哪个人？连这篇小说的事我都不记得，怎么还会记得那个人！

二十年，可以忘记的事情很多，而且都比一篇小说要大——生活在这个星球上，坐地日行八万里，浑然有序而又阴差阳错。每天有三十七万人出生，十六万人死亡。想想看，与此相比，我们平凡的一生有什么大事可言？

不过，我着实听说过一件大事。那是我以一个作家的身份下派到天中县挂职当副县长期间，县里很多人给我说起曾经在这个县轰动一时的一起案件。是个杀人案，但也不完全是杀人案，案子里面套案子，挺复杂的。案件已经过去十来年了，现在大家还津津乐道。而跟我讲述这个案件的人不同，案子的面目也不一样，对里面各色人等的评价更是千差万别，真像一出“罗生门”。这谁也别怪，我理解他们，案件不管多复杂，那是别人的。

第一个跟我说起的是我的司机刘师傅。可从我到县里任职一直到离开，他始终也没把这个故事讲囫囵，其他人说的更是支离破碎。那次刘师傅送我回省城，在路上主动向我说起齐光禄——齐光禄是这个案件的主角。“赵县长，您是写小说的，那齐光禄的事儿，讲说起来比小说都好看。”——我相信他从未看过小说，他生活中就两件事——开车和打牌。天中有俗谚：一怕孙书记讲政治，二怕刘老四“推拖拉机”——孙书记是县委管宣传的副书记，他安排秘书写讲话稿就一个标准，“今天是开大会，话不能说矬了，给我写够五十页！”刘师傅在家排行老四。据说他打牌可以三天三夜连轴转，眼睛都不带眨巴一下的，人在阵地在，不把对手熬趴下他绝不下战场。

我说："你说来听听。"

"他怎么就那么狠，眼睁睁地把一个派出所所长给剁碎了，"他一边吧嗒嘴，一边说，"这个所长我们早就认识，过去他没当所长之前，就在政府家属院住。挺内向的一个人，从农村考上的大学，第一个老婆跟人好了。找这第二个老婆也不是个正经货，名声不好，老大不小也找不到对象，最后不知怎么的就嫁给他了。"

凭我的职业敏感，我知道这可能就是我下来挂职所要体验的"生活"，就这短短的几句话，一篇好小说所需要的张力已经有了。我问他："你说的这个齐光禄为什么杀所长？总有个前因后果吧！你能不能把这个事情详细说说？""哎哟！要说那真不是个事儿！那算个什么事儿啊？唉嗨！钱，人家该赔也赔了，政府该补也补了，所长该免也免了。"他左手开车，右手捏着指头算着这三个"了"，好像这是一桩可以计算的买卖似的。

我坚持让他从头到尾说详细点。他寻思了半天，说，一时半会儿根本说不清，这得抽个时间好好说道说道。我说："我们路上有将近四个小时的时间呢！"

"四个小时？那不够，太复杂了！"他摇着头，又重重地叹了口气，"太复杂了，想想就够让人闹心的。"

二

汝河往南走了一大段，又掉头往西去了。这样的走势在平原地区很罕见，属于倒流，所以当地人也把这条河叫作回头河。汝河河湾处夹着一个小镇，很像一个人的胳膊搂着个孩子。小镇与县城隔河相望，但是无路相通，只能坐船过去。别看这个镇子不起眼，名字却响亮得很，叫天中镇。也是因为有这个镇子，这个县叫天中县。据说这个地名是乾隆爷下江南路过此地时封的。但这种说法很值得怀疑，我从史书上看到关于天中的记载：“禹分天下为九州，豫为九州之中，汝又为豫州之中，故为天中。”后来，我又在县志上看到“天中”二字竟然是唐代的颜真卿所书。可见，历史真是不值得认真端详。

天中镇镇东头住着一户人家，户主姓牛，人我皆称呼牛大坠子。“坠子”在当地土话里两层意思，一层是对本地戏曲的统称，另一层是指一挂鞭炮最后那几个最响的大炮仗。牛大坠子跟这两样都沾点边儿。先说唱戏这一出，从小他就喜欢，只要一出门口，小曲就挂在嘴上，咿咿呀呀，抑扬顿挫。如果碰上一群人扎堆儿在那里聊天，他便凑上去。禁不住人家一撺掇，他就会半推半就拉开架势。那么胖大的一个人，踩起场子来如风摆杨柳，左手撮成兰花指掐在后腰上，右手撮成兰花指挑在胸前，其势如凤凰展翅，便一唱三叹地开始了：

我不告天来也不告地
状告皇王御妹婿
我告的就是他强盗陈世美
秦香莲我本是
他的结发妻呀、呀、呀、呀……

至于把他跟大炮仗联系在一起，一来是他嗓门大，说话跟过闷雷似的，震得人耳朵轰轰响半天；二来他好充大，说话办事总爱拣个高枝，好像凡事都比别人高明。

坠子爷爷过去曾经跟过袁世凯，专门做手擀面，说是祖传手艺。老袁这个人一直到死都爱这一口儿。老袁死后，爷爷背着太子克定送的一把日本刀解甲归田，刚好遇到兵荒马乱的年月，技艺无以相传。直到后来得了孙子坠子，他才将刀和做面手艺传给了孙子。

不管爷爷是不是跟过袁世凯，用这方法做出来的面真是好吃。刀看起来也是真的，像传说中的皇室用品。坠子当了金豫宾馆的经理之后，把做面的手艺给解密了。相当简单，小麦、红薯、绿豆三种面粉和在一起，磕几个鸡蛋，使劲搅和，待白、黄、绿三种颜色混为一色，用瓦盆盖在案板上饧半个时辰，然后擀成半韭菜叶那么厚的面皮，晾至半干，刀斜成四十五度，薄薄地片下去，便成了厚薄适中的面条。用猪油擦一下锅底，把葱姜煸熟，待水烧成大滚把面顺势摆进去，出锅前再放几棵小青菜，点几滴芝麻香油。吃的时候有一股说不出来的“年少的味道”（爷爷说是袁世凯语）。那时候，就靠着这“袁面”，金豫宾馆红火了好大一阵子，如果不是后来的几多变故，结局肯定不是现在的样子了。

坠子原来在金豫宾馆当大厨，虽然有祖传的面点手艺，他却死活不听爷爷和爹爹的话，做了红案。他不喜欢白案的冷清，对着一堆面粉揉来搓去，让人一点儿都兴奋不起来。他喜欢红案的热闹，爹怎么打骂都改变不了他的志向，于是只好随了他。很快他就出师了，煎炒烹炸相当了得，那完全得益于戏曲给他的启示。他觉得炒菜跟唱戏十分相似，热锅凉油，一把作料撒下去，嗞啦一响，是过门儿。待主菜下锅，一出大戏便开始了，锅碗瓢盆叮当乱响，有韵律，有节奏，还有情趣。那是一门让人上瘾的艺术。

刚开放之初，国营金豫宾馆实在经营不下去了，学习外地经验搞起了承包。那时候的人都胆小，商管委开了几轮会议，没人敢接这个摊子。坠子一拍屁股站起来，签了为期五年的承包合同。当时的报纸电台当作是一个重大新闻，进行了广泛报道，说他是中原的马胜利步鑫生，他的壮举将会在中原大地掀起一轮改革大潮，云云。

后来的实践证明他这个决策是对头的，他以"袁面"打头，以周围鄂豫皖地方特色菜铺底，生意做得风生水起，远近闻名。那时候，他牛总经理梳着中分大背头，一套上海"响铃牌"大方格西服，脖子里吊着猩红领带，皮鞋擦得锃亮。不管他去哪里，都让人扎眼得厉害。一辆古董级的黑色"上海"牌轿车驶过，能听到收音机里传出的老包下陈州的唱腔：

久念陈州众百姓，
辞别王驾早登程，
紧催八抬忙走动……

三

机关干部下基层挂职锻炼，总有点不伦不类。有钱有势的部门下来还好，能给人家跑个项目批点资金什么的，至少能为当地干部提拔重用牵线搭桥。像我们这些文化部门下来的，两袖清风，手无缚鸡之力，很难融入当地。眼看着两年的挂职期限已经过半，我心里不免暗暗着急。一来，自己分管的文教卫属于慢工出细活的工作，干好干坏一时半会儿也看不出来。二来，有形的项目自己一个也没干。别人说起以往的挂职干部，往往是谁谁谁修了水库，谁谁谁盖了一所小学。如果我回去，在县里不会留下任何可资评说的东西。有一次，我给在发改委任职的一个学弟打电话，求他帮忙给弄个项目。“姐啊，”人前人后他都这么亲热地喊我，“不是我给你弄个项目，而是你得先编个项目，我负责给你点钱!”电话那头乱哄哄的，好像是在歌舞厅里，那时是下午四点多一点。“编个项目？是编制一个项目还是随便编一个项目?”我玩笑道。“哎呀！姐，你这作家都当呆了，那还不是一回事儿？小说是把真事往假里说，编项目是把假事往真里说!”他那边已经开始唱上了，吼了一句粤语歌又跟我说：“就这么回事儿，年底快批项目了，正好今年钱多得花不出去。”说完又唱上了。估计他也喝得差不多了，不然他不会这么跟我说话。他是一个知道分寸的人。

第二天，我带着办公室副主任赵伟中和秘书下乡搞调研。在县里，每个副县长都有一个办公室副主任跟着，其权力比秘书大，比办公室主任小，我的一切活动基本上都靠他安排。走路上我问他，“编”个什么项目合适。赵伟中说：“赵县长，您是真想办事还是想办真事?”——妈的，这都什么语言，跟江湖黑话似的！我不禁想起学弟“编项目”之说——我说：“此话怎讲?”“真想办个事出出政绩，县政府项目库里的项目多的是，拿一个就是了。想办真事，那就看您觉得事情办得有没有意义了。”我说：“那还用说？我办事的风格你们又不是不知道!”刘师傅插话说：“赵县长，咱们县我觉得最值得办的事情，就是县城往天中镇修座桥。这事儿老百姓意见很大。”“既然有这样的好事，过去怎么没人办?”“哎哟!”他又吧嗒起嘴来，这个动作表示里面有戏，情况复杂，“您不知道，天中镇人不好惹！就齐光禄那个事儿，前前后后拉扯多少年，到现在都没扯白清楚。”赵伟中连忙喝道：“老四，别信口乱说!”

我想了一下，说：“刘师傅，今天咱们就直奔天中镇!”刘师傅扭头看了一下赵伟中。赵伟中把前面摆着的“县人民政府”的牌子拿下来，扔在脚下，也没看我，叹了口气说：“走吧!”

虽然咫尺之隔，可刘师傅说要绕一个多小时的路程才能到。我想起他和其他人跟我说起的齐光禄的事情，心里隐隐约约有一种不安。也不完全是因为今天赵伟中的表现，很多人说起这个事情，都是这样一种态度。也不是避讳什么，好像谁都想躲开里面的麻烦，害怕会缠上自己似的。事情已经过去十多年了，现在说起来还如此讳莫如深，那么在这个案件背后，还有多少鲜为人知的东西?

四

牛大坠子承包金豫宾馆的第三年，来了一个南方女子。开始她是来推销报纸杂志的，养生、口才、营销、厚黑学，什么都有。女子一来二去，跟牛总怎么就对上眼了。牛总不拘一格降人才，把她留下来做销售经理。这个女子不寻常，在销售上确实有一套，见人说人话见鬼说鬼话，不管什么人见面就熟，只要见过一面，下次一口便能喊出人家的职务。再到后来，牛总是一步也离不开她，连自己的家都很少回了。

坠子的老婆也是天中镇人，在家就是个病秧子。身体弱的人，往往性格暴戾。有时候，坠子跟她说不了三句话，她就能拿头去撞墙。所以坠子平时也不敢招惹她，遇到什么事都是躲着让着。坠子当了老总之后，好话说尽，才把她和女儿搬进城里。屋漏偏遭连阴雨，坠子和那女子的传闻，不知怎么的就传到了她这里。她气不打一处来，抓不到坠子，逮住自己的女儿暴打了一顿。谁知坠子刚好回家来碰见，还没解释几句，母女俩合着伙歹毒他。女儿哭着怪他惹事，老婆拿着热水瓶朝他头上砸。他狼狈逃窜。老婆本来身子就弱，又遇到这事儿，气病交加，熬了不到一年就去世了。老婆死后，牛大坠子很快便跟这个女子结为夫妻。结了婚以后他才知道，女子还有一个儿子，比自己的女儿光荣小五岁。坠子心中暗喜，这是买一送一的好买卖，不费力气就儿女双全了。

坠子的女儿牛光荣长得既不像坠子那么肥硕，也不像他老婆那么柴，是个细皮嫩肉的美人坯子，个子细长，瓜子脸，一笑俩酒窝，羞怯中有一种质朴。娘还活着的时候，光荣已经寻到了对象，是自己谈的，只是年龄不到无法办结婚证。光荣的娘一死，光荣跟后娘之间像乌眼鸡似的，你啄我一口，我掐你一下，没个消停的时候。后来光荣索性搬到男方家去住了。再后来，光荣肚子里有了。男方的家长找到坠子，支支吾吾地把这事告诉他。坠子大手掌拍在老板台上，说，那还扭扭捏捏扯白什么啊？让他们俩先上车再补票不就得啦！

婚礼是在金豫宾馆办的。坠子本来就爱排场，当上经理之后结交的酒肉朋友又多，再加上双方驴尾巴吊棒槌的亲戚和镇上的乡亲，前后开了二百多桌。光荣的后娘重装登场，浑身披挂得比继女都像新媳妇，在酒宴上撒着欢卖弄风骚。光荣看着她，当着人面笑也不是哭也不是，新仇旧恨窝成一肚子气，强撑一天，一口饭都没吃。

婚宴一直拉拉扯扯到晚上才结束，牛大坠子与亲家喝得昏天黑地。吃完喝完，一群晚辈闹哄哄地簇拥着小两口回去闹洞房。开始还算文明，交杯酒，咬苹果，亲嘴……闹着闹着就不像话了，一群人先把新郎围在中间“撞墙”，把新郎撞得筋疲力尽瘫软如泥，拱到床底下再也不爬出来。又开始折腾新娘，他们拉着她的胳膊腿往上抛，说是放冲天炮。一下，两下，三下……光荣一天水米没打牙，浑身连四两力气都没有，被他们抛来抛去，开始还能挺着身子，到最后浑身就像一块面团一样绵软无力。最后一抛，面团从众人的手中滑脱。光荣四仰八叉朝水泥地上重重地砸去，像一列脱轨的列车，失速撞向一个未知的黑洞。

五

齐光禄原来并不是本地人，老家是东北那疙瘩的，父亲是军工厂的老工人。20 世纪六七十年代，中国与苏联交恶，因为形势所迫，军工厂大部分迁往三线。他跟着父母来到了鄂豫皖交界的这个山旮旯里，初中没毕业，就回厂接了父亲的班，分到机修车间开叉车。父亲在喷漆车间工作半辈子，退休之前就干不动了，退下来不久就因肺癌去世。家里剩下他和母亲，还有一个患小儿麻痹症的小妹。

齐光禄先是开叉车搬运钢材的时候挤断了一条腿，虽然治疗得差不多，但是走快了还是能看出来跛脚。后来又遇到企业军转民，很快他就下了岗，成了一名待业青年。当时政府为了维护社会稳定，给待业青年开了口子，鼓励他们自谋职业，并且在税收、经营场所等方面给予照顾。他就在县城一处居民区的小蔬菜市场里摆了个猪肉摊子。

猪肉摊子离牛大坠子住的楼也不远，隔半条街。按理说他跟坠子沾不上边儿。坠子开饭店当经理，家里吃的用的根本用不着从外头买。可是事有凑巧，有一次坠子下班回来得早，在菜市场下车。他看见齐光禄卖肉的时候，把半扇猪吊在横梁上，谁来买肉他就拿刀过去砍一块，不是多了就是少了，而且肉切下来卖相很难看。坠子一时技痒，快步过去，把猪从梁上卸下来横在案子上，横着剁五刀，竖着剁了三刀，整整齐齐一十五块猪肉码在案子上，煞是好看。

他把刀递给齐光禄说，要想卖好肉，先去换把好刀来！

齐光禄看得傻了，半天才缓过劲来，连忙递上烟，忙不迭地喊师傅。坠子把烟叼在嘴角，示意齐光禄点上，舒舒服服地吐了一口烟。齐光禄说，师傅……坠子也不答话，哼着小曲走了。

旁边的人告诉齐光禄说，你今天算是走红运了。这个人你不知道是谁吧？他就是牛大坠子啊！

从此，每次看见坠子回来，齐光禄离老远就打招呼，俩人慢慢熟络起来。女儿光荣结婚的时候，坠子也请了齐光禄去喝喜酒。齐光禄手也不小，封了一百块钱，还添了一床当时算是奢侈品的鸭绒被子。

那天牛光荣被摔到地上，齐光禄就站在旁边。坠子虽然喝得醉醺醺的，可非要坚持把他亲家送回家。齐光禄怕他有什么闪失，也跟着过来了。光荣这一下摔得真是不轻，当时就昏迷不醒，躺在地上动都没动一下。后来大家七手八脚把她抬起来，赶紧往医院送。肚子里的孩子没保住，光荣也昏睡了四十多天。光荣的婆家在她入院的时候交了两千块钱押金，后来再也不露面了。牛大坠子去找他们理论，婆家说，他们俩又没登记结婚，这婚姻不受法律保护。人是你们家的人，我们又没动她一指头，凭什么该我们管？

坠子气得回家喝了一斤二锅头，跳起脚在屋子里大骂，可是于事无补，毕竟他没能力拿住人家。让他万万没想到的是，这才是他倒霉的开始，要不怎么都说祸不单行呢！饭店五年的承包期到了，他要跟商管委续签合同。商管委的头儿说，你来得正好，省我们跑一趟冤枉路。赶紧交钥匙吧，这宾馆我们已经包给别人了！坠子一听如被雷击，站在门口跟人家嚷嚷道，金豫宾馆的门楼子没塌下来，到现在还这么红火，都是我牛大坠子一铲子一铲子炒出来的！你们把我一脚踢开，这不是卸磨杀驴吗？还讲不讲理？头儿说，我们不能讲理，只能讲法！现在是法制社会——简直跟光荣婆家一个口气——他急得跳脚撒泼，指着头儿说，我一把火把宾馆给你们点了，看你们还跟我讲法不讲！头儿根本没搭理他，从兜里摸出一个打火机，扔给他。看他没动静，又摸出一个，扔给他扭头走了。

一整天，他眼里心里尽是打火机。晚上回来又灌了一斤二锅头，哭着骂道，这是什么鬼世道？对你们不利的事儿，你们就跟我讲理。对你们有利的事儿，你们就跟我讲法啊！

骂归骂，现实还要面对，末了还得乖乖听话。钥匙交了，车子也交了。当天晚上，他把齐光禄喊过来，两个人一人一瓶“汝水白干”酒头对着吹。悲愤指数升高，酒的度数也要跟着升，七十三度，一点水都没掺。喝到七八成熟，他从桌子底下拽出一个红木匣子。打开来看，里面是一个明黄色布包，搭眼一看就知道不是凡常人家的用品。坠子把黄布包小心翼翼地取出来摆在桌子上，轻轻打开。齐光禄只见寒光一闪，一阵凉风穿心而过。那把刀便顺在坠子手里。坠子放在眼前看了半天，双手捧着递给齐光禄。齐光禄接过来细细地看了，暗暗叫绝，真是一把好刀！青脊白肚，背厚刃薄，像一条鳞光闪闪的青鱼。在刀柄与刀身的结合处，刻着两行非常不起眼的小字：“関孫六。大日本明治二十七年製。”

六

那天我们去天中镇并没有遇到什么麻烦。为了防止意外，开始我们没到镇子里去，而是沿着河堤，一直走到与县城对面的码头上。镇上的书记镇长已经接到通知，带着一干人在河堤上列队迎接我们。简单寒暄几句，我们顺着河堤上的一条小路往下走。我从来没这么近距离地走近过这条河，来到河边我才发现，从这边看县城，简直是近在咫尺，好像伸手就可以碰到对面河岸的柳叶。

河边是一个两岸人员来往摆渡用的小码头。离码头不远，几个船工模样的人围着一个用砖头水泥垒起来的小桌坐在河边喝茶。看见我们过来，他们只拿眼睛斜楞着，没有一个人站起来。我回头问镇上的书记："在这里干几年了？"书记说："过来快半年了，"——怪不得老百姓都不认识他——他说着看了一下赵伟中，迟疑了一下，又补充说，"谁在这个镇子上干，也不会超过两年。"我问："为什么？"书记笑了一下，说："地球人都知道为什么。赵县长，很快您就知道为什么了。"

听他那语气，我心里咯噔一下，莫非又是因为齐光禄？

看完现场，我们正准备往回走。刘师傅问那几个人："坠子他小老婆现在干吗呢？"其中一个面皮青黑的中年人说："不还是该干吗干吗！"又反问道："你认识坠子他老婆啊？"刘师傅走过去，给他们每人散了一根烟，说："不认识牛大坠子的老婆，不是在这里白混了吗？"一群人听罢此言，你看看我，我看看你。我觉得似乎刘师傅这话说得不是很合适，空气有点紧张。一个人问刘师傅："你们是政府的吧？"刘师傅未置可否。那人又道："别看了，赶紧回去吧！我还没结婚，你们就在这看来看去。现在我儿子都结婚了，你们连一块砖头都没埋下。"刘师傅跟他玩笑道："吸人家的嘴短！你再乱说我让你赔我烟！"大伙儿一阵哄堂大笑。我感觉到现场情绪明显松动了很多。

晚上，我们在镇政府吃饭。赵伟中特别安排不在外面吃，就在他们的机关小食堂里。饭菜很有特色，都是当地土里刨的、河里捞的特产。开始大家都还很拘谨，按套路敬酒。酒过三巡，我站了起来，先用茶杯倒了一杯酒，准备一口干了。赵伟中见状赶紧夺过去，说："赵县长，您这是办我的难堪！下面这酒要怎么喝，您只管吩咐就是了！"

我说："我吩咐算吗？算了，我还是喝了吧！不然我这个挂职副县长，说什么都没人听！"我话音刚落地，赵伟中仰脖子把一茶杯酒喝了。书记镇长也赶忙站起来，学他的样子，一人喝了一茶杯。三个人都拿眼看着我，也不说话。我拿过杯子，又倒了三分之一，说："这是我这一辈子第一次喝这么多，我相信也是最后一次喝这么多。不管我在这里，还是离开，我仅仅是女作家赵芫，而不是一个副县长或者其他什么。如果你们觉得我还像那么回事儿，今天咱们就放开喝酒，放开说话。我希望好好听听你们天中镇，听听牛大坠子，听听齐光禄和牛光荣！"

"好好好！"他们一边说一边每人又倒了一杯喝下去。谁知几杯酒下肚，话都多得控制不住，七嘴八舌地胡乱插话，一会儿就搅和成了一锅粥。我的头也晕得像坐海轮，忍无可忍地坐在那里，到末了也没听明白他们说的什么。

七

坠子被解职之后，在家待了有半年多时间，一直等到光荣从医院接了回来。说是痊愈了，其实只是保住一条命，根本没有得到很好的治疗。刚回来那一段时间，跟个傻子差不多，既认不清人，也说不成话。养了一段时间，虽然有了很大改善，但跟正常人还不一样。说话非常不清楚，还经常不自觉地流口水。自己坐在那里，总是忍不住笑。问她以前的事情，婚礼之前一直到闹洞房她都记得清清楚楚。可是自那之后，包括现在的很多事情，她有的能记得，有的一点都记不得。不过，从外表看起来她还跟个正常人差不多，依然那么漂亮，而且家里的活计一点都不少干。

坠子新娶的小老婆经过这两件事，倒也安分平和了不少，对待光荣也不似过去那般刻薄了，有时候看见光荣忙不过来或者有什么不方便，她也主动上前帮忙。仔细说来，过去俩人掐架也不光是后妈的责任，按她自己的说法，她有追求幸福的权利。这话也不无道理，平心而论，她只是跟追求自己的男人结婚，何罪之有？

饭店开不成了，坠子老婆在家休息了一段时间，又捡起了自己的老本行，帮人家推销报纸杂志办公用品，每个月都有进项贴补家用。倒是坠子干了这几年经理，心大了，野了，手也软了，再也捏不住刀把勺子柄了。光荣回家，他就开始跟着开饭店时结交的一个大老板跑业务。据说这个大老板很有后台，在北京凯宾斯基饭店包了一层楼，全国各地都有分公司。谁也说不清楚坠子到底跑的是什么，但见他每天进进出出，西装革履，掂着一个黑亮的大提包，忙得连喘气的工夫都没有。那时候物资短缺，而且每个机关单位都要办企业，所以皮包公司满天飞。江湖上都传说他根子硬，门路广，见过大世面，按当地的话说“是吃过大盘荆芥的人”。而他也从不隐讳自己的能耐，手里不是有一百吨钢材，就是有海关处理的走私电视机，“都是人家小日本国内生产的，塑料纸都没揭掉”，他对追在屁股后面的人说。生意做没做成没人说得清楚，反正看他的身材，肯定是每天都落个肚儿圆，还常常车接车送，前呼后拥，煞是风光。

后来，各地政府都有了招商引资任务，他按照大老板的安排，摇身一变成了外商投资的代理人。大项目多得没办法，眼睁睁看着他把皮包磨坏了好几个。皮包里除了合同、委托书，还有他跟各地领导的合影。最高级别的领导是某个省的党外副省长，据说这个副省长的父亲是黄埔军校四期的高才生，和林彪刘志丹他们同是老三连的同学。“我们都是名门之后啊!”他拉着党外副省长的手这样说的时候，眼圈有点湿润，但也不全是装出来的，“要是你在沿海当省长分管招商引资，我可以帮你办成一件大事。遗憾！真是遗憾！——”他一边摇着头，一边从提包里掏出一沓子花花绿绿的文件，是旅欧黄埔同学会的投资委托书，“他们想搞一个海水淡化项目，建成之后可以从根本上解决华北地区的缺水问题。可惜咱们这里是内陆，不靠海，我也帮不了您这个大忙!”

坊间关于坠子类似的传说很多。还有人造谣说，坠子事先知道副省长接见后，专门查阅了副省长的出身，然后自己去打印了这份委托书。但是，这样的说法明显缺乏其他证据支持，不足采信。况且还有那么大一个后台，一个副省长算什么呢？

全国各地招商引资的虚热症冷下去之后，坠子的门庭也冷落了一段时间。后来大老板又为他开辟了新的生财之道，但是已经不面对政府，而是面对企业和个人了——不是承包了一段高速公路，就是发现了一个稀土矿，现在只缺前期启动资金了。有一次，他喝得醉醺醺的，来找睡在肉铺子里的齐光禄。他坐在齐光禄的床头，从提包里掏出一沓子夹杂各种文字的复印材料，说是一份非常非常重要的合同。他的大老板，全家已经移民加拿大了，记念着与坠子的老交情，专门从国外回来找他，想帮助他先富起来。大老板与美国波音公司签订了五百套生产机舱门的供货协议，现在就差三万元启动资金了。坠子想让齐光禄“帮忙垫一脚，先登上去再说”。

“不管是机舱门还是机枪门，看在你过去看得起我的分上，这只三万块钱的脚，我先给你垫上，”齐光禄披衣坐在床上，上半身靠着墙，肋骨一根根地起伏着，“可是，你拿什么担保呢？”

“光荣嘛！”坠子知道齐光禄痒在什么地方，他眼里燃着一把贼亮的火，眼珠油汪汪地转动着，“我拿光荣担保可以吧？”

齐光禄一脚把被子、合同和提包蹬到地上，跳下床来，一只手提着快滑脱的大裤衩子，一只手点着牛大坠子说：“你们家就光荣还值点钱！”

八

县城通往天中镇的新大桥开工并没有依惯例举行典礼，施工队悄悄进入了工地。县政府专门成立了一个“大桥建设指挥部”，我任指挥长，县公安局一名分管治安的副局长任副指挥长。后来我才弄明白，这样安排是为了好临时调动警力应付突发事件。用“突发事件”这个词，听起来怪瘆人的，其实就是指群众上访、围堵县领导、阻挠施工什么的。

在县政府常务会议上，当讨论到我这个项目时，除了主持会议的县长讲了几句话，其他没一个人发言。按理说这是一个重点项目，既关乎群众的切身利益，又有非常大的投资，应该由一个有实权的副县长当指挥长。可是在会议上，没一个副县长主动揽这个活儿。县长问，这个项目怎么办？怎么办？大家的目光唰的一下都打在我身上，好像这个项目是我认领的一个孤儿，就该我负责。我看了一圈没人表态，便说，这个指挥长我来担任！好好好！一圈人用侥幸的、因为卸下担子而松了一口气的态度看着我。

会议结束后，我刚回到自己的办公室坐下，副主任赵伟中就跟着过来了。我问他：“天中镇的事情到底有多大麻烦，大家都这么回避它？”他说：“多大麻烦啊？都是吓怕了！赵县，别看您平时不吭气，关键时候真能拿出来！不过，”他拉了一把凳子坐到我对面，“您来干这个事情，未必是坏事。其一，您是女同志，人家老百姓也不会真去为难您。这里虽然民风彪悍，但是不跟女同志较劲儿。

其二，您是下来挂职的，能干则干，不能干则走，谁能怎么您啊？其三，最危险的地方，其实最安全……”“好了！我脑子里哪会有这么多弯儿？我问的不是这个，我问的是，这个天中镇，还有这个齐光禄什么的，到底有多大问题在里面？”

“我跟您说说有多大问题吧！”他拿起我面前的记事簿，用笔在上面划拉着，“我光说结果吧，您看看麻不麻烦？因为这件事，撤了公安局的局长、政委，一名派出所所长被双开后，又被当事人砍了五十多刀，剁成一堆排骨，死了！两名警察被免职，一直挂到现在，还没给人家个说法。这还不算，还有哪！县政府先后有五位分管信访的副县长受到了行政处分。到现在为止，这个案件还是国家信访局专门督办的重点案件。”

“这案件跟副县长有什么关系？”我问他。

“您来这么久了，这个您应该知道啊！”他对我问这个问题非常吃惊，“您没看，分管安全和信访的副县长都是一年一轮换。谁管这项工作的时候，只要下面出了问题，分管领导都要负连带责任，跟着受处理。您比如吧，前年，安徽省的一辆客车和湖北省的一辆货车在咱们县境内撞上了，死了十几个人。您说这事儿跟咱们县有什么关系啊？到末了，不是还要处理咱们的县领导？郑副县长背了个处分。对了，那天天中镇的书记说，没有一个书记在这个镇干足过两年，也是这个道理——害怕群众上访，受牵连！”

我好像有点儿明白，但也不是真正地明白。

下午，我既没带赵伟中，也没带秘书，让刘师傅开车去了工地。到了工地上才发现，那里秩序非常正常。工人们正在整理场地，搭建帐篷，各种机械设备也正在忙碌着。几个船工还在那儿喝茶，看见刘师傅过来，他们老远就打招呼，喊着政府政府，过来喝碗茶！

没等刘师傅搭腔，我径直快步走过去。到了他们跟前，便像背书似的主动自我介绍说，我叫赵芫，是个作家，其实也就是个讲故事的。省里把我下派到这个县挂职当副县长。现在我又有了一个新职务，是建设咱们这个大桥的指挥长。今后我要经常来这里。不过我也是边学边干，有什么不懂的地方，希望大家多指点！

我双手合十，向他们鞠了一躬。

他们几个一下愣了，呆呆地看着我，忽然都站了起来。一个老者说："赵县长，坐坐坐！您的事儿我们都听说了，这座桥就是您跑下来的！修桥铺路可是积德行善的事儿，咱们老百姓什么时候都不会忘了您！"

我坐了下来，这才发现两条腿都是哆嗦的。其实从下车的那一刻起，心里就紧张得要命，害怕遇到"突发事件"。这么一段时间以来，周围人营造的紧张气氛紧紧地压迫着我。刚才的镇定都是装出来的，现在更是感觉到虚脱得厉害。我让他们都坐下，转身跟刘师傅要了一盒烟，一边在心里数着一二三四让自己平静下来，一边控制着发抖的手把烟盒打开给他们分烟。其实我发现他们比我还紧张，也许不是紧张，是过分吃惊吧。看着我递给他们的烟，他们把手心手背在衣服上反复擦了好几遍，才伸着粗糙的双手接烟，并用羊一样潮湿而温良的眼睛歉疚地看着我。那时候，我觉得自己分裂成为两个人，一个忧虑万端地坐在他们中间，像一个被缚的飞蛾，在投入与逃脱之间痛苦地挣扎。一个脱身而出，站在我身边——不仅仅站在河边，而且是站在心灵的深处——静静地打量着我。说不上来什么原因，我有一种越来越委屈，也越来越别扭的感觉，真想痛痛快快地放声大哭。

九

牛大坠子红火的时候，尽管牛光荣落个那样的结局，齐光禄也没敢打过她的主意。在这个县城里，毕竟他只是个做小生意的外地人，手里没几个钱，背后也没什么人，而且还是个残疾。坠子家道中落以后，他托了一个人让他说合说合他和光荣的事。这人先是找到坠子。坠子倒是一点儿都没犹豫，二话没说就点头同意了。可是说给光荣的时候，她只是摇头，也不吭气，一副决然的样子。

现在，她同不同意，已经无关大局了。只要坠子同意，只要坠子接了他的钱，什么事儿都得他齐光禄说了算。齐光禄恨恨地想。

要说他的恨也没有来由，不管他对牛大坠子怎么样，人家牛光荣也不欠他什么。况且这婚姻大事本来就是你情我愿，无论如何也勉强不得。可他不这样认为，他觉得牛光荣压根就看不起他。他把钱给了坠子没几天，就去找牛光荣。牛光荣见他进来，转身进里屋把门给锁了，把他撇在客厅里，走也不是，留也不是。牛光荣的弟弟坐在一个角落里抄写着什么，扭头看看他，连个招呼都没打。这孩子已经长成个大人了，一点儿礼貌都没有。他站了一会儿，觉得没趣极了，摔上门就出来了。

妈的！我是个残废，你不也是个残废嘛！还跟我穷装什么大头蒜哪！他站在楼下，看着楼上，羞愤交加。

又过了几天，他趁坠子没外出，买了三张戏票交给坠子，是省坠子戏剧团的拿手戏《双玉簪》。坠子知道他的意思，晚上好说歹说把老婆儿子拉出去海吃了一顿，然后带着他们去看戏，撇下光荣在家里看家。夜幕降临，家家户户边看新闻边吃晚饭，正是热闹的时候。齐光禄敲开牛光荣的门，这次没给她躲开的机会，像老鹰抓小鸡一样把她按倒在地，然后提溜到光荣的床上，扒光了她的衣服。他翻身压在牛光荣白花花的身上，定睛一看光荣的身子下边，心里不禁一阵发酸。床上的被子还是结婚时他送给她的那床鸭绒被。不管对她有多大恼怒，这样欺负她，是有点儿过头了。但是，他只是迟疑了半秒钟，一种更野的想法霸占了他：如果这时候不做一回男人，他将永远不会是男人了！

很快俩人就成了婚。本来齐光禄想办个婚礼，坠子也同意，但牛光荣死活不同意。最后，两家人在一起不冷不热地吃了顿饭，就算结婚了。

齐光禄婚后没地方去，就住在牛光荣家。日子虽然平淡，过得倒也扎实。光荣在家洗衣做饭，齐光禄天天还是去市场上卖肉。据说这个市场很快就要搬迁了，县里创建文明城市，所有的马路市场要一律取缔。城东边新建的菜市场开张以后，这边的生意明显不行了，有时候两天还卖不完一头猪。齐光禄也正打算搬到新市场去。

有一次他早早收摊回来，看见牛光荣和弟弟一丝不挂地躺在床上。他和光荣，两个人都不意外，也没吃惊，只是互相看了看。他退回到客厅里坐下，招呼他们两个穿好衣服过来。他们过来后，齐光禄平静地说："牛光荣，我知道你忘不了那个男人，也知道你是想方设法报复我。所有这一切，我都一清二楚！但是，如果你还有一点记忆力的话，你弟弟也不是你这一段时间找的唯一一个男人，"他递给弟弟一根烟。弟弟看了看他，哆哆嗦嗦接了过去。他打着火给他点上，然后自己点着，"这些，我都可以不管。但是，我跟你撂明白了，为了你爹，也为了你，当然也为了我，希望你老老实实给我生一个儿子。这是我唯一的要求！我们家几代单传，不能到我这里断了香火！否则——"他把烟在桌子上摁灭，手按在烟蒂上一直没松开，直到闻到一股桌布被烧焦的臭味，"你可别说我不君子！我相信你也听说过东北人的脾性，而且还是个曾经造过武器弹药的东北人！"

光荣听了这番话愣住了，盯着齐光禄的脸看了一会儿，眼泪突然流了出来。她已经记不得什么时候曾经哭过了。

这事过了没几天，齐光禄就把肉摊子搬进了新市场。他租了两个店面，签了十年期的合同。他有自己的打算，他不能让未来的儿子再这么穷下去。他要让儿子一生下来就有房子，有脸面。他得扩大经营规模，把生意一步一步做大。

牛光荣主动提出来，自己在家闲着没事，还不如跟着他出来打打下手。齐光禄迟疑了一下，说，把你弟弟也带上吧，这样我们就不用雇人了。

街坊邻居看到光荣的情形一天好似一天，话多了，说得也清楚了，有时候一天下楼好几趟，过去她很少出门。早上吃过饭，他们三个肩扛手提，一起往市场走去。光荣走在中间，齐光禄和弟弟一边一个。三个人边走边说，偶尔说点什么高兴事儿，光荣还会哧哧地笑个不停，肩膀抖得东倒西歪的。

十

那天我与几个船工师傅聊得甚是愉快。在他们的回忆里，沉没在岁月深处的某些东西慢慢显影了。那些影像虽然已经泛黄，模糊得像沉在水底，但已经被赋予了生命，在我心里慢慢鲜活起来。

他们嘴里的牛大坠子，是一个难得的好人。“像他这么好的富人已经绝种了，真是绝种了！”刚才跟我说话的那个老者摇着头对我说。我很吃惊，一般像他这样年龄的人，说话应该不会这么凌厉了，“只要他有一口饭吃，就不会让我们饿肚子。他自己宁愿啃窝头，也得让乡亲吃饱。为什么这个镇子里出去这么多人，光将军就十几个，有的人门槛不管多高，从来都没人踩过？他家天天跟过年一样，都是咱镇里的人。有一次我孩子患绞肠痧，疼得受不了，半夜去找他。他披着衣服就领着我往医院跑，所有花费没让我掏一分。”

还有一个船工回忆了另外一件事，那时候坠子还没当老总，他为孩子分配的事情去找他。女儿大学毕业，想留在县城教书，托不到合适的人，最后找到了坠子。坠子说，你谁也别找了，就在家等信吧！不久女儿分到了县直二中。“后来听他们说，最少得花一个数，”他在我面前晃动着伸不直的食指，“您想想，那时候一个数值现在多少？我就是把全身零件都拆下卖完，也不值这个数！所以现在每到清明，我先去给他烧炷香，再去祭拜父母。人不能忘恩！”

有人对齐光禄的评价很有意思，“是个汉子，就是太拗，他认准的事儿，你就别想扳过来。不过，咱得承认出手太重了！把人撂倒正好，仇也报了，气也消了，两不找，您看多合适是不是？嗐！这个倔种，何必再砍那么多刀？明明是咱们有理的事儿，这几十刀剁下去，让人家看起来好像咱们就是杀人不眨眼。你这样，人家判的时候，咱们就吃大亏了不是？”——话说得好像跟齐光禄是同案似的。

有人附和道：“赵县长，您得评评这理儿。虽然国家大法说杀人抵命，但也得考虑齐家的情况不是？齐光禄他爹的尸骨都找不到了，他又是单传，没有个后代，把他枪毙了不是让人家齐家断后吗？”

我们第一次来见到的那个黑青脸汉子不同意他们的看法。他认为“那个派出所所长，杀他一百次都不亏。他干的就不是人事儿！光荣那闺女，见人不笑不说话，很知道跟老家人亲。他说毁就给毁了？咱三千多口天中镇人会答应不？不过话说回来，这公安上就没几个好东西，都剁碎了也不解恨！”

趁他去旁边提开水瓶，有人小声提醒我说，他儿子因为赌博，被抓进去过好几次。

我想引导他们回忆一下，牛光荣没进城的时候在老家是什么样子。我总觉得在周围人的陈述里，她的形象是那么稀薄，像个符号，连喜怒哀乐都那么不真实。

他们只是说这个闺女好，真是太好了，但是连一件具体事也说不上来。她不大跟别的孩子玩儿。在学校也没听说成绩有多好。“她娘很厉害，除了上学，就不让孩子出门。打孩子手也狠，有时候满街筒子撵着打她。平时这孩子看见人就躲老远。”

我想想，他们刚说了牛光荣见人不笑不说话，怎么又这样躲着人？忍不住想提醒他们，后来看看大家都没在意，就算了。已经过去那么多年了，有些细节哪能记那么准？不过我又非常纠结，整个事件不都是靠细节串联起来的吗？

“光荣这个弟弟是个好样的，跟光荣比亲弟弟都亲！”一个船工说，“光荣她两口子出事之后，他弟弟带着母亲回咱们镇上就住下不走了。他在十字街口当街跪下，说，从今往后，我生是天中的人，死是天中的鬼！要是不给姐姐姐夫报仇，大家就把我当成个畜生踩成肉泥，扔河里喂鳖！就这一点，我看比坠子还有血性！人家一个七不沾八不连的外人都这样对待坠子一家人，您说我们不跟着他们去讨个说法，还是天中的人吗？”

我想象着那个情景，在蒙蒙细雨里，一个单薄而苍白的少年跪在十字街头，紧握双拳，心里默念着为亲人复仇。简直就是美国西部片的一个经典桥段。

他们几乎异口同声地说，老百姓之所以闹事，是这个事件处理得太没道理。不公平，也不能服众。当初公安上抓牛光荣，逼迫她要么承认齐光禄强奸她，要么承认她自己卖淫，必须二选一。最后光荣忍辱承认自己是卖淫，被劳教了小半年。这边光荣才出来，那边齐光禄又被抓进去了。公安上怎么能出尔反尔？听说后来的那个公安局局长，跟齐光禄杀的所长是老朋友了。这不明显是报复老百姓吗？光荣除了以死相拼，还有什么活路？我们不去跟着上访，把这老理儿给捋直了，还靠什么报答人家坠子？

十一

齐光禄他们的店面位置并不是很好，处于菜市场中间部位。新建的市场横穿半个城区，从东到西走一趟差不多要半个小时时间，所以除了闲得没事干的人，很少有买菜的到中间这个位置来。好在齐光禄有这么多年的销售经验，知道薄利多销，酒香不怕巷子深的道理，卖出的猪肉质量高，价钱也公道，生意还能勉强维持下去。而他两边的商户，有的关门，有的则改成加工作坊了。

后来发生的一件事既改变了他的生意，也改变了他的人生。县政府基于创建卫生城市的需要，决定对老城棚户区进行改造，这样就需要开出一条新路纵穿市场。齐光禄的店面正位于新开出的道路旁边，临着两条大街，从鸡肋变成了寸土寸金的黄金地段。

果然，道路打通以后，他们的生意好得不得了。牛大坠子听说之后，还带着光荣的后妈专门来看了一趟。坠子背着手，边看边点头，他看见肉案上是一把普通刀，问齐光禄："怎么用这么小的刀！我给你的那把大刀呢？"齐光禄说："大猪用大刀，小猪用小刀。现在还没碰见那么大猪。"坠子哈哈笑了，说，操练操练，我看你手段如何？齐光禄扛过来半扇猪平放在案子上，横着五刀，竖着三刀，十五块猪肉码在案子上甚是齐整。"好！"坠子左右挥着肉乎乎的大手，“今后啊，你们以这个为根据地，可以搞几家连锁店。一旦成气候了，咱就建设自己的肉联厂、养猪场、冷冻厂。至于投资嘛……”后妈打断他的话，说，这么好的位置光卖猪肉真是太可惜了，建议他们增加牛羊肉，再搞深加工，做一些熟食，腊制品和肉馅之类的产品，也可以附带卖一些煮肉的大料，调味品之类，这样人家来的时候就不止买一样东西。既方便了顾客，也扩大了经营。

坠子说，就是！我就是这个意思嘛！

于是他们又雇了两个人，专门负责进货和加工熟食制品。齐光禄和弟弟在店内各负责一头。光荣负责收银，打理铺面。两间小店收拾得干干净净，温温馨馨，很有居家的感觉。光荣把生、熟、腊制品分成一个个大格子，像公用电话隔间那样隔开，一来看着好看，二来也方便顾客拣选，互不影响。两间房子的结合处是一根支撑梁，光荣让弟弟靠着梁柱摆了一个小茶几，两边摆了几把小凳子。茶几上摆着应时的茶饮，夏天是甘草二花，清凉解暑。冬天是枸杞黄芪，补气去浊。街坊邻居的大叔大婶买了菜，可以坐下来歇歇腿脚，聊会儿大天。还有些耐不住寂寞的老人，专门到这里来找人摆龙门阵，一坐就是大半天，外人看起来这里一天到晚都是热热闹闹的。这里还是保姆们接头的地方，一说到哪里碰头，便说十字街肉店。有的保姆想办点儿私事，也会把孩子托付给光荣。

光荣已经基本痊愈了，这一两年的时间里她的病没再复发过。说话没障碍了，现在还喜欢上了唱歌。柜台里摆着一个小音响，一天到晚播放着流行歌曲。有什么新歌，那些保姆们会主动给她送过来。顾客少的时候，她们还会叽叽喳喳跟着唱一阵子。有一次，一家企业为了宣传自己的产品，在老体育场搞了一次卡拉 OK 大赛。光荣在弟弟的撺掇下，斗胆上去唱了一出。虽然没有获奖，还是让她兴奋了好长一段时间。

那天傍晚，他们正准备收拾东西打烊，一个戴金丝边眼镜的白面书生走了过来。他一脚门里，一脚门外就开始问："谁是当家的?"齐光禄赶紧迎上去让座，递烟倒茶。那人先低头看了看凳子，然后又上上下下把齐光禄看了个遍，并没坐下来。他从兜里掏出一张名片递给齐光禄，哑着嗓子低声说："小事儿，站着就说完了——这是我的名片。"齐光禄接过来看了，是县天宇电脑公司的经理，叫张鹤天。齐光禄一脸迷茫地看着张经理，他们的生意跟电脑怎么都扯不上关系。张经理见他诧异，用中指推了推鼻梁上的眼镜，还是压低声音不紧不慢地说："是这样的，电脑生意我做烦了，想改一下行。看你这里生意不错，你开个价，我想把这个铺了盘下来。"

齐光禄的迷茫变成了惊愕，他张着嘴半天合不上，扭头看了一下光荣和弟弟。他们两个还在埋头收拾柜台里的东西，没听见他们在说什么。他又扭头看了一下大街上。街上车水马龙，市声喧嚣，丝毫没受他们谈话的影响。齐光禄下意识地咽了一口唾沫，说："我可是签了十年的合同……"白面书生没等他说完，提高声音说："合同是人签的，人也可以废！这事儿就这样吧，我还有事！一星期后我来接房子!"说罢扬长而去。

后面这句话光荣和弟弟听到了，他们停下手里的活儿，疑惑地看着齐光禄，不知道刚才发生了什么。

十二

天中县的县域图看起来非常有意思，像个顽皮的孩子，细长的身子弯曲着，头插在淮河里，顶着安徽。脚踩着大别山，蹬着湖北。屁股坐在平原上，拱着河南。不过，可不能小看它怀抱着的三条大河，条条都有说不完的故事，开国将军有一小半都是从这里蹚水杀出去的——这里是著名的鄂豫皖红色根据地，过去属于古中原的版图，人民一直到现在还保守着我远古先民的遗风，性情彪悍，宁折不弯，认准的道儿一直走到黑，到死都不会改辙儿。据说周围几个县的暴力犯罪案件，按人口比例算，在全国都是最高的。这里的人性情暴烈，风景却是非常柔美，天蓝水清，一年至少有三百六十六天空气质量可以达到优良。

头天晚上学弟给我打电话，说要过来看看项目进展情况。我说，看项目是假，看风景是真吧？他笑了。我又说，不管别的项目是真是假，你姐可是从来不含糊的。然后，我问他过来之后怎么安排。他说："公事公办，私事私办。我这一条小命喝醉之前交给党，喝醉之后交给我姐你。既然你说看风景，那我也不能枉担这个罪名。"

听说他过来了，书记县长都放下所有的工作陪他。虽然学弟职务不高，只是一个小小的副处长，但他是具体负责项目的，所以下面的人都很抬举。

说是看项目，其实大家都明白是怎么回事。基层对上面检查都有一套应对的程序，也知道所有的检查都是准备的时间长，看的时间短，只要把面子活做好看就行了。这个项目我专门安排赵伟中不能搞形式，是什么样就什么样。可书记县长知道后，连夜让办公室发了通知，要求提前把工地整理好，插上彩旗标语，看起来要热火朝天。

学弟过来后，我们一群人浩浩荡荡地从县城这边上了河堤，看了不到十分钟就下来了。学弟很满意。书记县长用赞许的眼光看着我，松了一口气。这么大一个工程，他们俩都是第一次来现场。

中午四大班子一把手全部出动宴请学弟。他喝了不少酒，但是看起来还很清醒。程序走完，时间也差不多了。他开始踩刹车，说，今天的公事到此为止，剩下的时间由我姐安排，你们都不要管了！

下午我安排学弟上大别山喝茶。那里远离尘嚣，是个说话休息的好地方，也知道他疲累的身心需要充充电。出了县城往南不远便是山区，我只带了秘书和司机，没让赵伟中跟着，主要是顾忌他的小聪明会让学弟嘲笑。学弟也只带了一个司机，路上他坐我的车，让司机在后面跟着。走到山脚下，发现还有一辆车等着我们。学弟说，站在车旁的人是在邻县挂职当副县长的一个校友，叫周友邦。我想起来了，刚下来挂职的时候，曾经与他通过几次电话，但是没见过面。

上得山来，心情大好。大别山绝对是一个天然氧吧，周围几个县解放前穷，解放后还穷，都是国家级贫困县。县里没什么工业，所以也没有污染。这些年山上种茶，老百姓刚刚过上了好日子。县政府在山上建了一座宾馆，条件达到四星级，专门用来接待上面的领导。

坐在山顶茶室，举目四望，可以看到鄂豫皖三个省的地界。斜阳在山，山下红顶白墙的农舍历历在目，一时间似有恍若隔世之感。我们喝茶聊天，信马由缰。在省城的时候我就很喜欢这个学弟，他知分寸，懂进退，敏感和聪慧好像是与生俱来的，不管大小场合都能应付得滴水不漏，而且从来不让人感觉到不舒服。他有时世故得令人不可思议，据说有一次他们单位搞年终测评，一百八十多号人，有他一张反对票。他硬是用了半年多时间，把这个人筛出来，俩人后来成为朋友。然而他又很善良，对下面跑项目的人不但从来不刁难，而且想尽办法帮人家把事弄成。但他也相当圆滑，有一个县的书记好大喜功，给了几个项目，都做得不伦不类。后来他再来要项目，学弟把项目库的大门关得严丝合缝，一个都不给。不过，每次他走的时候，学弟总是亲自下楼把他送到车上，握着手不松开。书记说，处长，你只要一握我的手，我就知道这事儿又黄了。今年你已经跟我握八次手了，我连项目毛都没看见！

学弟在车旁点头赔不是，说，下次再说！下次再说！

喝茶的时候，我和周友邦一屉一斗地抖搂他这些糗事。他只是抿着嘴笑，并不答言。后来说着说着，我怎么不自觉地扯到了牛大坠子一家人身上。可能最近一个时期这些事情一直在纠缠我，让我脱不开身。前几天我还做了一个梦，梦见我带着牛光荣去看病。飞机开始说去上海，怎么走着走着又说去新加坡。在穿越马六甲的时候，遇到了强大的气流。飞机掉头往下落，好像有一股力量拽着。

我听见有人高喊着下去了下去了！扭头一看，不见了牛光荣，我吓得出了一身冷汗。

我的故事还没怎么开始，周友邦就说：“你说的这个事情我也知道，据说那一家人很不好惹。到现在你们县屁股还没擦干净，每次市里开信访稳定会，总是点名批评你们。”“这家人不好惹？”在县里，从来还没人这样说过，“怎么个不好惹法？”“据说这家人，父亲是个骗子，还是当地一霸。听说有一次差点把县政府的宾馆给点了。女儿女婿谁也不管谁，都在外面瞎胡混。只是可惜了被杀的那个派出所所长，死得有点儿太冤枉了！”我很惊诧，学弟好像知道得比我还详细，“说实话，我们也常常在一起议论，因为这个案件处理的几个干警和县领导，不合理。反正只要老百姓闹事，不管他们有没有理，先把我们的干部处理了，把群众的情绪压下去再说！没下来挂职之前，我还真不知道基层干部这么苦、这么难！”

不知道这是我听说的第几个版本了，但我认为是最不靠谱的一个。我问他是从哪里听来的。他说：“我们县有好几个干部，是这个派出所所长的同学，对他的评价都相当高。每当他的忌日，同学都去看望他父母和留下的一个女儿。对了，你们县当时处理的那个公安局局长，就是从我们县调过去的。他也是个人才，可惜了！”

“你这是道听途说，不了解真实的案情，”我蛮有把握地说，其实说完就知道自己用词不当，难道我的信息不也是道听途说？“你真不知道这一家人有多可怜！”

“那是！那是！”周友邦摇晃着杯子，看着杯中的茶叶在水中翻滚，“听来的东西毕竟不是很可靠，何况是很多年前的事情了。”

"姐啊,"学弟插话道,"你是一个小说家,而且过去的作品也都喜欢同情弱者,总认为弱者必对,强者必错。难道你忘了'可怜之人必有可恨之处'这句老话吗?你弟我——"他点着茶几,笑着看着我,"对下面的人来说是个爷,对上面的人来说是个孙子。你说我是强者还是弱者?该同情还是该批判啊?"

"也不是同情谁,"嘴里虽然犟着,心里还是有点儿虚。最近有几个评论家确实指出我这个缺点,"总要有人替他们说话吧?"

"这是两码事。就像我们上山喝茶,我们是奔着茶叶来的,可是喝到最后,把茶叶都扔掉了,因为茶叶不过是一个形式。我觉得——当然了,我这是顺嘴胡说,你别介意啊姐——一个小说家要有穿越情绪的能力,要找到苦涩背后真正的味道。是不是,姐?"

十三

在中国的社会结构中,县城是一个非常独立的单元。往下说,乡镇的人小而稀疏,很难形成一个共同的生活群体。往上说,省市的人多而分散,串联在一起也很难。唯独县城不一样,县城的人上下层层叠叠,左右盘根错节,牵一发而动全身。比如办公室副主任赵伟中,他是政协副主席的女婿,他妹子是人大主任的媳妇,妹子的小叔子娶的是组织部长的小姨子……我相信,如果这样深挖下去,估计小半个县城都能拢在一起。

然而,这种盘根错节的关系,总会把一部分人排除在外。这些被排除在外的人,像碎屑一样散落在县城各种各样的罅隙里,成为这个区域灰色色调的一部分。对于这些人而言，县城不管多小，都算是大得无边无际。齐光禄和牛光荣他们的感觉就是如此，他们认识的人很少，认识的事也很少，既没亲戚也没朋友。要说一个卖肉的，并不需要这样的关系。可那是没摊上事，如果摊上事，尤其是摊上大事就很不一样了。

天宇电脑公司的张鹤天来过没几天，又过来一个年轻人。这人戴着黑框眼镜，打一根红得像西瓜瓤一样的领带，看起来像个账房先生。他过来直接点名找齐光禄说话。齐光禄把他让坐在门口的小茶几边，赶紧把烟掏出来让过去。那人接过烟放在茶几上，从包里掏出一沓纸看了看，又放回了包里。他把包放在眼前，两只手交叠着压住，问齐光禄道："今天什么日子你知道吗?"齐光禄说："天天睁开眼就是卖肉，哪看过日子?"那人说："整整一个星期了，张总说的事情你考虑好没有?"齐光禄明白了此人来意，想了一下说："没考虑。这店我们不转让。"那人把两只手放在包上，交替着用力地握来握去，干咳了一声，提高了嗓门问道："真的?"齐光禄笑了笑，眼皮都没抬，自己把烟点着，也没再让他。那人握了一阵子手，点着头说："转让不转让，估计你说了不算!""那谁说了算?"齐光禄把烟屁股捏在手里来回转着，吐着烟圈。那人并不答话，把包拿在手里，瞪了齐光禄一眼，出去了。

出了门口，齐光禄听到他低声嘟囔了一句，真不识抬举！齐光禄把吸剩下的烟蒂吐到门口，用脚踩灭，回到店里继续干活。

那人没走多久，房主就找上门来了。平时齐光禄和房主的关系不错，这人过去是开烟酒店的，赚了些钱，买了这几间门面房。他是个老实人，齐光禄有时房租一时不凑手，他从来没催促过。这次过来看见齐光禄，他现出一脸的为难。没待他开口，齐光禄心里已经明白了。齐光禄说："刘大哥，到底怎么回事?"房主看看周围没人，俯在他耳边低声说道："你知道要这个房子的是谁吗?""谁?"齐光禄问。"城关派出所所长的小舅子，原来也在公安上干，因为喝酒伤人被开除了。这人百事不成，就是能混。他姐嫁给所长后，他现在成了县城的一霸，没人敢惹……"房主往外扫了一眼，突然恼怒地抬高声音，说："这事就这样定了！你同意也好，不同意也好，反正月底前我是要用房子！"

齐光禄扭头看去，发现刚才那人在马路对面站着，一只手支在下巴颏上，正盯着他们两个看。他一把把房主搡出门外，指着他高声骂道："你别他妈的狗眼看人低！我一没伤你的房子，二不欠你的租金，凭什么说收就收走？我跟你说，除非把我们三个劈碎当柴烧了，否则谁也别想从我手里把房子弄走！"

房主又怒气冲冲地跳到屋子里来，从怀里掏出一沓纸，拍到柜台上。光荣和弟弟也连忙从柜台里面跑了出来，站在齐光禄身后。齐光禄看到这沓子纸正是刚才那人拿出来的东西。"你老老实实规规矩矩把这个东西签了，咱们两清！否则，你走着瞧！"房主点着齐光禄的脑袋说。齐光禄低头看那纸上打印着"解除租赁合同书"几个黑体大字。趁齐光禄低头的当儿，房主捏了一下齐光禄的腿，小声说："兄弟，胳肢拧不过大腿，赶紧撤了算了！"齐光禄闻听此言，抓起合同摔在身后剁肉的案板上，拿起切肉刀顺手一刀砍过去。合同牢牢地钉在刀下，立即被案板上的血渗透了，像一道血淋淋的伤口。

随后的一个多月，再也没人来打扰他们。齐光禄觉得事情已经过去了，所以店里又添了几个卤菜新品种，还与一家做“西安白吉馍”的谈妥，在他店铺门口设一个专卖点儿。

出事那天晚上六点多，齐光禄他们正在家里吃饭。下午他们很早就收工了，这天是光荣的生日。齐光禄让弟弟专门去买了几个熟菜，订了个大蛋糕，用大红的盒子装着，还没切开。齐光禄给光荣倒了一杯橘汁，咬开一瓶老酒，跟弟弟俩人一人一茶杯满上。正边说边喝热闹着，忽然听得有人敲门。打开门来，看见四个警察站在门外。打头的一个满脸胡茬的警察问：“齐光禄牛光荣是住在这里吗?”齐光禄点头说：“是。我就是齐光禄。”警察说：“你和牛光荣都出来，跟我们到派出所走一趟!”

十四

这些年，牛大坠子的日子说不上好，也说不上不好，反正有吃有喝，也没消停过。两口子各忙各的。坠子的活动区域主要围绕着北京附近，按他大老板的说法，那里是天子脚下，遍地都是钱，就看你会捡不会捡了。坠子老婆的活动区域主要在长江以南，那里中小企业多，老百姓也富庶，产品相对好销得多。俩人逢年过节回来聚聚，也不互相打问对方的情况。反正坠子往家拿钱的时候少，往外拿钱的时候多。齐光禄私下里跟光荣弟弟开玩笑说，不知是他骗了人家还是人家骗了他，没见他富过，也没见他穷过。弟弟说，就他那心眼，跑个龙套还差不多。要搁事儿上，人家不把他零卖就算便宜他了！

要说现在的日子确实比以往好多了，也不需要他往家拿钱。齐光禄的店子兴旺，三个孩子意气风发，日子眼看着越来越往高坡上走。坠子心里暗自高兴，等过两年光荣生了孩子，再买一套房子，他就准备和老婆在家看孩子养老了。

不过，与过去背着提包到处跑的日子比起来，他还是明显看出来老了，说话的嗓门低了，走路也比过去慢了半拍。腿脚不行，往哪个地方坐下去，扑通一声，像扔一麻袋粮食。男怕穿靴，女怕戴帽，男人腿脚一不行，那就没几年好日子过了。

他这几年到底在外面干了些什么，光荣从来也没问过。从小到大，她跟父亲之间就没有说过正事。弟弟就更没法问，这个半路杀出来的爹，更多的时候就像个房客，他倒是像个房主。齐光禄本来就是个话寡的人，他觉得现在和坠子谈这些，跟伸手向他要钱差不多，所以也不主动提及。管他干什么？他只要自己高兴就得了。每次回来，齐光禄就知道劝他喝酒。有时候喝大了，坠子会主动说起自己在外面的"工作"。前几年，帮助南边的一个市政府跑核电厂项目。中国准备大力发展核电事业，电视上也多次说道过。这个地方水多，山也多，就是人少，最适合发展核电——他用筷子在桌子上曲曲弯弯划拉着说。

但是这些事儿离一个卖猪肉的小民，毕竟是远了点儿。离他们最近的，还是眼下的酒肉。齐光禄只管为他夹菜让酒，偶尔想起他教自己剁肉时的风光，禁不住有点儿黯然。人，掐头去尾没几年好活头，这是他爹活着的时候说的。他跟坠子在一起的时候，总是想起自己的爹。爹一辈子献身共和国的国防事业，到老了却死无葬身之地。军工厂没有墓地，从东北来的这些老工人，死后要么把骨灰寄回东北，要么就在军工厂后面的一块废地里埋了。他家世代单传，老家已经没什么人了，所以只能就地掩埋。大集体的时候，这块地三不管，所以也没出现过什么纠葛。后来分田到户，农民就和工厂争夺土地，三天两头把老工人的尸骨扒出来，扔得遍地都是。也不知道谁是谁的了，不是胳膊短了一块，就是腿少了一截，厂里也没人过问。

坠子说，从去年开始，他又帮助本地市政府跑一个水库项目。他对齐光禄说，这是他这一辈子最有意义的一件事，也是最靠谱的一件事。齐光禄并不当真，在他嘴里，哪一件事不是最靠谱的？他一直说，人这一辈子一定要干一件惊天动地的大事，谁见过？不过，为建水库这个事情，其间国家水利部还来过一个副司长，在县里住了好几天。坠子前后陪着他，忙得连回家看一眼的工夫都没有。

国庆节坠子回来，爷俩又坐在那里碰杯子。齐光禄问起这件事。坠子说，已经基本批下来了，咱们这里是淮河上游，连一座像样的水库都没有，只要周围下大雨，淮河非淹不可，这里就像个“洪水招待所”。现在连国家领导人都意识到这个问题的严重性了，过去咱们这里收留红军，现在收留洪水，这哪儿成？所以国家下决心要修水库了。“先给二十个亿，移民！”坠子把筷子颠倒过来，蘸了点儿酒在桌子上写了一个“2”，然后数着往后面添“0”。“二十亿!”齐光禄默默念叨着，心都是花的，不知道这二十个亿摞起来该有多高多宽，估计他们这套房子连卫生间算上都装不下。

水库移民没开始，他们家的“移民”却已经迫在眉睫了。那天，坠子收拾好东西正准备离开家，被金豫宾馆一个姓孙的老职工堵在家里。坠子干厨师的时候，这个老职工跟着他打过下手。后来坠子当了经理，让他当采买，还给了顶供应科长的帽子。俩人交情不浅。

坠子把来人让进屋，倒了杯热茶，顺手把软盒中华烟拍在桌子上。来人倒也没客气，烟点上，茶饮上，便开门见山地把张鹤天要租齐光禄门面的事和盘托出。这是坠子第一次听说，齐光禄没跟他讲过。听完之后，他沉吟了半天，问：“光禄是什么意见?”

来人说：“要是他同意，我还麻烦您干吗？看您天天忙得脚不沾地，我怎么忍心打搅嘛!”

“你的意见呢?”

“牛经理，您啥时候见过茶盅大过茶壶？现在这世道儿，就比谁的腕子粗啊!”来人一口把中华烟吸进去半截，闭着嘴看着坠子，烟柱半天才像瀑布一样喷出来。隔着瀑布，坠子觉得他的目光越来越远，也越来越陌生，“如果有一点可能，牛经理，我胳膊肘会往外拐吗?”

坠子的眼光落在自己手背上，那上面布满了一块一块黑青色的老年斑。他想起齐光禄红红火火的肉铺，想起他过去的金豫宾馆，眼里心里蓦地塞满了打火机。坠子的眼睛有点热吗，他忍了忍，仰头说道：“三弟，咱们俩打小就没划过地界儿，我知道你也不会刨我的台根子。但你也清楚我的难处，你看我这一辈子是怎么过来的？年轻的时候对不起爹娘，到了中年对不起老婆闺女。现在我老了。老了老了，除了落个死还能落下什么？所以，我不能再对不起女婿了，否则就没脸披一张人皮在世上混了！你说呢，孙科长？”

十五

下了楼，牛光荣才发现下面停了两辆车。她被塞进一辆白色警车，齐光禄被塞进一辆黑色囚车。齐光禄那辆车不知道开哪里了，她坐的车子直接开到了派出所。两个警察把她弄到一楼的值班室，只进行了简单讯问，便把她带到旁边的一个小房间。进去之后她发现房间里还套着个大铁笼子，她就被锁在铁笼子里。这是一间囚室。

等眼睛适应了周围的一切，她发现笼子里还有两个人蜷缩在一个角落里，不认真看还以为是两个包裹堆在那儿。那两人把头埋在胳肢窝里，头都没抬一下。光荣并不害怕，也没有多少紧张，只是觉得浑身冷，口也干得厉害。虽然她并不明白发生了什么，但是知道自己和齐光禄并没做过什么违法乱纪的事情，因此心里也就很坦然。她想着肯定是弄错了，等问清楚了很快就会把她放出去。

她靠着铁栏杆坐下来，一会儿便迷迷糊糊睡着了。刚要进入梦乡，一阵窸窸窣窣的声音又把她弄醒。她看见那两个人在找东西吃，其中一个人从身边脏兮兮的包里掏出两个馒头，递给另外一个。她这才看清楚是一男一女，年龄都不小了。他们是什么人？捡破烂的盲流？拐卖妇女儿童的骗子？要么是小偷？反正不是好人，要不怎么会在这里面！

那两个人一边吃，一边瞪着她，眼睛里满是不屑和挑衅。那样的眼光让光荣特别受不了，她长这么大从来没遭遇过。他们为什么这样看我？她心里忽然泛上来一阵酸楚，她想，我在他们眼里是什么人呢？肯定也会觉得我不是好人，好人怎么会关在这里面？

可是，谁有这么大的能力，说你不是好人，你立马就变得不像好人了？这到底是怎么回事？

光荣急出了一身冷汗，想得脑子都疼了。有很多东西在她的脑子里来回翻腾，一切都变得眉目不清了，迷迷糊糊，黏黏糊糊。她发现自己的口水又流了出来，已经很久很久没有这样了。她想向他们解释一下自己目前的处境，发现自己的嘴一点儿都不听使唤。她努力使自己镇定，可是越急越烦躁。她这才明白，自己刚才的不怕都是装出来的。

估计那两个人对她也烦透了，挪动了一下位置，离她更远了。男人站起来，边打嗝边朝角落一只塑料桶里撒尿，丝毫也没顾忌她的存在。虽然都被关在笼子里，但是在他们眼里，她因为势单力薄而更软弱可欺。弱者对弱者的歧视是最张扬的，毫无顾忌。

第二天，派出所人来人往，大半天都没人搭理她。快到吃晚饭的时候了，才有一个穿便装的人给她送来一个鸡蛋、一个馒头和一瓶矿泉水。她仔细看看，认出这人是带他过来的那个胡子。她快饿坏了，也顾不得那么多，从胡子手里拿过东西就吃，谁知只吃了一个鸡蛋，就再也没有胃口了。胃里全是酸水，一打嗝整个鼻腔都是酸的。她不知道齐光禄在哪里，家里现在怎么样了。不知怎么的，她突然想到了爹，这个自她从小就可有可无的人，对她来说意味着什么呢？从来没问过一句她怎么样，需要什么。她在外面挨了骂，磕破了脑袋，书包被人夺去，反正不管受了多大委屈，他从来没有安慰过她。现在就更不会管她的事了。

晚上十点多，胡子和另外一个警察进来，给她铐上手铐，提到二楼一间灯火通明的办公室。两个人一个坐进沙发椅，脚跷在办公桌上。一个斜靠在桌子上，手里夹着一根烟。她不知道他们是什么身份，他们也没介绍自己是谁。

“牛光荣，”说话的时候胡子并没把烟从嘴上拿下来，“你知道我们为什么把你弄这里来吗？”

“不知道。”忍了几忍，牛光荣的口水还是流了出来。

“我们是来替你申冤的，只要你好好配合我们。”烟夹在嘴角，随着胡子的嘴一起一伏，好像是他身体的一部分，“你把齐光禄强奸你的事，好好说说！”

牛光荣觉得自己的头一下大了。强奸？她在稀薄的记忆里，努力打捞着这个词语所包含的内容。那些事情即使残存在她的记忆里，也被她擦抹得差不多了。那个喧嚣的夜晚，她徒劳的挣扎，以及后来一次又一次的背叛，有多少个男人经过她的生活……她是被齐光禄的哪句话打动的？对了，孩子！他认真地告诉她说，他只想要个孩子！她更想要，这是她的病，也是她的药。她的孩子，曾经在肚子里孕育过的孩子，怎么说没有就没有了？她伤心得死去活来，可是再也没有了。现在，有一个男人要跟她一起生个孩子，这个想法让她感动得一塌糊涂。

“到底有没有这回事？”

“有，但是……”口水汹涌地流出来，她语不成句。

“你必须向我们说清楚，齐光禄是不是对你实施了强奸？”

“不、不是！”

“那好！”坐在办公桌后面的那个人突然站了起来，十指按在桌子上，“牛光荣，我再问你另外一件事，你坦白交代，你与多少男人发生了性关系？”

“……”

“牛光荣，对你和齐光禄的犯罪行为，我们已经掌握了足够的证据。事实是清楚的，证据也是确实充分的。你既不要抵赖，也不要试图蒙混过关。”那个人慢慢地逼近她，从他嘴里冒出的混合着酒精、烟草和其他说不出来的怪味道喷在她脸上，“现在摆在你面前的只有两条出路，要想保住你自己，就必须承认是齐光禄强奸了你，而不是你自觉自愿地与他发生性关系；要想保住齐光禄，你就得承认自己是卖淫，包括与齐光禄和其他男人发生性关系，都是你自己主动勾引他们的。不过，为了体现我们的宽大政策，这两条路任你选。怎么样？对于我们这样的人性化办案，你还有什么要求？”

十六

不得不承认，跟着我的办公室副主任赵伟中是个非常通透的人。我一直以为他是小聪明。可是，小聪明能办大事。我觉得他的敏感程度和处理实际问题的能力远远在我之上，也在很多副县长之上。遇到一件突如其来的事情，他很快就有几套解决方案，而且轻易就能从中找到一个最妥帖的。即使不能当下解决，他也能找到拖下去的办法。我脾气比较急，有时候对分管部门的局长们忍无可忍，会说几句难听话。他总能事后在私底下把事情摆平，而且不留后遗症。

对于与下属的关系怎么处理才合适，我曾经非常困惑，也多次征求过他的意见。他反复告诉我，不能着急，时间会解决一切。开始我觉得这不过是一句套话，可是下来待得久了，果然觉得时间的厉害。我刚来县里的时候，既不好参加下面的“活动”，也不好跟无关的人员拉扯，有点空闲时间还想读书写作。可是到年终测评的时候，我的得分虽然不是最低，但是也不很高，挂在考核表上很不好看。我很苦恼，不知道问题出在什么地方。我把他喊过来，说了一句特别情绪化，也特别不着四六的话，我说：“赵伟中，你说说这在基层工作，想清静一点是不是也是 桩罪过?”他说：“赵县长，这事儿不用急。既然已经这样子了，千万千万不能再刻意改变自己。是什么样就是什么样！保持自己的本色，时间会解决问题的。”果然，大家和我相处一段时间，也认可我了，有很多人主动接近我，再也不用互相设防了。

有一次，他小舅子从美国回来，他问我可不可以陪吃个饭。我立即就答应了，这是他第一次跟我提个人要求，他时时刻刻都知道自己在什么位置上。据听说他小舅子是个名人，中央电视台的《致富经》栏目还专门介绍过他，说他是中国的“竹编大王”。刘师傅也跟我说起过，他上大学的时候就是个生意通，每逢假期，从省城图书市场上买几十本盗版书背回来，在县城卖，赚的钱够一学期用的。那时候他父亲还没当上县政协副主席，还有人说他父亲的这个职位，沾了他不少光。大学毕业后，他去了一家外贸公司，在广交会上跟着人家当翻译，发现了竹编这门生意，于是就辞职跑回来办了一个竹编厂。大别山漫山遍野都是竹子，人手更不缺，厂子很快就成了气候。后来他跟一个美国人合作，把生意做到了美国，一家人都搬去了美国。

晚上的饭局安排在县城北部的农家饭庄，赵伟中知道我喜欢那里的清静。赶到的时候，我发现他的两个亲戚、人大主任和政协副主席都在，心里有点儿不舒服。但我还是像往常那样跟他们礼节性地寒暄过了。赵伟中的小舅子看起来很精神，穿了一身运动服，说话高声大嗓的，不像他爹那样唯唯诺诺蔫儿了吧唧的，一看就是个爽快人。

估计赵伟中也看出我的不快来。他先把我让坐下，然后很自然地说道："赵县长，本来我不想让主任和主席他们两个来，怕给您添麻烦。谁知他们一听说是请您，把所有的事情都推掉了，非来不可！我想了想，也没跟您请示就答应了，"他故意停顿一下，意味深长地笑着看了一下他们两个，"赵县长，在县里工作，最难的就是能得到人大政协这些老同志的认可啊！可见您的能力和人品了。"

这话说的！我突然觉出自己的小气，不就是吃个饭嘛！赵伟中的话滴水不漏，而且正在点子上，说实话我也爱听。我和主任主席推让了一番，坐了上座。他们俩坐我两边。赵伟中和小舅子坐对面。

喝了几杯酒，话匣子大开，话题自然转到了小舅子在美国的事业上。小舅子讲道，咱们国人在国内千般万般不如意，那是没出国。到世界各国看看，哪里有中国好？他突然转向我说："赵县长，让我回来跟着您打个杂吧。在美国不管赚多少钱，都跟要饭差不多！"

我知道是个玩笑，可这个话头我没法接。我虽然跟着作家代表团去过几个国家，那都是走马观花，很难接触到别的国家真实的一面。美国我也去过，楼没有中国高，路没有中国宽，广场也没有中国大……反正我也没觉得哪比中国好。

他的父亲，政协副主席一本正经道："赵县长不跟人开玩笑。"

他拍了一下脑袋，像突然想起什么似的，问我："赵县长，听说您对齐光禄的案件很关注？"

关注？我一下愣了。也说不上我比别人更关注吧？这事儿我确实问过，但是也确实有很多人主动跟我提起过。我真想不到他会从这里斜插下来。

"你怎么知道齐光禄？怎么知道我关注他的事儿？"我问。

"我给他介绍过。给他介绍您的时候，顺便说起这件事，说您很关注基层百姓的疾苦。"赵伟中插话道。

主席赶紧点头称是。

"我们两个是中学同学，他还曾经找过我，那是在他没出事之前。"小舅子侧着头，用指头在头上挠来挠去，"当时我没当回事，谁知道最后竟闹成个这样！哎呀，不过他出这事一点也不让我意外，今天不出这事，明天也会出那事。”

“此话怎讲?”我突然来了精神。

“您知道他为什么中学没毕业就不上了？跟我们一个女同学谈恋爱，老师告诉了双方家长，这事儿就黄了。他身上揣着一把刀，跟了老师半个月。最后老师没办法调走了，他也被勒令退学。”

“就事论事，”我说，“你对他这件事怎么看?”

“算了赵县长，咱们还是喝酒吧！这事说起来没个头儿，”人大主任插话道，“我们人大每次开会都会说到这个议题，可是能有个什么结果?”

赵伟中趁着倒茶的工夫，俯在我耳边提醒道：“县领导在公开场合都不提这个事儿。”

莫非小舅子要说什么没提前给他说？我没搭理他，扭头对人大主任说：“你们可以监督法院嘛!”

“法院?”人大主任看着我笑了笑，“人大真能监督法院？而且，法院说了算吗？法院就是说了算，这里面的很多事情根本就进不了法院。”

“您问我对这件事怎么看，”小舅子好像没有听到我们刚才的对话，只顾说自己的，“我觉得齐光禄这个事情本不该这样处理，而且会有比这好得多的结果——妈的！说起法院来我一肚子气！法律太滥了也没意思，我在美国，一次有急事超速行驶，结果第二天就收到法院的传票。如果在中国也这么干，一个村民小组设一个法院也不够用——齐光禄太傻、太傻了!”

“那么，齐光禄怎么做才算不傻呢?”我问，其实我已经隐隐约约知道了答案。我认为他觉得齐光禄傻，是站在自己的角度看问题。站在齐光禄的角度呢？他哪有几条路好走？

"您看您看！赵县长，本来我是想来听听您对齐光禄的看法，您却把球踢给我了。您这一问，我这一肚子问题也没影儿了，"他站起来，夹了一个大鱼头放我盘子里，"有些话，要说我不该说啊，尤其是对着你们这些领导。要我说，齐光禄什么都别干，就往上跑，闹呗！路子不是现成的吗？县里经得起这样闹腾吗？其实，在美国也有这样干的嘛！"

"可问题是，首先是齐光禄经不起这样闹腾，我估计。"

"那也不能这么傻！这个人也真是，从小就一根筋，跟人抬个杠也恨不得玩命！"他没喝多少酒，但是已经上头了，脸红得像鸡冠子，因此说起话来好像义愤填膺，"这人啊，一定得多想一想冲动了之后怎么办？如果一个人杀了你父亲，你一辈子什么都不要了，就要执意为父报仇。最后终于如愿了，把那人杀了。且不说法律惩不惩罚你，你父亲一条命，再搭上你的一辈子，这生意划算吗——不不不，不算是生意吧，说大一点就是人生。这样的人生，划算吗？两个人换他一个人，有什么意思？"

我不得不同意他的观点，但是又觉得哪个地方错了。至于错在哪里，又说不出来。也许很多东西是无法一笔一笔算出来的，尤其是幸福和痛苦，还有，整个人生。

停顿了一会儿，小舅子又说："齐光禄找我而我没帮助他，心里到底是不得安顿。我想着弥补一下，您看这样……"

"别尽说这个了，还是喝酒吧！"人大主任已经明显带出情绪来了，估计今天的局面也出乎他的意料。我们相互看了看，终结了这个话题，不过也没再找到新话题，草草结束了这顿饭。

送我上车的时候，政协副主席拉着小舅子一只胳膊。小舅子用另外一只胳膊拉着我的车门，小声对我说："赵县长，说实话我很少跟国内的人在一起喝酒。他们只要一有工夫就发牢骚，就骂娘，这最让人看不起。窝囊废才会到处埋怨，才会怨气冲天。有本事你先把自己的事儿弄好，再去骂人家才有底气嘛！"

他浑身乱摇晃，看起来喝得很醉，可是话一点儿也不醉。我想了半天，也不知道他跟我说这些是什么意思。而且这话套在齐光禄身上，怎么都不合身——齐光禄从来都不埋怨，也从不发牢骚。

十七

在办案人员的循循善诱下，牛光荣最终选择承认卖淫，以此把齐光禄保了出来。齐光禄出来的第一件事就是去找光荣，问她为什么这么傻，硬把屎盆子往自己头上扣。那时候牛光荣已经被送到了看守所，在等待处理结果。隔着铁栅栏，牛光荣对着齐光禄指指自己的肚子，说，为了我们的这个孩子，所以你必须出去。这个家可以没有我，但不能没有你。

齐光禄惊得两只耳朵都竖了起来，眼睛瞪得如铜铃一般，很久才压制住内心的冲动，颤声问道："既然已经有了孩子，你这不是傻得不透气吗？"

牛光荣流着口水，反而笑了，说："我才不傻呢，你觉得还有比监狱更安全的地方吗？”

对牛光荣做思想工作的时候，两个办案人员确实很人性化，他们把《刑法》搬出来，帮助牛光荣认真分析了未来的形势。如果牛光荣不认罪，齐光禄就要以强奸的罪名入罪，而强奸罪的量刑幅度是三年到十年。归结到本案来说，他强奸的是一个精神上有疾病、身体上也有疾病的受害人，属于情节恶劣，应该从重或者加重处罚。那就可以在十年以上量刑，直至无期徒刑或者死刑。正如牛光荣所言，这个家离开齐光禄，就成了个空架子，非塌下来不可。而如果牛光荣承认卖淫，这就构不成犯罪了，可以不受刑事处罚，最多劳教一两年，“什么都不影响，权当去上了两年大学，回来以后你们仍然好好地过日子。”办案人员微笑着告诉她说。

他们的微笑让她无法拒绝。她知道，任何事情一旦跟法律沾上边，个人就无能为力了。法律没保护她的婚姻，法律也没保护父亲的企业，现在，法律再一次闯入了她的生活，但她还不知道将要让她失去什么，所以她需要在办案人员的微笑里寻找搭救——权衡利弊，最终她把一切责任都揽了过来。

很快处理结果就下来了，牛光荣以“长期卖淫，屡教不改”而被处以劳教两年。实际上，从进入劳教所的那一天起，牛光荣的心情便轻松了不少，更加觉得自己的选择是正确的。劳教所并不似想象的那么可怕，整个布局跟学校差不多，所以派出所干警的“大学”之说也不是诳语。有上课的地方，也有活动场所，每周还能洗洗澡。居住的房间也跟她上学时候的学生宿舍差不多，一个房间七八个人，出门不远就有卫生间，从环境上看还是比较舒适的。

刚到的那天晚上，一个白白净净的女管教干部找她谈话，告诉她这里的制度和要求。每周劳动六天，休息一天。都是很轻松的活儿，累不着人。劳教劳教，劳动是次要的，教育改造是主要的。白天劳动，晚上集中学习和讨论。生活上吃得不错，不但能吃饱，还能吃好，只要不是特别挑剔的人。“到这里是来改造的，又不是来享受的，有什么可挑剔的?”管教干部这样教育她。

这些道理不用说光荣都懂，况且她是苦孩子出身，什么苦都能受得了，到这里来早已在心里做了吃苦受罪的准备。

第二天光荣就跟着大家出工干活了。四个人一个小组，活儿确实不重，织毛衣片，工艺要求也不高。头一个星期是学徒，光荣跟着老师、一个四十多岁的女人学习。老师在外面是搞传销的，据说也曾经家资百万，后来弄得家破人亡。老公跟她离婚了，两个女儿跟着人家走了，到现在也没个音信。光荣可怜她，买点好吃的都跟她合着伙吃。她的技术进步也很快，不到三天就学会了。开始每天能织十来片，后来可以做到三四十片。女人也不表扬她，只是提醒她说，不能光讲究数量，还得在质量上下功夫。她听不懂话里有话，只管往前赶。谁知做得越多，任务量就越大，最后给她下达每天一百片的任务。虽然有点吃力，她还是赶着完成了。一天晚上，在卫生间洗碗的时候，师傅偷偷告诉她说，在这里面不能当先进，也不能再这样干下去了，否则总有一天会把她累死，“累死也是白死，就跟死个苍蝇差不多，拿笤帚扫出去就完了!”

她们说这事的时候，以为没人听见。可是，第二天师傅就进了学习班，那里专门“修理”不听话的学员，据说里面苦得不可想象。

从里面出来的人，一句话都不敢跟别人说。光荣也被调到第二道工序上，缝盘——就是把第一道工序织成的毛衣片缝合起来，做成成衣。在针织行业，织毛衣片是最轻松的，而缝盘是最难的。要把上下两个毛衣片芝麻粒大小的针孔互相叠合起来缝在一起，一个针孔错了，整件毛衣就成废品了。这道工序都是二十来岁的人干的，眼要好，手要嫩，速度要快。像光荣这样年龄的只有两个人。但是，不管有多难，光荣咬着牙坚持着慢慢也学会了。但她的任务总是完不成，而且每天休工回来，眼前一片模糊，眼睛好像被谁抹了一层油，什么都看不清楚。这活儿确实太费眼睛了，据说眼神再好的人，干不了一年，眼睛也就完了。

开始只是组长提醒她加快进度，不能拖全组的后腿。她也着急，但是进度依然上不去。组长的话有时候就说得非常难听了。她理解组长的难处，知道她也得挨批评，所以从来也没跟她顶过嘴。但是，她们组完不成任务，除了组长在干部那里挨批评，其他人改善生活也没她们组这几个人的份儿，甚至连每个月的卫生纸、肥皂都不发给她们。拖了一两个月，组里面的其他人也开始找她的碴儿。当着她的面骂骂咧咧，背后毁她的东西，不是洗漱用品丢了，就是衣服鞋子找不到了。她都忍气吞声，没告诉过任何人。

一天晚上，她刚刚睡着，突然觉得有一坨湿黏湿黏的东西钻进被窝。她一骨碌坐了起来，吓出了一身冷汗，心都快要跳出来了。她看了一圈，寝室里开着灯，大家都在睡觉，一点动静都没有。她伸手去摸那坨东西，拽出来一看，是几块被水泡得白乎乎的肥皂，被谁粘在一起，趁她睡着塞她被窝里了。她收拾了一下，也没吭声，倒在床上再也睡不着了，早饭也没起来吃。女干警过来喊出工，她赶紧起来洗了一把脸，一边跟着大家下楼一边歪着头整理自己的头发。刚下到二楼楼梯中间，她听见后面哎哟一声，觉得好像有人踏空了楼梯，摔了下来。还没等她躲开，几个人冲下来砸在她身上。她一歪身子，从楼梯上滚了下去。当时自己还能站起来，觉得身上也没摔伤，于是就跟着大家到了车间。坐下不久，她觉得肚子痛，下身湿黏湿黏的，到卫生间解开裤子一看，整个内裤已经被鲜血浸透了。

十八

齐光禄事件中的派出所所长名叫查卫东，毕业于西北一所政法学院刑事侦查专业。大学毕业后，他一直在县局刑侦队当侦查员。后来，一起少年杀人案的侦破，使他名声大噪。乡镇一名出租车司机，被人杀害在离镇子不足两公里的河边。犯罪分子的作案手段极其残忍，司机的头颅被钝器所伤，血肉模糊，很难分清楚面目。司机被洗劫一空。罪犯的作案手段非常老辣，现场根本没留下可资破案的任何有价值线索。看了现场后，大部分警员都认为这是一起流窜作案，像大多数发生在鄂豫皖交界处的过路抢劫案一样，可能是个无头案。

查卫东通过现场搜集到的一个不是很完整的脚印，认定这起案件是本地人所为，而且是少年作案。他的理由是，本地山区与大小河流交织的地貌特征，塑造了当地人独有的前脚掌和独特的行路方式。之所以现场没有留下更多的东西，很可能与司机没带什么东西，犯罪分子也没有做好充分的犯罪准备有关。他相信作案的人还在当地，于是不遗余力地进行暗中调查，终于在一所学校抓获了两名未成年罪犯——关于这个故事，我下来挂职的第一年所写的一篇小说里，曾经有过详细的讲述。此案是两个品学兼优的留守少年所为。

查卫东出身贫寒，在走出乡村之前，没坐过汽车，没见过火车，连楼房长什么样都不知道。从小学一直到大学毕业，他始终是一个沉默寡言的人。据说他刚分到单位时也是如此，很少与人交往，基本没有社交活动。开始他住在办公室，后来分到了单人宿舍，来来往往也总是他一个人。没人见他买过菜，也没人见他在机关食堂吃过饭。他与同事之间除了工作基本没什么交往。很长一个时期，谁都不知道他过着什么样的生活。

再后来，有人给他介绍了一个女朋友，是早前一位老局长的千金。这位千金高不成低不就，给耽误到二十大几快三十岁了，也没找到合适人选。她比他大三岁，俩人只见了一面，他就同意结婚了——甚至后来也有人说，即使当时不见面，他也可能跟她结婚。当时机关正分房子。

拿到结婚证，机关事务局给分了一套县政府家属院的房子。两个人是出去旅行结的婚，回来也没再举行什么仪式。平时，查卫东在刑警队忙得没头没尾，很少回来吃饭，有时候一出差就是三五天。所以妻子还是跟父母生活在一起，到他这里来倒像是串门子。

查卫东的妻子人长得漂亮，性格也很浪漫，经常写些诗歌、散文什么的，发表在地方文学刊物和报纸上。任谁都想不到的是，她不仅会浪漫，而且竟然还敢在刑警队高手面前作案——查卫东是怎么在她放在娘家抽屉的笔记本里，发现她写给报社一个副总编热辣辣的情书，一直到现在还是一个谜。如果执意要把这个问题弄清楚，他前妻曾经的一番话提供了很有意思的线索。“简直像一场噩梦，”她跟朋友诉苦说，“从我们俩结婚，他就没把我当成个好人。我相信连我们家飞进来的每一只蚊子都会经过他私下调查，睡觉他都睁着一只眼。谁跟他在一起，要么被逼疯，要么被逼成个贼!”

但是，查卫东在第二任妻子眼里，却是一个很会生活的人——那时他已经小有成就，成为县里的一个名人了。电视上经常看到他，县里有很多重要的会议和活动他也参加。因为破案有功，他先被提拔为刑警队的副队长，不久又被任命为城关派出所的指导员。指导员干了不到一年，就升任这个城区唯一一个派出所的所长——他的前任所长莫名其妙地被免了职，据说有人偷拍到他跟当地黑社会头目在一起喝酒洗澡唱歌的场面。那时候查卫东正在几千里之外的中国刑警学院进修。学习还没结束，上级就把他召回来接任所长。派出所就在县委办公大楼的隔壁，后面有一个小门可以直通县委常委办公楼，可见其位置之重要。

很久以后，有传言说偷拍行为系被他指使。他未置可否，一笑了之。

其实，对他后任妻子的议论从来都没有停止过。要说她出身并不算低微，父母都是商业系统的老职工。高中毕业，她没考上大学，接母亲的班进了糖烟酒公司当会计。国企改制，糖烟酒公司改成了股份制，很多人的身份都变了，唯独她还是一名会计。这是形成对她第一波议论的主要原因，因为这个岗位是公司核心的核心，掌握着公司的生命线。公司改制不多久，大家的议论便有了具体的目标，她与公司经理的"什么什么事"被"什么什么人"撞见了——也都是传言。嗣后，她调入了县第二人民医院办公室当后勤。在医院干了不久，与办公室主任拎不清的传言又甚嚣尘上。虽然这次没被人撞见，但毕竟无风不起浪，有风浪三丈。她也很难在医院再待下去，不得已，调入机关事务局专门负责接待——出一次事重用一次，大家切身感受到了她身后巨大的权力影子。但谁也没发现什么，更没抓住什么。也许更因如此，对她的议论才会这么密集。她成为县城市民生活的一个符号，一个漂流瓶，过一段时间总有人打捞出来查看一下。平时如果大家在一起聊天，说起这个县里的奇闻逸事，讲不了三件事，保准得说到她。

查卫东因受到县委县政府嘉奖而上台领奖的时候，她是专门在后台负责给他们领台的。领奖前的几十分钟，俩人在一起聊了几句，双方都有相见恨晚的意思。很快，查卫东找人撮合，俩人就组成了一个新的家庭。新家庭很有新气象，查卫东像变了一个人，开朗多了，也开放多了。过了不久，他们有了一个可爱的女儿。女儿脸形长得像她妈，神情像他。当了父亲的查卫东，更加爱护自己的小家庭，对妻子俯首帖耳，对孩子有求必应。

谁都不看好的婚姻，能经营成这样，出乎所有人的意料。但也有不以为然的，有一次，查卫东的小舅子张鹤天喝多以后，在他们家发酒疯。张鹤天指着查卫东说，你别在我跟前装老实，你是没资本再离婚了！

查卫东仍然是一笑了之，不跟他计较。

查卫东的妻子就姊弟俩。弟弟张鹤天可不是一盏省油的灯，家里不知道通过什么关系把他送到省警校，毕业后也不知道通过什么关系又给分到公安局办公室，跟着局长开车。局长下班后，他召集一群发小在街头喝酒。酒酣耳热之际与邻座发生纠纷，他一啤酒瓶子砸人家头上，把自己的制服砸丢不算，还赔了人家五万块钱——对方也不好惹，姑父是省报社的一个老总，占领着舆论制高点，一个小豆腐块都能把他砸成残废。

被公安机关开除之后，张鹤天开过饭店，修过高速公路，承包过电影院，干一行败一行。后来上级要求县直和乡镇各机关单位无纸化办公。姐姐得到消息后，让他成立电脑公司，估计全县有几百台电脑的生意。于是，他东拼西凑，成立了“天宇电脑公司”，还在县城中心位置租了一个办公大楼，买了两台车。开业那天姐夫没露头，由姐姐出面，请了几十桌头头脸脸的客人，阵势闹得很大。谁知无纸化办公只在口头上喊了一阵子，雨过地皮干。地方政府吃饭都没钱，哪有资金办这种事？国家的政策搁浅，一百多台电脑砸手里。后面天天跟着一群要账的，让他焦头烂额。

他看上齐光禄的生意，也是姐姐的一句话引起的。姐姐说，县政府要建第三招待所了。这个招待所规模很大，如果再加上另外两个，光肉菜供应就是一大笔生意。

他在菜市场踅摸了半天，发现齐光禄的店铺不仅位置佳，生意好，经营的商品也比较齐全。于是，摸清楚齐光禄的底细后他便下手了。他无论如何也不会想到，他与齐光禄之间这么一点点子民事纠纷，会卷起那么大的风暴，搅得半个县都快翻了天——美国气象学家爱德华·罗伦兹在一次演讲中说道："一只南美洲亚马孙河流域热带雨林中的蝴蝶，偶尔扇动几下翅膀，可以在两周以后引起美国得克萨斯州的一场龙卷风。"

这个大嘴巴的话终于在中国的一个小县城找到了注脚。

十九

在外人看来，牛光荣也算是因祸得福。她在劳教所只待了四个多月，就因为意外流产被提前释放了。释放之前，劳教所的领导轮番和她谈话，一方面对这次"意外"表示同情，另一方面问她还有什么要求，劳教所会尽可能满足她。她能有什么要求？脑子一片空白，说话语无伦次，对走与不走都没意见。劳教所领导拿出一份材料，让她在"以上看过，没意见。牛光荣"这几个字上面按下自己的指印，告诉说她可以回家了。

接她出去那天，齐光禄和弟弟两个人早早便来到劳教所。等到过了上班时间，除了门卫，一个警察也看不到。两个人站在门口一直等到快九点了，劳教所的偏门才开了一条缝，牛光荣像一个游魂一样飘了出来。齐光禄和弟弟跑过去，一人抓住光荣一只胳膊，看着她，话都不知道该怎么说。光荣也是呆呆地看着他们，像陌生人一样。

来时齐光禄租了一辆面包车让光荣的弟弟开着，他在后座上铺了被子褥子。齐光禄把光荣放在座位上，头枕着他的腿。她骨瘦如柴，皮肤薄得透明，与被带走那天判若两人。看着她的样子，齐光禄后悔不迭，觉得当时无论如何不该放她到这个地方来。

齐光禄让弟弟把车子直接开到隔壁县的一家医院。到医院先给光荣做了常规检查，身体倒也没什么大问题，就是虚。虚是病，也不是病。医生告诉他们说。

齐光禄坚持给光荣做了妇科检查。医生给他说检查结果的时候，齐光禄眼前一黑，差点背过气去。光荣这样的身体条件，很可能再也怀不了孕了；即使能怀上，孩子也会因为习惯性流产而夭折。

坠子和老婆是光荣回来半个月后才从外地赶回来的。坠子看起来比过去更老了，浑身上下一嘟噜一嘟噜的都是赘肉，坐在那里大喘气，好像是用旧零件组装起来的一台蒸汽机。光荣躺在床上，似一个没有呼吸的纸人。坠子老婆过去拉着光荣的手，以往那么爱絮叨的她，一句话都没说，只是看着光荣一个劲地叹气。

下午，坠子安排齐光禄带弟弟去买了十来个菜，两瓶好酒。等他们回来，看见坠子擀好切好的面条整整齐齐地码在案板上，那是他最拿手的“袁面”。坠子边下面条边安排老婆把菜装好盘，摆上八仙桌，把光荣搀起来坐下，然后又在上手空了三个位置。喝酒之前，他在三个空位置上恭恭敬敬地各摆了一碗面，一杯酒，双手擎起自己的酒杯，口中念念有词：“爹！娘！光荣娘！坠子这里领罪了！你们看我把一家人领成什么了？”

坠子老婆和齐光禄连忙站起来，扶着他劝他坐下。坠子坐下来，热泪长流，眼泪吧嗒吧嗒落在面条碗里。一顿饭吃得像办丧事，打开一瓶酒基本上没怎么动。

第二天一早，天还没亮，坠子就把老婆和孩子们都带走了，谁也不知道他们去了哪里。在此之前，两间铺面早已转给了张鹤天。据说这次张经理干得还不错，把周围几家店铺都盘了下来。三个招待所的肉菜供应全被他承包下来了，光这一项就是一笔不小的收入。

每年的4月初，正是长城边莺飞草长的季节。从城里到这里来踏青的人如过江之鲫，找个停车的地方都很难。当地政府顺势而为，每年举办一次“风筝节”。头两届吸引了国内不少名家，后来越办越大，国外的风筝玩家也都来参加比赛，于是，就把这个活动扩大为“国际风筝节”。

这年的风筝节于4月6日开幕。当日一大早，国内外各家媒体早早来到现场，还有三家卫视台做现场直播。九时九分，锣鼓喧天，鞭炮齐鸣，各级领导鱼贯登上主席台。数百只信鸽振翅飞向蓝天。随后，八十多米长的巨龙风筝、婀娜多姿的蜈蚣风筝和众多各种造型的风筝翱翔翻飞，争奇斗艳。

突然，在放风筝的队伍里，出现了两个头勒白巾，身穿白衣黑裤的男子。两个人的前胸后背都绣着黑色的大大的“冤”字，他们奔跑着、呐喊着，放飞手里的风筝。那是一只巨大的、黑得像墨汁一样的梅花风筝，尾巴上挂着九十九个白色小条幅，每个上面都写着“冤”字。霎时间，中外记者轰动了，纷纷站起来举起手中的长枪短炮。

二十

我安排赵伟中把齐光禄案件的卷宗材料调过来，想详细地查阅梳理一下，以便厘清里面的脉络。赵伟中说，“齐光禄案件”不是一个单纯的案件，而是一个非常复杂、前后有很多人经手的“事件”。卷宗材料不止涉及一个单位，也不止涉及某个办案人员。如果把材料全部凑齐，估计要拉一板车。

后来他找到一份早前县委县政府呈报给上级的综合报告给我。我看过之后，觉得情况委实太复杂了，任谁也不好拿出一个彻底解决问题的办法。

天中县委、县人民政府关于
齐光禄事件的经过及处理意见的报告

一、从整个事件的调查结果看，并没有任何证据证明查卫东参与或者放纵事件的发生，因而对其做出“双开”的处分于法无据，明显失当。鉴于查卫东被齐光禄砍死后，其妻改嫁，父母及女儿的生活没有保障，建议一次性给予其家庭十万元经济补助。

二、县公安局根据齐光禄涉嫌犯强奸罪的有关事实，对其采取刑事拘留强制措施，是根据群众举报和刑警队采集到的线索依法做出的，并非如当事人和上访人所言是报复行为。但

是，鉴于该局在处理此事时采取的方法粗暴，对群众及当事人宣传法律政策不到位，引起群众较大抵触情绪和一系列恶劣后果，经县委常委会研究决定，公安局现任局长、政委予以调离公安机关并给予行政记大过处分。

三、牛光荣之死有多种原因。虽然构成对牛光荣劳教的违法事实并不充分，但其与多名男子发生性行为的事实是客观存在的，也是应予矫正的。经查明，在牛光荣劳教期间，造成其流产的行为系意外事故。所方发现其身体不适后，所采取的施救及提前释放措施是得当的、及时的。当事人牛光荣及其家人并未表示异议。

四、牛卫国(别名牛坠子)及其家人在权益受到侵害时，不是通过正当的法律和信访途径解决问题，而是采取极端措施，在"风筝事件"中的行为严重损害了党和政府的声誉以及国家形象，本应给予行政制裁。鉴于主要责任人牛卫国已经亡故，而且有国家机关工作人员损害事实在先的特殊原因，对其事件中的其他参与人员不再追究责任。

五、齐光禄犯杀人罪，已被市中级人民法院依法判处死刑。被告人未提出上诉，现案件已经进入死刑复核程序，等待最高人民法院的最终裁定核准。

六、对事件所涉及的有关人员，已经依纪依规处理到位。因此事件造成的群众上访尚未彻底平息，县委县政府仍然负有劝解和维稳的责任，我们将尽全力做好防范和化解工作，不使事态进一步扩大。

七、痛定思痛，通过这个事件使我们深刻认识到……时刻把群众利益无小事放在首位……以稳定促发展……努力开创……新局面。

…………

我把报告推给赵伟中，仰靠在椅背上，久久没有说话。他一页一页地翻看着，做出非常认真的样子。我知道他一个字都没看进去，他在等着我发话。不管处理任何问题，他总是这么能把握分寸。果然，我刚一坐直，他立即放下手里的文件，认真地看着我。

"牛大坠子，不，牛卫国死后，他老婆没再改嫁吗？"我问。

"没。毕竟她年龄偏大了，村里人给她介绍过几个村民，您知道她怎么说？"他咧开嘴笑了起来，摇了摇头，"'切！勤劳善良的贫下中农，我还真看不进眼里呢！'其实，她也不是个省油的灯，村民一直上访闹事，就是她和她儿子两个人在背后指使的。"

"他们能够鼓动村民上访闹事，而且持续这么长时间，说明还是有合理的诉求在里面，"我拿起笔，在文件第六项下面重重地画了一道，"从我了解的情况，再加上我刚才看到的这个材料，我觉得事情的麻烦之处就在于，看起来谁都有责任，但是论到法律上，又都没有责任。这么重大的事件，最后查找不出具体的原因，也没有应该承担责任的人，你不觉得更可怕吗？"

"那当然！照您这么说是很可怕，"也许他听出了我的意思，随即调整了态度，重重地点了点头，"老百姓来上访说明还信任咱们，如果有事都不上访了，像齐光禄这样干，那麻烦就大了！"

“齐光禄也不是一步跨到杀人者的位置上，”我把报告重新递给他，“除了这份报告，你再仔细想想：他无处诉说，说了也没人听，听了也不会有人管——如果要讲痛定思痛，这才是痛中之痛！”

“那可一点都不假！”他有点儿忘形，一巴掌拍自己腿上，“就是因为没管他的事，我小舅子心里一直过不去。上次他回来找您，本来是想让您安排县医院把齐光禄的妹子收治了，所有的费用由他来出，结果主任把这事给搅黄了。都怪我不会办事！”

二十一

对“风筝事件”的处理非常迅速，而且也很到位。国家有关部门成立了联合调查组进驻天中县，找多名当事人和知情者询问情况。虽然不能彻底查清楚，而且对事件性质的认识也有分歧，但调查组要求省市县三级迅速拿出处理意见以平息民怨，并保证无论如何不得再发生类似事件。

派出所所长、张鹤天的姐夫查卫东被开除党籍、开除公职，一夜之间从一个警界新星变成一介平民。与案件有关的派出所两个干警被免去职务，有关当局就其涉及的违法问题展开调查，是否涉及犯罪俟调查结束再做处理。县委县政府对此事件负有监管不严、控制不力的领导责任，分管副县长被行政记过。县委宣传部新闻发言人在回答记者的提问时明确表示，“矫枉必须过正，人民群众的合法利益必须得到充分有效保护，决不允许任何人假借公权力谋取一己之私！”

对此次事件涉及的赔偿问题，县委县政府也迅速拿出处理意见：张鹤天立即退还店铺并负责恢复原状，赔偿受害人每月两万元共计十一个月二十二万元的财产损失。为了体现政府勇于承担责任的宗旨，县政府从信访专用资金中拨出十万元，补偿给齐光禄和牛光荣。

处理结果与当事人见面那天，县委一名副书记、县政法委书记、县公安局局长、信访局局长都参加了。大部分当事人都表示同意，没有什么意见和要求。会议结束后，查卫东走过去拦住几位领导，提出自己在这个事件中不应该承担责任，“我既不知情，更没与任何人打过招呼。如果要承担责任，也仅仅因为与张鹤天有亲戚关系——我是他的姐夫，仅此而已。所以，对我进行‘双开’处理显然是不公平的，也没有任何法律和政策依据。”

调查组也确实没有掌握查卫东直接参与此次事件的有关证据。派出所的两名干警证实，他们的作为是因为“群众举报”，跟查卫东无关。张鹤天和姐姐也证明，从来没与查卫东谈过此事。

县委副书记问：“查卫东，即使你没有明示或者暗示你的下属，你派出所的两个干警为什么这么‘无私’帮助你而不帮助其他人，这你心里不清楚吗？”

“这个我说不清楚，”查卫东以立正的姿势回答，“我真说不清楚！”

“你是真说不清楚？小聪明是会害死人的！不处理你，怎么向上级交代？怎么跟老百姓解释？都什么时候了，还玩这种把戏？”看着查卫东复杂的表情，县委副书记不耐烦地摆了摆手，“先把主要问题解决了，你的问题随后再说！”说完拂袖而去。

信访局局长要求齐光禄和牛光荣在一份“协议书”上签字。齐光禄拿过来看了看那份协议书，大致意思是两条，一是完全同意政府的处理意见，二是保证不再为此事上访。

齐光禄拿起笔就把自己和光荣的名字签上了。信访局局长不同意，坚持让牛光荣自己签。齐光禄让她看看牛光荣的样子。信访局局长看了看，指示齐光禄拿着牛光荣的手，在她的名字上面按了指印。

一切都恢复了原来的样子。齐光禄的铺子重新开张，生意虽然没过去红火了，但还是比别人的要好。工作之余，齐光禄带着牛光荣每天坚持体育锻炼，还找了县城一个老中医，让他开了半年的调养药。她的身体和精神在逐渐恢复之中，有时候还能听到她的笑声。对这样的结果，大家都觉得很妥帖。他们以为已经揉皱的生活可以伸展、拍平，重新恢复过去的纹路和形状，甚至不会留下一点儿折痕。

第二年春天，坠子因为肺部感染回到县城住院治疗。开始也没怎么在意，以为像往常一样把炎症消下去就好了。谁知县医院检查的结果是肺癌后期。坠子老婆不相信，坚持带他到北京确诊。结果与县医院的检查并无二致。坠子也知道了自己的病情，拒绝在北京治疗。他坚持回老家，说是自己调养，可是回来后一口药都不吃。到年底，一个胖大的汉子瘦得竟只有几十斤了。弥留之际，他让老婆把几个孩子喊到床前，向孩子们表达歉意，说，自己一直在努力，这一辈子都想为他们办一件大事，可是……光荣拉着他的手说，您办的事情还不够大吗？坠子摇摇头，不够，不够！泪水顺着他的老脸往下落，混浊得跟泔水似的。齐光禄说，爸，您永远都是我们敬重的爸爸！说罢拉着光荣和弟弟一起跪下了。这是他第一次喊他爸，也是最后一次了。

二十二

新上任的公安局局长郑毅，原来是周友邦挂职那个县一个乡镇的党委书记，因为计划生育工作失误被免职。后来上级安排他到市公安局防暴大队任副队长，工作期间成绩突出，提拔到天中县公安局任局长。据说他在市局工作时就和查卫东很熟悉，与查卫东的几个同学也过从甚密。但据后来的调查证明，他和查卫东也仅仅是正常的工作关系。他到这个县任局长时，查卫东已经被双开，在家赋闲。也从来没人看到过他在县里跟查卫东接触过。

我来这个县挂职之前他就被调离了公安队伍。据熟悉他的同志讲，他是个非常正派，也非常敬业的人。简直是个工作狂，从来没休息过星期天节假日。他所制定的"白天要让群众看到警察，晚上要让群众看到警灯"的工作目标，使这个位于鄂豫皖三省交界、社会治安非常混乱的县，变成公安部表彰的先进单位。所以，他在群众中的口碑非常好，一直到现在，大家说起他还交口称赞。

他到这个县任职之后，在对过去所办理的案件进行梳理的过程中，发现了齐光禄和牛光荣一案。他认为，就案件所涉及的事实，对牛光荣采取劳教措施显然是处罚过当。但是，这么轻易地放过齐光禄，就是对法律的亵渎，毕竟他的行为已经构成了强奸罪。而这个罪是暴力犯罪，公安机关不能与当事人进行协商私下处理。他将此案件批给刑侦队，并责成政委指导纪检监察部门督办此案。

政委是一个老公安，他比局长到这个县早，对此案件也比较熟悉。他给局长的建议是，这个事情已经处理完毕，里边的问题非常棘手，不能再触及矛盾，引发新的问题了。

局长说："为什么棘手？为什么会形成矛盾？就是没依法办事嘛！事情要想简单，就只能坚持一条原则：正本清源，从根子上解决问题！"

政委没再坚持自己的意见，他要维护班子的团结。虽然政委和局长分别是公安局的党政一把手，但是真正的一把手只有局长一人。

刑侦队去抓齐光禄的时候，他正带着几个员工在店里忙活。最近他又代理了两家知名品牌的肉制品，坠子原来设想的开连锁店的目标眼看着就要变成现实。新店铺的地方已经找好，合同也已经签过，就差付款了。

后妈带着光荣和弟弟回老家给坠子上坟去了，今天是他的周年。等他们回来天已经很晚了。光荣看到店员交给她的对齐光禄刑事拘留通知书，罪名是涉嫌强奸。她把通知书递给弟弟，呆呆地坐在床边，一句话也不说。后妈从弟弟手里接过通知书，看了看，跟光荣说，今天太晚了，有什么事情等到明天再说吧。

光荣定定地看着桌上的一片灯光，始终没说一句话。

后妈做好饭给光荣端过来。光荣埋头就吃，吃完倒头便睡。后妈不放心，又过来看她，发现她躺在床上直直地睁着眼睛看着天花板，并没有睡的意思。后妈说："想开点光荣，没有锯不倒的树，也没有蹚不过去的河。咱们留得青山在，不怕没柴烧。"

光荣这才开口说话，她说："人要是想死就死多好!"后妈为她掖了掖被子，说："别说傻话了，咱们慢慢来。人就是再没本事也不能被冤枉死。明天就去找他们说理去!"

"妈!"光荣瞪着眼睛，并没看后妈，好像是说给自己听，"他们要是再抓我，您无论如何得帮我拦着，给我留点死的时间!"

后妈的手停留在被子上，看着光荣，半天没说话。

光荣以为她没听清，抓住后妈的手，把刚才的话又重复了一遍。

第二天早上起来，后妈已经把早餐买回来了。今天光荣好像特别能吃，吃了两根油条两个鸡蛋，还喝了一碗豆浆。后妈让弟弟搀扶着光荣，三个人一起来到县公安局，问了半天人家才告诉他们刑侦队在五楼。他们在一间大办公室找到了办案人员。办案人员告诉他们说，齐光禄已经送交看守所拘押了，这个案件正在侦查之中，不能透露任何细节。

"那我们至少应该知道为什么抓人吧?"后妈说。

"不是已经把通知送达你们了？强奸!"办案人员斩钉截铁地说，后来想了想又补充道，"涉嫌强奸。"

"他强奸谁了？是这个孩子吗?"后妈用手指着光荣，"他们都过成夫妻这么多年了，这还算强奸吗?"

"照你说这么简单，如果杀个人，一百年后就不是杀人犯了!"

办案人员不耐烦地看着他们。

“当时你们劳教光荣的时候是怎么说的？难道连你们公安说话也不算话了吗？”

“滚出去！”办案人员怒不可遏，一拍桌子站了起来。弟弟赶紧过去护住母亲。

“老天爷还不睁开眼吗？”光荣突然仰头大叫一声，边喊边朝通往阳台的门口走去。后妈见状，失声尖叫：“光荣——！”话音未落，牛光荣已经从阳台上一头扎了下去。

二十三

县城东南角有一个老体育场，过去曾经是开批斗大会和枪毙人的地方。谁要是诅咒某个人，总爱说早晚非把你送到体育场去不可！现在它已经被围在县城中心了，平时县里的重大活动或者展销会什么的，偶尔还会用一下。因为进出不方便，几届人代会都提议建新体育场。新体育场拉拉扯扯建了两年多，还没正式交付使用。所以市民们早晚活动还是到这里来。

每天早上，查卫东来得都比较早。他一般五点多钟就出门了，这是他多年来养成的职业习惯。到了体育场，简单热一下身，他便围着跑道跑起来。他每天都坚持跑四十圈，十六公里。如果没有意外情况，比如极端天气或者大型活动占了跑道，即使一般的刮风下雨天气，他都不会停下来。他有这种韧劲，一直都有。

被双开之后，查卫东一直在家赋闲。对于自己的处分，他再也没有提起过。肉铺子还给齐光禄之后，小舅子张鹤天开了一家出租车公司，让他去管业务。开始他不想去，后来经不住老婆左右央求，去跑了几个月，又回来了。他和小舅子俩人性格合不来，他也知道小舅子从骨子里看不起他。而且平时他不大爱说话，什么事情喜欢做了再说，甚至只做不说，更不爱跟人抬杠。小舅子是个嘴巴比脸还大的家伙，什么事情八字还没一撇，已经广播得满城风雨了。再一个，他也特爱抬杠，查卫东觉得他是世界上最爱抬杠的人。不管你说什么，他先插上一句，谁告诉你是这样？你还没与他争辩，他手一挥打断你，你知不知道啊？到最后，反正就他知道，谁都不能知道。

可是，在查卫东心里，小舅子也不是个坏人。跟他姐的性格一样，四肢发达头脑简单，讲义气，够朋友，对人从来也不知道提防，不管自己吃多大苦受多大罪，也得先把朋友打发舒坦。从公安局被清退之后，他在局里比查卫东的人脉都广，办事能力也比他强。查卫东之所以不想跟他在一起搅和，主要是害怕性格不合，到最后会伤害相互之间的感情，进而影响到家庭关系。老婆不管过去怎么样，现在对他不错，什么事情都由着他的性子来。尤其是出事之后，处处想着他的感受，总害怕他再受到什么伤害。他觉得自己没看错人。

在家闲着没事干，查卫东就练练书法，教教孩子的功课，偶尔回老家陪老人住几天，其余的时间都用来锻炼身体。这几天天气一直不好，没一点风，一天到晚雾气腾腾的，对面看不见人。老体育场因为裹在城内，被各种油烟、灰尘、雾霾包围着，像一锅浑汤，根本没法跑步。于是，他就独自跑到新体育场。那里的跑道基本完工了，运动场正在植草皮，围墙还没拉起来。

到新体育场的第一天，他发现只有自己一个人在这里跑。这里毕竟离城区较远，而且交通也不是很方便，城里到这里的主路还没修好。第二天，四十圈快跑完的时候，他发现多了一个人。那人是相对着他的方向跑的，跑起来很慢，好像腿脚不是很方便。跑近了，俩人打了个照面。虽然没有灯光，看不很清楚，但他还是觉得这人有点面熟，想不起来在哪里见过。他想主动打个招呼，后来想想怕人家认出自己，就算了。

牛光荣跳楼之后，县委害怕事情闹大，要求公安局立即撤销齐光禄案件，先把人放了，听候处理。其实也没什么好处理的，只要当事人不上访闹事，上级不追查责任，事情就会慢慢稀释，无非是政府赔几个钱，大事化小小事化了。齐光禄释放出来之后，确实没闹一点动静，也很少出门。倒是光荣的后妈和弟弟到县委政府闹过几次，都被工作人员劝阻回去了。

齐光禄把铺子交给弟弟，什么事情都不想费心劳神了。每天早上，他背着一个羽毛球拍袋，待在查卫东楼下等他下楼，再跟在他后面去体育场。到体育场，他就把袋子放在身边，看着查卫东跑步。一般情况下，他都是在查卫东跑到第三十七八圈的时候跟上去。那时候查卫东的体力已经消耗得差不多了，而且快达到目标的时候，人也比较容易松劲。但是，在老体育场活动的人太多，他试着几次靠近查卫东，都没有下手的机会。他等着雨雪天气的到来，

对于我们来说，这个笑话既很可笑，也很可怜。而对于常年生活在偏僻山区里的人们来说，也许局部就是他们的整个世界，或者一生的梦想。坠子离开宾馆并再次“成功”之后，村里人进城找他，只听说他今天在这里，明天在那里，神龙见首不见尾。大家便在私下里议论，弄不好他真是到“局部”去了。

人民政府爱人民

事情的开始要从老驴的女儿李童考上大学说起。老驴的女儿考上大学对于李家庄是一件大事，对于老李家就更是一件天大的大事了。

老驴人不错，女儿还没考上大学那阵，整天像个弥勒佛似的，笑眯眯地袖了手，啥热闹都凑，看见老少爷们都打招呼，很随和的一个人。但李家庄的人偏不认这个账，李家庄的人谁见了老驴都板着脸，正眼都不给他一个。他们是嫌老驴没成色。老驴生得人高马大，目正口方，能说会道。可就是田地种得邋遢，日子过得拧巴。好好的光景，硬是给他整得像鸡肠子似的，七拐八扭的净走样儿。

老驴已过了四十三岁生日，这在村里应该是个被人尊敬的年纪了。可他还是站着坐着都叫人感觉一歪三斜没个正相。仔细看面目，黑是黑了点，没心没肺的并不显老。不过，浓眉毛大眼睛生在他脸上，怎么看都有点水土不服的意思。那老驴的媳妇更是没道理的秀气，刚嫁过来那阵子，大家都说一朵鲜花插在牛粪上。这朵鲜花果然没能出牛粪而不染，打从经了老驴的手，不知怎么的就蔫得像一棵霜后的茄子了。

老驴从不跟人争长短，也不好生是非，面慈心善。谁家有喜事，总会见他卖力地跑前跑后指东打西，乐得屁颠屁颠的。要是谁家有个丧事让他撞上，不管人家爱见不爱见，十有八九会跟在送葬的队伍里哭得眼泪叭嚓如丧考妣，反正他觉得左邻右舍前家后院都跟自个儿亲戚似的。村里却不大有人郑重说起他，如果偶尔说了，就会有人摇头骂道，这头蠢驴，也没少辛苦，就是百事不成!

老驴地侍弄得不好，老驴的女人把个家打理得也很不好。可老驴和他媳妇却做了一件让李家庄的乡亲眼珠子都蹦出来的事，就是生养了一双好儿女。女儿李童打从听懂人话就看出来爹在村里被人不待见的样子，所以暗暗咬紧牙关要做个有本事的人，从上小学起数不清给她爹挣了多少个百分。弟弟被姐姐逼迫着教导着，学习成绩也是出奇的好。

老驴的女儿这一年考上了大学，老驴的儿子这一年考上了高中。

这个事情的确让整个李家庄措手不及。

李家庄人在一种十分复杂的心情中面对了这件大事。老驴破天荒地被人在背后不断地提及，但在他面前，大家都讳莫如深，好像从来没发生过这事儿似的。老驴可是不管不顾地放开了为自己高兴，高兴的老驴把闺女的大学通知书揣在贴身的口袋里还没暖热，就催促媳妇杀小鸡，烙油饼。顷刻间鸡飞狗跳人欢马叫，很快满村街都闻到了老驴家熬鸡汤的香气。对老驴的暴发，大家也没啥可说道的了，人家女儿考上大学了。考上大学的家宅衬得住这满村街的鸡汤香啊！

老驴吃了香喷喷的鸡肉，脸都没顾得上擦就拉了女儿的手去了县政府。

事情开头的那一天，老驴正咧着大嘴走在大路上，老驴的腮帮子上沾满了鸡肉的汤汁，老驴用汤汁把快乐写在脸上！

事情的开始是老驴的女儿考上了大学，事发的起因却是因了老驴和老驴的女儿去了趟县政府。

老驴拉着女儿径直到了县政府的二楼，门都不敲就推开了一间办公室的门。门打开后，老驴却突然愣住了。这间屋子原来是管教育的杨副县长的，现在屋子里却坐了一个女的。老驴打量了一眼这个女子，个子小小的，年纪轻轻的，漂亮光鲜得像个电视里的人物。老驴朗声问道：

杨县长去哪里了？

那女子说：调走了。

老驴说：我跟杨县长是朋友，我的孩子念初中高中都是他写了条子给解决的学费。

老驴又说，你是谁啊？

那女子顿了一下，显然是在耐着性子说，我姓刘，是现任分管教育的副县长。

老驴看了这个小刘县长一眼，长得也许是太好看了些，总觉得没有那粗壮的杨副县长像个县长。老驴说，那我就找你了。我们是来要学费的。我儿子今年考了高中，闺女考了大学，我们是来要学费的。

小刘县长用她的杏眼深深看了一下老驴，又去看老驴的女儿。那孩子的一双明眸也正直直地盯着她。小刘县长有些吃惊，她刚从城里调过来，对基层的事情还不熟悉。这个跟她用这种口气说话的人让她摸不着头脑，她的表情却因为眼前这个孩子变得柔和起来，这个目不转睛地盯着她的女孩让人有些无端的心慌。但是他们提的这个问题，却让她有点措手不及。

小刘县长说，你们是跟政府要学费的？

小刘县长又说，如果你家有特殊困难，政府可以帮助想想办法，但是政府没有义务解决大学生的学费。

老驴的脸一下子拉得老长，他的女儿在旁边看了，险些就觉得那真的是一张驴脸了。

老驴生气地说，先前杨县长从来没有这样说过话，先前孩子的学费，杨县长二话不说就给解决了。杨县长是政府你不是政府吗？

老驴的话让小刘县长有点不好接茬，小刘县长看了看老驴的驴脸，又看了看老驴的女儿，小刘县长的语气仍然是被眼前这个秀气的小姑娘盯得异常柔和。

小刘县长说，同志你别着急，先前的杨县长是怎么解决的我不知道，现在国家的政策就是这样规定的。孩子上学是个大事，家庭确实有特殊困难政府可以帮助想想办法，但是政府真的是没有这笔经费。

小刘县长话说得很沉稳，小刘县长的沉稳却让老驴着急起来。老驴说：你这个县长说得可真轻松，你说没了就没了！我孩子上小学高中你们都管，现在辛辛苦苦考上大学你们反而不管了，你让我们怎么办？

小刘县长说：你别着急，急能解决什么问题呢。你家是有什么特殊困难吗？

老驴说：我当然困难，我现在住的房子都是借亲戚家的旧屋，我不困难谁还困难啊？

小刘县长这时才认真地看了一下老驴的脸，大大的眼睛，方鼻子阔嘴，而且一点不显老，可能是那半碗鸡汤滋润的，看上去很健康。

小刘县长说：你家里有需要赡养的老人吗？

老驴说：没有。

是你爱人有病吗？

我老婆身子好着哩，她怎么会有病？

你几个孩子啊？

老驴说：俩。

你承包了几亩地啊？

老驴很有些不高兴了，说学费学费的，怎么说起这些婆娘的事情！老驴的眉头都皱起来了。老驴极不情愿地回答，差不多有八九亩了。

老驴这样的回答让小刘县长的眉头皱起来。小刘县长有些不解地说，你们身体好好的，粮食打得足够吃，不惜力气的话，农闲时可以出去打打工，怎么也不该是困难户啊？

老驴似乎词穷，一时没了言语，一张脸眼看着憋得通红。老驴的女儿却接了爹的茬，老驴的女儿脆生生地说，穷不是我们的错吧？如果没有我们这些穷人，要政府干什么呢？我们找政府干什么呢？政府不是穷人的政府吗？

小刘县长被女孩突然发出的声音和质问弄得心中一惊，从进门起她几乎没任何动静，像个影子一样站在她爹的身后。但她的声音响起来，屋子里好像突然挤满了人似的。

小刘县长定了定神，眼睛始终看着那个女孩。那女孩也一直看着她，脸上平静如初。

小刘县长暗暗吃惊，小刘县长说，孩子你说的是没错，但是政府只能救急不能救穷啊！

女孩的声音更加响亮起来：那考上大学而不能进去，难道还不急吗？

小刘县长有些愠怒地摇摇头说，是急。可是全县比你这事急的太多了，政府真是管不过来啊。像你这样上不起学的考生，如果都到政府来，这个院子都站不下，咱们这个穷县能解决得了吗？

小刘县长没容那孩子再开口，直接对老驴说，以你们家的条件，怎么着也不该是困难户吧？

老驴的嘴巴更加咕哝，老驴几乎是求援似的，眼睛来回在小刘县长和自己的女儿身上穿梭，灰心丧气地说：就是困难，我掏尽了力气，还是困难。

老驴一时想不起更多的语言来表达，心中却委屈得要命。这女县长真是不懂道理，穷是我的错吗，谁愿意过穷日子啊？人家杨县长联系我们村，看见孩子上不起学，啥话不说就帮忙解决学费。眼前跟这个小女人说了半天，一分钱都不说给，还跟审贼一样。这样的结果对老驴的打击是巨大的。老驴满脸沮丧，心里却气愤得要命，我就是困难，连中央都知道我们困难，你一个小女副县长竟敢说我不困难哩！

小刘县长可能每天都要接待几个这样有道理又很委屈的人，但她无能为力。小刘县长的电话连续响个不停，好像还有一桩急事等着她去处理。她做了一个让他们出去的手势，说，你们先回去吧！

老驴还没接茬，已经被女儿推了出去。小刘县长收拾完下楼的时候，那父女俩还站在院子里。老驴的女儿定定地看着小刘县长下楼、上车，眼睛一眨都不眨。

出了政府的门，老驴的脚步变得深一脚浅一脚没根底了。早知道是这样的结果，那鸡汤是无论如何不会喝的，至少不会喝得那么放肆。女儿考上大学是天大的好事，政府怎么会不给拿学费呢？

老驴的女儿远远跟在父亲后面，她觉得父亲像是被人攮了一刀，整个身子都垮下来了。她真不愿意和他走在一起，父亲垮得这样不体面，让她觉得无尽的悲哀。

老驴的女儿李童可不像她的爹和娘，李童的自尊是打小就在心里扎根的，这是一粒坚韧的种子，也是一粒仇恨的种子，没有被谁刻意浇灌，但生命力极强。在学校，如果哪个老师对她不好，她嘴里不说什么，可她会把这事牢记在心里，暗暗骂人家一百句狗眼看人低。有对她好的老师她也会在心里记下，她知道老师对她好只是因为她学习好，能给老师挣面子和奖金。李童小小的心灵里，被这粒种子膨胀着鼓舞着，像一句戏文说的那样，仇恨的种子会发芽。

李童跟着妈妈去过几十公里开外的市里，“市”在她的眼里大得没边没沿，真真是车水马龙灯红酒绿。市里的大街平展得像她家的桌面儿，他们村街里走的是什么样的泥巴路啊。市里的人个个吃得红光满面从高楼里进进出出，偏偏她和妈妈坐在屋檐下歇一会儿，都会被人赶开。李童幼小的心里，像被谁塞进一把谷糠似的，抓挠得不是个滋味。她还记得有一次她的同桌、一个县干部的孩子过生日，她的爸爸竟然给她买了一件一百多块的衣服。一百多块啊！李童看着大家都在快乐地吃她的生日蛋糕，也走过去拿了一块，却没吃，用废报纸包了，趁人不注意扔在便池里。回家的路上，眼泪止不住流了一脸。

李童那天从县政府回来一夜都没睡，她觉得她和父亲好像受尽侮辱之后被抛弃了。虽然她也不知道是什么地方受了侮辱，她想不清楚，她反正就是觉得被侮辱了。

李童呆呆地坐了半宿，仇恨和冤屈让她不能自抑。她从书包里拿出纸和笔，开始写信。

李童在写一封信，一封使她非常激动的信，因为她写信的时候脸上一直显现着激动的红润。她的爹妈都睡着了，她的弟弟也睡着了。老驴后来说，他醒来就不见了女儿，他看见的只是女儿的一个留言。

李童的留言是：

我走了，我再不能过这种看人脸色吃饭的日子。我去南方打工挣学费，开学的时候自然会回来，你们不要找我，也找不到我！

李童的留言更像一段宣言，没有抬头也没有落款。

河阳县的县长崔涌接到一封信，是李家庄一个女学生写来的。女学生的信是这样写的：

尊敬的县长大人：

我叫李童，是今年的高中毕业生，我现在已经被一所大学录取。上大学是所有学生的梦想啊，如果家里条件允许，我将要开始我的大学生活。

我没有见过你，想象不出你是生得高大英俊还是低矮稳健，我只能想象你是一个不平凡的人。你的年纪大约和我父亲差不多吧，可你们的命运是何等的不同，你每天坐在你的办公室里对几十万民众发号施令，我父亲每天却在田地里苦苦地劳作。你什么都有，你可以让你的孩子受尽宠爱地生活，你可以给他们买一百多元一件的衣服，可以满足他们所有的要求；我的父亲什么都没有，他每天的劳动还不能保证我们吃饱穿暖，更不能为我们承付昂贵的学费了。我长到十八岁，除了买学习用具，我不记得我向我的父母提过任何额外的要求。

我考上大学了，我拼命读书就是为了考上大学改变命运，可我的父母却拿不出供我读大学的钱。面对每年一万多元的巨额学费，除了找政府我们能有什么办法呢？我们去见了县里的女县长，她说国家没有这笔经费，我不懂得国家的政策，可国家能面对我们这样的困难学生失去学业而坐视不管吗？

作为一县之长，家乡人民的父母官，面对我的窘状，你肯定不会麻木不仁的，对吧？捐出一点钱对县里来说毫发无损，可这项资助对我们家庭极度困难的学生来说，就如雪中送炭，能圆我们十几年的大学梦，能给我们十年拼搏一个交代呀！

如果求学的生涯就此为止，如果因为没有钱就放弃上大学的机会，我没有想过，更不敢想象！

希望政府能给我一个深造学业的机会，我翘首以盼！

我相信我们的政府也能像其他政府一样充满人情味儿，对老百姓负责任；我更相信你也会像焦裕禄、牛玉儒、郑培民那样，急百姓之所急，想百姓之所想，想方设法解决我们的困难的！

平凡和伟大只差那么一点点的距离，我期待着你的伟大！

李童

2006年8月10日

县长大人崔涌来来回回把信看了好几遍，心里说不清楚是什么滋味。他本来想把这封信批给管教育的小刘县长，刚刚写了几个字又划掉了，他觉得孩子说的或许是实情，请求政府帮助也没有错，可就是看着别扭。

晚上回家，崔涌把这事跟夫人说了。这崔夫人是个小学教师，一看孩子这信，根本不考虑什么别扭不别扭的，竟眼泪叭嚓地数叨起崔涌来。崔夫人说：你这个县长，连这样的孩子都保护不了，还不如回来卖红薯！你看咱们那儿子，有人家孩子百分之一争气，让我去做牛做马都行！

崔涌说：你这是哪跟哪啊！这样的孩子多了，县里不是不管，哪管得了啊？

崔夫人说：你们少吃几顿饭，啥钱都有了！

崔县长说：提起吃饭我就想吐！谁愿意吃啊？你看我人模人样的是个县长，上面大小来个人物，还不尽是陪着装孙子？一顿饭要跑几个地方，把吃饭变成一种职业，你受得了吗！

崔夫人叹了口气说：别的我不管，这孩子这样给你写信，你不帮助肯定会心有不安的。

崔涌本是想着回来跟夫人商量商量，靠自己的能力资助这个孩子。夫人这几句话，把他的心情全破坏了。县上这样的孩子还有很多，政府管不了，靠他个人的能力更是无法照管得了的。他的烦恼也无法跟夫人解释得清楚，满肚子的烦心事，一股脑地排着队挤拥到心口上来。不管哪件事，都纠缠得他头大。外头说起这县政府还不知道有多牛，其实是责任无限大，权力无限小。那个孩子在信里把他想得像个逍遥神，可他这个当县长的分明是在刀尖上跳舞啊。崔涌没再理夫人，独自去洗了，照例吃了安定昏昏睡去。夜里始终被那孩子的信纠缠着。起来撒尿的时候，突然觉得不对劲，不知道怎么会这么清醒。仔细想想原来昨晚没有喝酒。唉，能有一天不喝酒，是多大的幸福啊！

碰巧第二日开县长办公会，趁会议开始前大家插科打诨的时间，崔县长先把那孩子的信读了。

开始为了吸引大家注意，还念了两句普通话，因为一多半读音都不正确，大家都歪了嘴笑。但大家很快就不笑了。孩子上学是个很敏感的问题，钱对县长们也是个很敏感的问题。财政永远都困难着，县里的工资也是吃了上顿没下顿，看着偌大的一个县政府，却是个捉襟见肘的空架子。

听县长读了那封信，小刘县长一下子想到老驴和他女儿。小刘县长说：今年全县各类学校一共有一千七百多个孩子考上大学，确实有一部分困难生。要说这些没有什么特殊原因的，县里管不过来，可也不能看着孩子上不了学。

崔县长说：我也是这个意思，孩子既然考上了，是好事，县里再穷也要酌情解决一点吧。

大家一时都把目光投向常务副县长老耿。老耿其实并不老，只是因为面皮黑，又是胡子拉碴的，不喊个老字挺对不起他。老耿只顾低头抽烟，埋在烟圈里的他一副潦倒的样子。崔涌喊了一声老耿。却又打住了。

小刘县长也说：财政上是不是拿点儿钱，然后号召社会上再捐一点儿，专门用来资助困难学生。

老耿看看崔涌，又看看小刘县长，说：该财政拿钱的地方多了。可上面转移支付的钱六月底就花光了，我们派人去市财政借钱到现在都没结果，这俩月的工资还在裤腰上悬着哪。

崔涌说：这事儿大家不知道也就算了，既然知道了，我们不管也不好。我看就这样定吧，办公室拿点钱，大家也都凑个份子吧。

县长带头掏出一千块钱，大家也都拿出了口袋里的大小票子。小刘县长让秘书把钱收了，笑着说，这县长办公会等于是现场办公会了，要是报道出去，咱们还能上省报头条呢！

要说县长是个大忙人，事情处理到这里也就算了结了。哪知学校快开学的时候，夫人还记挂着这事，前前后后问了许多次。县长崔涌被夫人絮聒烦了，当时给小刘县长打电话询问。小刘县长说：考虑刚好马上该过教师节了，与其像往年那样象征性地看望几个老教师，还不如一并去看几个贫困学生更有实际意义。刚好还有另外两个孩子要一并解决。这等亲民的好事，你县长能亲自出马最有意义。

崔涌说，我看你是真想上省报头条啊？话是这样说，还是觉得小刘县长虽然年轻，却是一个考虑事情非常周全的人。第二天他就带了小刘县长专门去了一趟李家庄。

老驴不在。老驴的女人正在院子里剥豆子，满院子的鸡大摇大摆地在她的豆子上穿梭，来来回回好似到她这里走亲戚一般。

看见来人，老驴的女人并没有停下手里的活计，她以为又是来收什么尾欠的。她一边剥豆一边温柔地哄那些鸡们：去啊，走啊，恁不听话啊。

鸡们不怕她，神闲气定地面对着涌进院子里的人，像是替女主人示威。

小刘县长介绍了半天，老驴的女人好像都听不明白，直到村干部上前来说到孩子的学费，她才知道了这一干人的来意。把手在身上搓了几十遍，才把钱接了。没说话先就哭了，开始还压抑着，哭声只在胸腔里周旋，憋得身子一耸一耸的，落在头发上的秸秆助威似的跟着她的哭声摇摆着。随后哭声逐渐大起来，喊着女儿童童的名字。陪同的村干部说，她闺女留了纸条出去打工了，也不知去了什么地方。中间往村里打过两次电话，一直在问县上有没有什么消息。

老驴的女人拿了钱只是哭个不停，既定的程序也没法往下进行了。这情景弄得大家都很尴尬。大家里里外外看了，老驴的家确实穷得很彻底，除了几张床几乎没有多余的家具。要说穷也该有个穷的过法，老驴家的穷，穷得忒窝囊，实在分不清床上地下，只是一个劲地脏，像被沙尘暴刚刚洗劫过一样。

嘴边上的几句安慰话说完，大家就逃也似的往外走。小刘县长看老驴的女人把眼泪鼻涕都抹在衣服上，心里很是厌恶，不等她拉扯就逃了出去。崔涌县长在电视镜头下，要做出亲民的姿态，不得不被老驴的媳妇捉了胳膊，任她的眼泪鼻涕在上面抹个够。

出了李家庄，俩县长半天无话，心情都很沉重。像老驴这样的家庭，在农村虽然不是很多，却很难消化完。让你急得跺脚，气得撞墙，却又无计可施。贫穷像是一条尾巴似的，总是挂在这些人的屁股上，不管给予他们怎样的帮助，还是环境发生怎样的变化，这条尾巴总是退化不掉。

让崔县长和小刘县长真正想不到的是，我们要讲述的事情，也就是关于老驴和老驴女儿的故事才仅仅是个开头。

距县长到李家庄送学费中间隔了大概有一个月，老驴突然找到崔县长的办公室来了。老驴到了秋天，就像根烧过的树桩一样，黑黢黢地戳在那里，让崔涌觉得好像撞见了一个鬼魂。说了半天，崔涌才知道对面的这个人就是自己去送钱那家人的男主人。老驴从口袋里掏出一卷子钱，对崔县长说他是来还钱的。老驴说：政府送去的是八千块，他们扣除了儿子上高中的一千三百块，还余六千七百块。

崔县长惊讶地说：钱不是给你女儿上大学的吗？

老驴说：女儿没了。

县长吃惊地站了起来，他说：人呢？

我要是知道人在哪里，哪还会来找政府？

崔涌说，到底怎么回事？老李你慢慢说。

老驴说：政府不给学费，孩子出去打工，人就没了。

崔县长看着老驴，那一刻他知道了老驴的干瘦是和秋风没有关系的。他不知道该说什么好。老李，你说我能帮你做什么？

老驴说：我要我闺女！

老驴从那一天起，就成了县政府的编外人员，上班下班比政府工作人员都来得扎实。虽然他不吵不闹，但却把大家弄得都很紧张。分管信访的老刘县长过来好多次找老驴谈心。但老驴只说一句话，他要政府给他找回闺女。

老驴静静地守在政府办公楼楼梯的拐弯处，这一待就是两个多月。楼里的人都熟悉了老驴，也习惯了老驴。

县长崔涌亲自安排公安局跟外地公安联系协助查找，在网上贴了帖子，在报纸电视上广而告之，能想的办法都想到了。老驴的女儿像被秋风吹走的落叶，一去不复返；老驴则像一截子树根，牢牢地扎根在县政府大院里。

崔县长得闲的时候，也会让人把老驴拉到办公室里来，倒杯热茶，不疼不痒地聊上几句。崔县长劝老驴回家等，说政府会尽最大努力找孩子。老驴不说回也不说不回，也不喝茶，看到崔县长忙起来了，就会识趣地走出去，仍旧回到楼梯边坐了。

来来往往的工作人员都知道了老驴的情况，过来过去的都有些同情老驴，有的会给他带一点打包的剩饭，有的会给他几个零钱。老驴也不拒绝，尽悉收下。自己买些东西吃了，晚上走时还买些东西给老婆和儿子带回去。

天是渐渐地冷起来。有一天崔县长在楼梯边看到冻得发抖的老驴，才觉得老驴的问题非常复杂。它的复杂在于，如果老驴继续待在这里，这个冬天他怎么过？如果他过不去，说不定县政府都过不去。

那天晚上，他辞了所有的事，让办公室主任把老驴拉到小饭店里喝酒。

崔县长那天喝了很多酒，老驴也喝了很多。

崔县长说：老驴，政府对不起你吗？

老驴说：不是。

崔县长说：我崔涌对不起你吗？

老驴说：崔县长，不是。

崔县长说：回家去吧老驴，庄稼都荒了。孩子不是我给你弄丢的，可老驴你放心，只要我在这里当一天县长，我就不会不帮你找孩子。

崔县长用酒杀这头驴，不费吹灰之力，老驴很快就喝倒了。崔县长安排司机开车把老驴送回家，还专门交代司机给老驴家拉了几袋面粉、几爿猪肉。

看着送老驴的车一路远去，崔涌禁不住悲从中来。

崔涌硕士研究生毕业分配到市里没多久，就被选为市委书记的秘书。他跟了两任书记，从市里下到县里才两年多的光景。没下来的时候，觉得县里工作挺有意思，什么事情只要书记县长一拍板就成了，所谓指点江山大概就是这等风光吧，因此没下来工作时，就攒了满肚子的宏图大略。下来之后，他一心想做事，想改造城市，想招商引资，想把经济搞上去……归根结底一是想办点实事，对上对下对自己都有个交代，二是还想着要进步。

崔涌才刚刚四十出头，县长这个岗位绝不是他的奋斗目标，他觉得以自己的能力和学识，应该是可以成就更大一番事业的。崔县长想干大事把脑袋都想破了，干了一阵子才知道基层做点事有多难。上下有条条，左右有框框，想蹚出条自己的路子那是痴心妄想。尤其让他想不到的是，这铺天盖地的琐碎小事，让他怎么都绕不过去。这些小事可以小到忽略不计，但又大到可以翻天覆地，他在县里待这两年，终于知道了一个真理：小事处理不好是会坏了大事的！

崔涌想，那老驴若是再回来，他自己可真就变成一头技穷的黔驴了！

还好，老驴第二天没有再来，第三天第四天都没有再来。

第五天老驴还没来，管信访的老刘县长说，我今天请县长们喝酒庆贺一下，崔县长你得去跟大家喝一杯。这老驴走了是去了我们一块心病。

老刘县长的话还没落音，他的电话就响了。老刘县长这边只说，好！好！好！

老刘县长放了电话，一脸的喜气瞬间就消失了。崔县长说：又出什么事了？

老刘县长说：就不能让我闲上三天，才刚说要松口气！是市信访局打来的，说有一个叫李长旗的在他们那待四五天了，不吃不喝的，怕会出人命。刚弄清楚是我们县的，让明天去领人。

崔县长说：你今晚就回市里吧，明天一大早过去。好好说说，尽量别让信访局记咱们的账。

老刘县长说：打从种了麦子就没有消停的时候了，一天到晚都是无事生非。不管是不是政府管的事儿，咱都得兜着。前天有个到北京上访的让我去接，说四七年解放军打老蒋把他眼睛打瞎一只，要当地政府赔偿他五十万。我这当副县长的都恨不得给他当孙子了，他也不回来，说从来没坐过飞机。除非有飞机坐，否则就坐死在北京！你瞧我整天干的这些破事跟谁说去啊！

崔涌笑了说，废话，要不是这些破事，你老刘咋可能混得德高望重嘛！

崔涌又正了色说，老刘，市里已经明确近期要来考核“一把”，他那边有问题，我们这边也会跟着有问题，关键时期，各项工作必须确保万无一失。

老刘县长哪能听不出弦外之音，县长要说明白的是，他们书记近期有可能要提拔。书记提拔不了，县长就接不了书记。县长接不了书记，下边这帮兄弟们就没有出头之日。大家都心急火燎地急着进步，中间哪一个环节都不能出故障，悠悠万事，唯此为大。老刘县长连忙表态说，老板你尽管放心，信访这块如果出了问题，你就枪毙我好了！

第二天老刘县长去领李长旗的时候，气得差点背过气去。还道是谁，明明李长旗就是那老驴。

老驴看见老刘县长，眼窝子都湿了，拉住他的手不放。老刘县长心里哪能不明白，他是受了不少委屈。他在市里别说见领导，市委的门他都进不去。工作人员只是问问哪个县的，然后做个简单的笔录，就直接通知县上领人。上级信访部门的老规矩是，谁的孩子谁抱走。

老驴是得了那些老上访户的指点，只报姓名说事情，要求见领导解决问题，抵死不说家在什么地方。老驴到眼前都不知道，老刘县长他们是怎么找来的。他待在市里这几天，没一个人待见他，更不要说给他东西吃了。看见老刘县长他们，心中竟然觉得像久别的亲人一样热和。

老刘县长说：老驴，这几天睡车站还是睡厕所啦？

老驴说：车站。

老刘县长说：冷不冷啊？

冷。

老刘县长说：饿不饿啊？

饿。

老刘县长把老驴拉到集市口，找一个卖包子胡辣汤的小店坐了。老驴像一头驴那样，埋头一口气吃了三盘水煎包子，喝了四碗汤。

老刘县长说：老驴，你看看我比你年龄都大，你说你这样劳顿我，你忍心吗？再说了，你把自己弄得人不人鬼不鬼的是何苦啊。孩子找不见大家都同情，你说你这样就能找到孩子吗？

老驴头都没抬，埋了头只顾着吃。

但老驴吃的速度显然比刚才慢了很多。老刘县长就又同情起这头驴来。这事儿搁谁身上，都是压塌脊梁的事情，毕竟是个活生生的孩子，说没就没了。更要命的是，还是个考上了大学的孩子！

老刘县长那一个月里接了老驴六回，每一回都是前脚把老驴送回去，后脚他又去了市里。有一次赶上刚下过大雪，他们连人带车陷在泥地里，碰巧发动机也出故障，怎么都打不着火。老刘县长手脚冰冷，胃也疼得厉害。他气得恨不得一脚把老驴踹下去。他喝令老驴下去推车，老驴二话没说，抱着车屁股一股脑地推了十几次，把个人弄得活像个泥猴儿。

车子终于发动着了，老驴咧着大嘴没心没肺地笑起来。仿佛他是立了功的。

这样的人，这样的活着，活一辈子和活一天有什么区别？老刘县长在心里暗暗发力，只希望司机一脚把油门踩到底，活活把这狗日的轰出去算了！无计可施的他那一刻是真的动了杀心。

杀驴的唯一办法，还是请他喝酒。老刘县长压住一肚子火气，请含着一腔子伤悲和委屈的老驴。到底是酒不逢知己半杯多，俩人半天都没喝上几盅，毕竟是没有喝酒的心情和气氛。

老刘县长说：老驴，我是不要进步了，可我一把年纪了，混到这份儿上也不容易，你这样不是存心敲我饭碗吗？我们前世无冤后世无仇，我求求你了老驴！我把我闺女送给你当闺女行不行？

老驴不说话，喝着喝着突然发起抖来。老刘县长摸摸老驴的头，发现老驴是在发烧。老刘县长说：老驴，你这毬东西咋坏良心啊？我要把你给喝死了，恐怕给你陪葬都过不了关！

老刘县长把老驴拉到县里，安排医院给他检查。说是受了风寒，肺部有些感染，并无大碍。老刘县长这才松下一口气来，想，要是上访出了人命，我老刘就是吊死，估计处分决定也得放骨灰盒里。

庄户人平时用药少，药就显得灵验，两瓶水滴进去，老驴的烧就退了。老刘县长一直陪在老驴身边，等病房只剩俩人的时候，老刘县长摸索着从口袋里掏出根烟点上，说，老驴，我老婆生病我都没有这样卖力过！

老驴说，刘县长，我知道你跟崔县长都是好人。

老刘再一次亲自把老驴送回李家庄。老刘县长在老驴家里坐了半天，喝了两碗“茶”——老驴的媳妇把白开水叫茶。老驴媳妇的身子柴瘦得怕人。外面阳光明亮得晃人的眼睛，屋子里就更显得黑咕隆咚的。

老驴的媳妇倒了“茶”，面朝里倚了门框站了。老刘看不清楚她的脸，阳光只把她一双小薄耳朵映得透亮，仿佛是用蜡做的。一些细碎的粉尘在勉强挤进来的光柱里翻飞着，使满屋子的静寂令人无法忍受。在农村长大的老刘县长心中莫名其妙地难受起来。

老刘县长说：老驴，光景不是越过越好了吗，瞧你把一个家弄成啥样子！

老刘县长说：老驴，好好在家养养身子吧，你这样不听人劝，等哪一天孩子回来，你倒先没了呢！

老刘县长走的时候，撇下一百块钱说，老驴啊老驴，让老婆孩子也跟着你吃顿肉吧！

老驴一连半个月都没到市里去。这让老刘县长悬着的心安顿下来。吃饭的时候见了崔县长，拍胸脯的话又放了出来，说，我在农村干了二十多年，啥样的人没打过交道？只要香烧到了，没有摆不平的事！

崔县长说：你老刘劳苦功高，忙过这两天我请你喝酒。

哪知道摆平了老驴，老刘县长也把自己摆趴下了。发病的时候他正在接访，急性胆囊炎突然发作，差点儿没把他疼死。医生给照了彩超，说是胆结石到了非做手术不可的时候了。崔县长听了消息，立马带了人到医院去看，一张脸苦黄着，好像得病的是他。他说：老刘你病也不拣个时候，眼看到年关，正是上访的高潮，你这一病不是看我的笑话嘛！

老刘县长听了这句话，虽然肚子还在疼，内心可是受用无比。捂了肚子很痛苦地笑起来，一张黄脸像菊花一样一层一层地朝外绽放。

老刘县长的老婆是个家庭妇女，人开朗，又做得一手好家常菜，在大家伙跟前威信很高，大家都喊他“一嫂”。一嫂说：县长，你不把你哥哄死不罢休，等开我们老刘的追悼会，要是你去致悼词，他保准会乐得从棺材里跳出来拍巴掌。

崔县长说：嫂子你看你说的，只要你不拿扇子去扇俺哥的坟，他永垂不朽了心里也是踏实的！

一嫂说：你哥现在想死也死不了啊，房子房子没着落，孩子孩子没安排。我一说这事他就跟我急，明明是逼我去上访啊！

崔县长说：嫂子你放心，你们的孩子安排不了，你就把他领县委去，挂个牌子就说是我的私生子吧！

崔县长嘴上闹着，脸色却越加的苦巴。这一嫂提到的明明是他的另一块心病，整个这一茬的班子成员，都面临着子女就业问题。县里没单位安置，市里又协调不了，想想大家没日没夜地拼命，崔涌心里堵得没办法。大家一说起这些事情，他都只能顾左右而言他，装作没听见。

老刘县长在医院里住了半个月，崔县长带了人去看三趟。说是去看人，其实大家心里都明白，是催老刘县长上班。眼下赶上要换届了，县长空缺不补，政府七个人的岗位，现在连他自己算上只有五个人。到年底工作千头万绪，忙起来撕都撕不开，他能不急吗？

屋漏偏遇连阴雨，这边老刘县长还没好，那边老驴已经到北京去了。崔涌赶到医院，还没开口，一嫂就说，催命的又来了。

崔涌说，嫂子，今天这玩笑可是开不起来了。老驴去了北京，俺哥不出山，恐怕问题解决不了。

老刘县长说，上次我要是会开车，我就撞死他，大不了你多买一口棺材！

崔涌说，这个时候不是你死我活了，是玉石俱焚啊！书记那边的事情还没有个结果，眼下到了年底，信访稳定这块是个重头戏，不怕一万，就怕万一。要是这一票给否决了，咱跟谁交代啊。

老刘立马坐了起来。一嫂见状，也赶紧去拿他的衣服。

看着老刘的脸黄得像蜡一样，崔涌一阵愧疚。哪怕老刘犹豫一下，他都会撤回他的决定。但老刘县长说：我去吧，我不去怕没人能把那头驴弄回来。

崔涌那一刻突然觉得前所未有的伤感，眼泪差点下来。

老刘县长边换衣服边骂：狗日的！狗日的！

崔涌却又笑了说，嫂子你陪老刘去吧，费用县里出，一来照顾病号，二来老两口子到首都去开开荤吧，免得他自己去那么大城市犯错误。

一嫂撇了嘴说：你县长挺开恩的，这大过年的，哪个还有心情出去风流啊？你分明是夺俺老两口儿的命啊！

老刘县长亲自去北京接那头驴。他一路上都在想见了老驴怎么收拾他，简直太混账了。再这样无理取闹，真就得让公安局关他两天了。

到了北京，才知道老驴和几十人一起关在郊区的监管站里。他们赶到郊区的时候，天已经擦黑了。老刘县长让工作人员去交介绍信和老驴的口粮钱，自己叉腰站在监管站的门口，脸比里面的人还黑黄得吓人。值班的工作人员小心翼翼地看着他，真怕把人提溜出来这个主儿会就地正法他。

等好大一会老驴才慢吞吞地走出来，只见他头发蓬乱得像一窝草，手脸上的灰足有铜钱那么厚，衣衫褴褛，整个一个大要饭的。还没走出门口，他就把手心里握着的一张皱巴巴的纸展开，像投降那样子举起来。

纸上面写着：还我女儿！

老刘县长看了，一肚子的火气竟然都消了。

老刘县长把人带到一个叫大光明的小旅馆里，老刘县长他们每次接人都是住在这个小旅馆里。先是让人给那脏驴理发，然后洗个透水澡，又让随行的工作人员给买了身衣服。老驴个子大，这些日子却越发地瘦，大号的衣服穿在身上像是被一张弓撑着，让人担心随时都会掉下来。

老刘县长什么都不说，带了老驴到胡同里吃了顿老北京的涮肉。吃肉的时候没说话，吃完了仍然什么都没说，俩人坐在那里都没走的意思。

是老驴先开的口，老驴说：刘县长我对不住了，我不能跟你回去，我跑一趟要花好多路费，你把我带回去我还是会来的，就是要饭我也会来的。

老刘县长掀开上衣，说，老驴，你看看我这伤口，还鲜红着哪！就光凭这，你还会来吗？如果医生这一刀开偏一点，咱老哥俩早就阴阳两界了。要是那样，今儿可真是个鬼来接你了！

老刘县长说：老驴，你说说你有什么要求，盖房子安排工作，我豁出老脸给你办！

老刘县长说：老驴，你儿子的学费往后政府都给你包了！

老刘县长说：老驴啊老驴啊！

天黑尽了，北京的夜晚却是灯火通明，霓虹灯的光束扑闪扑闪地打在俩人脸上，让俩人像唱戏似的不断地变换着神情。火锅的火已经熄了，锅里的热气有一搭没一搭地升上来，让一切显得都是那么虚幻。

老驴看着老刘县长从口袋里掏出一大包花花绿绿的药片，然后就着茶水一片一片地吃。

老驴一直看到老刘县长咽下最后一片，才终于开了金口。老驴的厚嘴唇儿抖索得像两片风中的破布。老驴牙齿打着战说：我要我闺女！

半夜里，老刘县长被外面的车喇叭吵醒，他起来到大房间看了一回。老驴很安详地睡着，由于睡得踏实，老驴脸上的皱纹全部舒展开来，让他一夜之间显得年轻了许多。其实老驴这样的年纪，在北京这样的大城市里还算是青年人。

那张写着“还我女儿”的纸，就搁在老驴的枕边。

老刘县长那一夜再也没合眼。胆囊不疼了，心火却蚀到嘴上，嘴皮子上起满了泡，后半夜牙也疼得厉害。

已经有大半年了，老刘县长最担心的就是被提前切下来，他已经过了五十的杠，只看这次换届，市委这一刀是切在五十以里，还是五十以外了。老伴的心病是孩子没有安排，他担心的是房子不够住，年迈的母亲还住在非常远的乡下，在位的时候还可以用公车常回去看看，如果退下来，恐怕连车子也不好要了！

老刘县长天亮的时候才迷迷糊糊来了睡意，他没有忘记老驴，但是他下了决心，天大的事也得等他睡上一觉再说。他还决定这次回去跟老婆商量一件大事，过了年不管市委怎么切，他都下了决心，要彻底卸下副县长这副驴套。

下　辑

北去的河

刚刚走到出站口，他就看到了那块牌子。牌子上工工整整地写着“刘春生”仨字。才看到这几个字的时候他愣了一下，仿佛不认得似的。当意识到这是自己的名字时，不免红了脸。不值得哩！我是个啥啊，竟然写这么大仨字？活了半辈子，自己的名字还真没有被人这样认真地写过。

堂弟秋生和女儿雪雁站在牌子下面等他。秋生过来亲热地接下他手里的东西。女儿只是低着眼睛瞅地下，害羞似的不敢看他，直到他把一个小包袱递给她，她才慌乱地看了一眼爹。

秋生打头，三人往外走。他在后面看见秋生穿的衣服跟平时回老家穿的不一样。新崭崭的，式样还好看。别人从城里回老家，都是打扮得跟新姑爷似的。秋生回来老是穿一件屎黄色的夹克衫，一条灰不拉唧的裤子，很多年都没变过。那时他就想问问秋生，后来想想这事儿挺伤脸面的，就忍住了。

他带了三个大蛇皮袋子，秋生非要拿两个。他不让，自己拿了俩，秋生拎了一个，明显看出来秋生拎着很吃力。里面装的都是自家地里长出来的东西。一个袋子里装的花生，是大别山区特有的“小籽红”，皮薄肉厚，即使是最小的壳子里也都顶得满满的，像山里人一样厚实。这都是媳妇去刨的，天还没明透她就爬起来下地，连鸡鸭都忘了喂。惹得它们像一大群叫花子一样不依不饶地跟着，直到她把荷着的锄头顺下来砸过去，它们才悻悻地回了家。媳妇扛着花生从地里直接去了激流河，把花生洗好摊在石头上晾干，下半晌才回来。一个袋子里装的是莲藕，也是家乡的特产，谁给起了一个傻好听的名字，“三河白莲”。他们这个地方叫三河间，这三条河虽然都不大，可是走的路都不近，分别来自鄂豫皖三个省。他们门前这条向北流的河叫激流河。这里的莲藕也跟其他地方的不一样，洗好切开白生生的，可以当水果吃，既没渣也没丝。收白莲的季节，无论你到谁家里去串门，山里人都是端一盘子白莲出来待客，看着都让人心里水荡荡。还有一个袋子里装的是野核桃，个子只有拇指肚那么大，砸开得用缝衣针挑着吃。这东西看着不起眼，但是特别养人。据说那时候徐海东和许世友他们在这一带打游击，腰里边缠着两个袋子，一个装子弹，一个装核桃。许世友许和尚说，子弹不能当核桃，娘的核桃能当子弹。据说他起急的时候，还真拿核桃把手下的一个连长砸了个狗趴。

说话间三人已经站在了一条扶梯前。他是在电视上认识这玩意儿的，上的时候他想着先用脚试一下，不过没容他停步，人流已经把他推上去了。他感到身子好像被人提起来，头蒙一下，已经到了地面上。这才发现原来人是在地下的，那么火车站台也是在地下了？怎么没感觉到呢？他是大睁着眼，看着火车在周围高楼大厦的左搂右抱下进的站。他想问问秋生，可是秋生只顾忙着赶路，根本没有说话的工夫。秋生带他们来到一个停车场，他看到灯光下汽车黑压压地停了一片，像霜打的棉花田，一眼望不到边。秋生找到一辆半新不旧的枣红车，把东西填在车屁股后头，过来招呼他们上车。

天已经黑了，北京的夜晚比白天还要明亮。坐在车上，秋生的话多了起来。他知道秋生的习惯，每次回家，他总是问长问短，从村东头唠到村西头，连刘二寡妇都不落下。秋生跟老家人亲啊！不过虽说是兄弟辈，可他比秋生大十几岁。秋生小时候，他常常背着他跑十几里山路去看电影。那时候秋生就爱跟他唠叨。后来他娶了媳妇，秋生上小学了，还常常窝在他们的炕窝里，早上起来小鸡鸡憋得跟拨火棍似的。媳妇老是逗他，说，秋生啊，你长大肯定比你哥尿得高！这是他们家乡的一句土话，谁尿得高就是谁出息大。果然，秋生一泡尿冲到了北京，还折了人家一个城里姑娘。

到了家门口，秋生按门铃的时候他才同女儿雪雁对了一下目光。雪雁很快又把头低下去。门开了，秋生的媳妇脸上挂满了笑，喊了一声大哥赶紧往后撤，让他们进去。他一只脚刚刚踏进去，雪雁就在后面拽住他，让他把鞋脱了换拖鞋。他愣在那里，来的时候啥都想到了，全身上下都换了新的，就是没想到还有人看他的脚。他是汗脚，袜子鞋都比人家费，袜子穿不了两水就得透底，所以每双袜子都被老婆打了补丁，哪能让人看！秋生看他迟疑，已经明白了，过来把他拉过去说，哪有这种规矩，来来来赶紧坐吧！他屁股刚挨着沙发，秋生媳妇已经把湿毛巾拿了过来。擦了手脸，一杯热茶又递到了手里。

喝了几口，他觉得不对头。看了看杯子里的茶，是秋生最爱喝的自己茶山上的茶，可是汤色不对，味道也不对。秋生看着他笑了，说，凑合着喝吧，这可不是咱山上的水泡出来的。他这才抬起头，打量了一下秋生的房子。客厅非常开阔，对面一整面墙都是书架，上面的书摆得满满当当的。秋生的媳妇在北京大学教书，没这一架子书怎么也说不过去。他坐的这个地方，是一圈沙发，中间摆着一个茶几，上面也摞着不少书。正对面是一台电视机，跟他们家的大小也差不多。屋子里看着齐整素净大方，像过日子的人家。他这边还没看完，那边秋生媳妇已经在厨房把饭菜准备停当，满满当当一大桌子，荤素稀稠搭配得甚是讲究。秋生拿过来一瓶茅台酒，是紫砂瓶装的，上面写着“15 年”。他光听电视上说茅台酒一直在涨价，就问秋生：“听说茅台已经涨到六百多了？”秋生说：“那是官价，我认识人，打了折没那么多。”他吸了口气说：“这喝了多可惜！”秋生嬉笑道：“人死了，酒还没喝完那才叫可惜。”俩人边吃边喝，秋生媳妇不停地往他碗里夹菜，一会儿就酒足饭饱了。

吃完饭，重新又回到客厅。他看看秋生和秋生媳妇，俩人都没有说正事的意思。他有点着急，他有一肚子的话要跟他们说。他想等雪雁收拾完东西过来，就把这事摊开。谁知雪雁过来刚刚在他旁边坐下，外面就有人敲门，雪雁赶紧拉着他往里面一个屋子走去。

这边的门还没关上，那边的人就进来了，说："刘司长，打扰……"后面半截话被女儿关在了门外。他吃了一惊，从来没听说过有"司长"这么个官，便小声问雪雁："你叔是个司长？"雪雁把灯打开，朝他点点头。他又问："司长有乡长官大没有？"雪雁说："应该没有，我叔才领七八个人。"他心里落了一层霜，有点寒凉，还有点难过。想想兄弟混这些年，才跟个村委会主任差不多，怪不得每次回去都那么寒酸。不过转念一想，毕竟秋生在首都人生地不熟的，手里能有七八个人使唤，也不至于被人欺负了，心里又松软一点。他边想边打量这间屋子，这一看又吃了一惊。挨着门的一面墙，垛得一堆一堆的，有烟酒饮料，还有各种花里胡哨说不上来的东西；对着门的一面墙是好几排衣架，上面密密麻麻地挂满了男男女女的服装，像服装店。他问雪雁这么多衣服是干啥用的？雪雁说，穿的。他在那一排一排的服装里，看到了秋生平时回家穿的那一套，心里咯噔一下，心想，莫非秋生回家去是装穷？仔细想想又不是，秋生可不小气。有一年回去，正赶上他盖房子，秋生偷偷地在他枕头底下塞了三千块钱。那时候这个钱可是个大数，农村人盖一栋最拽的房子也只是四五千块钱。又一年回去，赶上他买收割机，秋生二话不说又塞给他五千。秋生跟他的亲可是在骨头缝子里！所以秋生说让雪雁来帮他们照看家，他毫不犹豫答应了。别说雪雁在家闲着没事，就是正在上学，只要说是秋生用她，他也没有二话。雪雁这个孩子，脑袋瓜子不笨，学啥啥精，家里家外的活计她只要搭眼一看就能上手，拈针拿线，洗衣服做饭，样样让人看得起。可就是读书不成，一看书不是脑瓜儿疼，就是打瞌睡，初中毕业就回家了。你说这跟着自己的叔叔在北京生活，是打着灯笼也难找的好事。而且秋生也说了，跟他们三五年，给她在北京安排个工作，再找个婆家，等他们老了也去北京。谁知人算不如天算，这眼看着好好的路子硬是不让走。他心里憋屈得简直像长满了铁藜草，不碰它吧它硌硬，碰它吧它疼。

正胡思乱想着，外面秋生喊他们出去。来人已经走了，重新坐下来，他的一肚子话又不知从何说起了。秋生说，哥，你累了吧？他说不累不累，一直坐在车上没动，咋会累？秋生说，你要是不累，我们俩出去走走。刚好我给你安排到隔壁的酒店住，咱俩走去那里吧！他连忙答应着，与弟媳告了别，又看了看雪雁，才跟着秋生走了出去。

北京的大街晚上也不安闲，跑反似的，满街筒子不是车就是人，真想不出半夜三更这些人出来溜达什么。秋生把手揽在他的腰上，他想起小时候带他去看电影的情节，心里有点儿热，也有点儿伤感。他说："秋生。"秋生说："哥。"他心里的热涌到了眼窝子里，那时候，秋生想趴在他肩膀上睡，他就这样喊他，怕他着凉。秋生也就这样答应着，嘴里的热气哈得他的脖颈子一热一凉的。转眼三十多年过去，什么都变了，可是秋生和他之间什么都没变，这个他心里透亮。

俩人又默默地走了一程子，他还是把憋在心里的话说了出来。他说："秋生，雪雁的事，我跟你嫂子商量好了。她愿意也罢，不愿意也罢，反正是不能让她回去。我这次来就是要彻底截埋了她的妄想！"秋生说："哥，女大不由人，孩子的事不能强迫。她执意回，就让她回；回去她觉得家好就待在家里。觉得家里不如这里，还让她回来。”他“切”了一声，然后重重地叹了口气，不过他的叹气声立即被这浩大而喧嚣的北京城给吸走了。秋生没听到。

刚到北京的时候，雪雁是真欢喜。每次打电话回去，都要跟她娘叨叨半天，在电话里领着她娘把个北京城踢蹬个遍。可是过不了多久，就开始闹情绪了，先是给娘诉苦，天太干，浑身像蛇蜕皮似的，一层一层往下掉。后来又说嗓子堵得难受，整天脖子像被人掐着喘不过气来。再后来，就直说了，想家，死活不在北京待了。她娘吓得不敢接她的电话，只要拿起话筒，嘴里就像噙个热芋头，嘟嘟哝哝的，光会说“小妹听话，小妹听话……”他躺在床上气得拿脚背踢她的屁股，说，你这老磨盘，东西都吃屁股上了？老婆把电话拿给他，他刚想骂几句狠话，可听到雪雁说：“妈，我什么都不要，就要你和我爸！就要咱们的家！”他的心一下子软得像个秋柿子，软塌塌的不成个形。

后来还是秋生给他打电话，秋生说，哥，你来一趟吧，咱说说雪雁的事儿。

接下来的几天，秋生安排人陪他到各旅游景点看看，并特别交待让雪雁陪着。雪雁说都看过了，不想去。他知道女儿这是躲着他，不过自己哪有心思看风景热闹？像被绑架似的转了两天，什么都看不进去。又加上天天吃不下睡不香，热火攻心，嗓子冒烟满嘴燎泡，解一次大便跟生个恐龙蛋似的。后来他死活不看了，跟秋生说，赶紧把正事说说，他要赶回去。秋生问：“什么正事？”他说：“雪雁的事嘛！”秋生说：“雪雁的事咱不是说过了？”他说：“那不能算！”

晚上秋生和媳妇把他和雪雁带到一个正宗的徽菜馆子里，要了一个包间，点了几个特色菜，又打开了一瓶“15 年”，说要给他送行。酒喝到一半，他扭头问雪雁：“你到底是咋想的？”雪雁吃惊地看着他，说：“我想什么？”他说：“跟着你叔这事儿！”雪雁扭头看了一下秋生他们俩，说：“我叔没跟你说？我在这里待到年底，等童童放了假送他姥姥家，我就回去。”他这才想起这次来没见到孩子，也没打问一句，心里暗自惭愧，便问秋生：“怎么没让我看看孩子？”秋生媳妇接口说：“孩子送幼儿园，周末才能接回来。大哥，秋生打电话请你来，不是让你来做雪雁工作的，是想让你来看看这边的情况，好让你放心孩子在这里没受委屈……”

秋生连忙打断媳妇的话：“你这可是自己杜撰的。我让哥来说雪雁的事是个借口，我是想陪哥说说话。”

他瞪着雪雁，指着秋生和他媳妇问道：“这俩人是谁？”雪雁知道爹话里有话，迟疑了一下，低头嗫嚅道：“我叔。我婶子。”他把筷子唰的一下扔在桌子上，怒声道：“你还认得他们啊！他是你叔吗？你睁开眼看看他跟你爹有多大区别？”他突然哽咽起来，泪水夺眶而出：“虽然我没在跟前，我也知道他们会怎么待你！人不能没良心啊！你叔求我办过什么事儿？就让你跟随他们几天，你就受了天大的委屈？”

雪雁吓得扑在婶子的怀里哭起来。秋生赶忙把筷子捡起来递他手里，说：“哥，你错怪孩子了。”他仍然恨恨地瞪着雪雁：“我错怪她？这日子过得天天跟喝豆沫似的，她还想攀扯多高的枝子啊？”

秋生叹了口气，说："哥，别说孩子，我都常常想啥都不干了，回咱们家种地去。在家里头过日子，快是个快，慢是个慢，心总有个落地的时候。哪像这里，天天急得跟赶黄昏集一样！"

他攥着筷子的手一直在发抖，一腔话语凝噎在喉头，捞摸不出半句出来。他索性把头别向窗外，可是什么也看不见，只有屋子里几个人的影子映在窗玻璃上，像电压不稳时的电视屏幕。过了一会儿，秋生媳妇拉着雪雁站了起来，给他敬了一杯酒说："大哥，你再跟孩子生气，就把秋生这次请你来的好意辜负了。秋生也常说，把雪雁留这儿就像把激流河里的鱼放在北京的鱼缸里，能养活吗？"

他是坐第二天晚上的火车走的。秋生和雪雁一直看着他过了进站口才走。他顺着台阶一级一级往下走，这才看清楚，不是站台在地下，而是整个车站都架在空中了。那么，那些大车小辆和成群的人，都是在上不着天下不着地的半空中行走了？这哪是个事儿嘛！

秋生给他买的是卧铺。他上了车倒头就睡，第二天早上醒来，火车已经驶进了大别山区。他在一个小站下了车，出了车站，从眼前的小山丘翻过去，再蹚过激流河就到家了。

秋毕竟很深了，激流河水也退得差不多了，留下一河床圆滚滚的石头埋在浅水里。他脱下鞋袜，把脚伸进河里，开始还有点儿凉，一会儿就适应了。他低头俯在水面上，痛痛快快地喝了个够，然后直起身子，深深地吸了口气。他觉得体内像打了个闪，有什么地方咔嚓一下，浑身像过电似的受用。突然之间他明白了，"家"并不是光指房子、床铺和锅灶，它是土地，是树木，是水，是气味儿。眼前漫山遍野的树、水、鸟、鱼，哪一样不是跟他熟混得像邻居一样？

他踩着卵石往前走，每走一步都要停一下。他停下的时候，一群小鱼崽儿就不管不顾地吻他的脚，麻酥酥的。卵石顶在脚心里的那种感觉，他说不上来，像生命，像死。他禁不住闭上眼睛，过了一会儿，他把腿提起来，脚已经泡得如一截白莲，竹篙似的滴着水。他又把脚猛地踩进水里，弄出很大的声音和水花。一只在岸边觅食的水鸟，吓得扑棱棱飞起来，一边飞一边扭头看他。他想起他的雪雁，这个让他越来越握不住的小毛丫头，有一天也会这样扑棱棱地飞走，禁不住摇了摇头，待水面清净了，才去寻探下一个落脚的卵石。

城外的小秋

一

小秋初中毕业没考上高中，而且，她拒绝了随爸妈到城里生活。反复做工作无效，妈就生气地骂她，命贱，天生不争气。看着女儿一脸纯净地站在那里，爸说，算了吧，考不上咱不上，不来城里就在乡下待着。爸还有另外的心病，小秋的奶奶坚持一个人住在乡下老屋里，三个儿子谁都不跟，更不要说到城里住了。小秋不来城里，祖孙二人做个伴也算是一种不是选择的选择。

上学后小秋的大名才改成任秋慧，她生在秋天，落地奶奶就唤她小秋。一个女孩子，家里人也犯不着为她的名字费神，都跟着唤她小秋。

小秋的爸爸任建成是学医出身，又有点儿祖传的手艺。任家的几辈人都在乡下做郎中，对跌打损伤头痛脑热什么的，手到病除。他原本是想学到爹的手艺，像爹一样守在家门口靠着祖传一把抓的能耐，让一家人吃穿不愁就行了。他爹却逼着他们兄弟三个念书，那两个弟弟都不争气，读来读去读不出个名堂，爹就罢了手。任建成一直念到中医学院，临毕业时看着在家种地的俩弟弟青黄不接的脸色，才明白了爹说的“土地能养人，也能杀人”的金玉之言。他再也没有回乡下去，而是像一棵连根拔起的树那样栽在了城里。刚开始在别人的诊所当助理，忍辱负重做了五六年，从理论到实践，从技术到性情，渐渐地做得从容笃定，宠辱不惊。再加上他有几招家传的手段，许多人的顽疾都被他医好了。最传奇的是有一次，一个卖冰棍的妇女在大街上中暑，大伙眼看着她倒在地上翻白眼。任建成掏出银针，一针下去，那妇女躺了一会儿，竟然爬起来又推起车子喊着“一毛钱一根”走了。口口相传，“任一针”的名声渐远，客户积累到差不多的时候，就在老城区人口密集的地段租了两间门店。到了小秋十七八岁，诊所已经扩大到五六间门面，很像回事了。魏碑体书写的“任一针诊所”五个朱红大字，在城市五颜六色的霓虹灯的余光里，虽然单薄了些，但也蛮有底气。

小秋妈嫁过来就一直在诊所跟着她爸打下手。小秋生下来不足月，像个小猫咪一样大，一天到晚生病，闹死闹活地哭，过了半岁也没长成个大猫。别人家的孩子有啥不妥，抱过来让任大夫掐掐按按，说好就好了。可轮他自个儿，怎么也治不好女儿的病。医不自治，这话他算是服了。小秋七八个月大，爷爷得癌症死了，奶奶被接到城里带孙女。小秋每天哭闹不休，奶奶也口口声声不是吃不好就是睡不好，店里生意又忙得不可开交，小秋妈急得七窍生烟。有一次，在饭桌上奶奶又挑肥拣瘦，儿媳妇就说，唉，一个个都是享不了福的命，早知道是这样，何苦把你们圈到城里受苦？第二天早上天不亮奶奶就起来收拾东西，死活要带着小秋回乡下去。

小秋妈赔着笑脸说，娘，你何必跟我计较？我说话头上一句，脚上一句，没个准头。

奶奶说，这回你的话说得正合适，说到我心上了！

小秋被奶奶带回乡下，正是玉米长缨子的时候。豆丁大的女孩儿被抱着经过玉米田，听到风吹叶子唰啦唰啦的声音，黑眼睛骨碌碌地转动，看都看不够地看啊，小细胳膊仿佛禁不住风吹，舞动得像玉米叶子一样欢快。在城里奶奶不曾见她笑过，到了田地里，被风一吹，竟然风铃一样笑得咯棱咯棱响。

奶奶想，这孩子，命中属土，合着该长在田地里。

奶奶笃信中医世家传下来的“要想小儿安，三分饥饿三分寒”的医训，她让小秋吃不饱穿不暖，天天跟着乡下孩子野跑。非等到小人儿拖着鼻涕喊饿，她才让她吃东西，所以乡下的小秋，吃起东西来简直像个饥民。奶奶还买了一只奶羊，每天带着小秋和羊在地里跑，饿了就挤碗鲜奶喂她，直把个孙女养得瓷疙瘩一样，什么毛病竟然全都没有了。

小秋在乡下跟奶奶长到七岁，被妈妈强行弄到城里上学，好吃好穿地要把女儿改造成一个城里人。小秋却始终活在这个家庭之外，加上两个弟弟合着伙捉弄她，整天眼泪都没有干过。一个月不到，瘦得像根牙签一样。看着女儿每天的不开心，爸拉着她的手问，小秋你怎么了？小秋说，我想回家！爸心里一紧，觉得一股凉气顺着脊背滑了下去。他说，孩儿，这不是你的家吗？话没说完，看见小秋眼里的泪水，爸呆在那里，好一阵子心里没缓过劲来。

小秋的漂亮不打眼，是那种需要一点一滴地看出来的好，搁在田野里，好比一朵蒲公英花，色泽纯正，朴拙明丽，越看越耐看，有着脱俗的美。到了城里，缩手缩脚的，怎么打量都像个没打开的棉桃。好歹住了一个月，眼看着瘦，夜里睡觉总是在噩梦中哭醒。有一天早上送她去上学，到晚上干脆不回来了。爸妈找了半天没个着落，半夜找到乡下去，看见她在奶奶的床上窝着，一脸的心满意足。气急败坏的妈妈拉过来就打，小秋细嫩的屁股在她恨爱有加的巴掌下由白变红，由红变紫。直到妈妈打得自己泪流满面，跌坐在地上，小秋还是面不改色心不跳，始终就是一句话，我不回城里了。爸看不下去了，说，由着她吧。妈说，这么小就由着她，大了咋办？爸摸着女儿红肿的屁股，哽咽着说，还由着她。

小秋后来就一直在乡下跟奶奶过，书念得有一搭没一搭的。只要身体好好的，任建成也不再要求更多。他在城里待的年头长了，什么样的人和事都经见过，有时倒觉得女儿在乡下，两下里都省心。

让他们想不到的是，女儿在不经意间就到了谈婚论嫁的年龄。而且这事儿该来的时候没来，不该来的时候突然来了，让他们心里像撒了一把麦芒，不光是疼，还有说不出的硌硬。

二

小秋在爸妈的忽视里长大了。任建成根据政府的要求，在乡下给娘和闺女盖了新房子。村里的新农村规划刚做出来，他第一个就响应了。随后应者云集，一年工夫，新村像从地里生出的一片蘑菇，齐刷刷，白嫩嫩的。两层的小楼，一户挨着一户，屋子里都接通了自来水。小秋最喜欢的就是房子带卫生间，有抽水马桶，上厕所再不用害怕冬天的寒风和夏天的苍蝇蚊子了。刚开始盖房子的时候，奶奶死活不同意。爸爸做她的工作说，我在政府眼皮子底下做生意，离不开政府的支持，他们让带个头，我不答应能过关吗？奶奶说，他们敢吃了你？儿子赔着笑说，他们吃我我倒不怕，我怕的是他们不吐不咽，让我不死不活。奶奶想不明白，她是被儿子的话吓得不敢吭声了。小秋最清楚，打从搬了新屋，奶奶一天也没高兴过，整天唉声叹气的。奶奶也许是想念她的那些鸡，多少年了，院子里总是养着一群精神抖擞的鸡。在奶奶看来，进屋子不抓一把粮食撒给鸡吃，这个家就不是个真正意义上的家。小秋吃的鸡蛋，都是刚从鸡窝里拣出来的，握在手心里还热乎乎的。新屋没有院子，鸡没地方住，有一阵子奶奶每天还要奔几里路到老院给鸡喂食，晚上等鸡收了窝去关圈门。跑了一阵子就跑不动了，毕竟七十多岁的人了。有一天，奶奶愤怒了，一股脑地把鸡都杀了。奶奶杀鸡的样子，让小秋什么时候想起来都浑身哆嗦。老婆婆两手鲜血，像一个杀红了眼的歹徒，追赶着满院子扑棱扑棱飞跳的鸡，抓住一只立马让它身首异处，好像对它们有着几辈子的深仇大恨似的。一会儿，整个院子里尸横遍地血流成河。小秋吓得远远地逃开了，那时候她也许还不知道，她喜欢的很多乡下的东西，像那些鸡毛一样，正一点一点地从她的生活里被褪掉。

小秋嘴馋，有时会想念奶奶在老屋地锅里蒸的馍馍，面团直接贴在锅沿上边，每个蒸好的馍馍都有一面金黄的锅焦。她喜欢闻村子里做饭时的味道，秸秆燃烧后升起的袅袅炊烟，缥缥缈缈地荡在房屋和树木的上空。小小的人儿吸着鼻子望天，常常觉得自己正是童话书里的那个小仙女。

小秋养了一条叫大黄的狗，上学放学都跟她形影不离。小秋后来不上学了，大黄就跟着她和奶奶下地。家里还有两亩多地，爸爸早就不让她们种了，奶奶坚持种，主要是因为小秋坚决要种。收了麦子，叔叔们帮助把地整理出来，她们就一粒一粒地点上玉米。地头还会种一小片花生，几棵甜瓜，还有长豆角，几根棍搭个架子，爬得枝枝蔓蔓的，结的豆角比小孩子都高。小秋在她的玉米地里，快乐得像个公主，大黄就是她的仆从。

大黄有一个怪毛病，就是从来不在新屋里睡觉，白天在新屋待一天，晚上甭管多晚，祖孙俩关灯睡觉，它就回老屋去，寒冬腊月都留不住。小秋每天起床打开门，狗就会在门口卧着，主仆二人难免亲热一番，像一辈子没见着了一样。可是有一天狗晚上走了，第二天没回来。村里人都说是给城里人偷去下狗肉锅了，想着大黄被凌迟的样子，小秋哭了好一阵子。奶奶从小叔家又抱了一只小黄，说是这狗长不太大，吃狗的人看不上眼。小狗没有在老屋里待过，小秋走哪它就跟哪，晚上不用担心它寻回老院去了。

大家都说，等村里人都迁入安居房，老村子就要拆了。奶奶一听到这话就淌眼泪，她舍不得院子里的树。两棵榆树比小孩子的腰都粗，每年三四月里，榆钱儿开得花团锦簇，用面粉拌了做成榆钱窝窝，蘸了蒜汁吃，舌头都要鲜酥了。她还常常做了让人给小秋的爸妈送到城里去，城里的馆子可做不出那么好的吃食。山墙边的两棵柿子树，结的柿子小碗一样大，一到秋天柿子们挂在枝头，热闹得像一树红灯笼，衬托得满院子喜洋洋的。西窗边上的枣树，结的小枣比蜜都甜，够孙女吃上好几个月。奶奶从娘家嫁过来五十多年了，一直在老院子里住，从一个青枝绿叶的小媳妇儿熬成了一个百毒不侵的老太婆。奶奶跟小秋说，她最担心的就是老屋拆了小秋爷爷想回来找不到家。小秋笑了，朝奶奶做鬼脸儿，是吗？除了怕爷爷找不到家，恐怕还怕其他人不高兴吧？

奶奶说，这诡谲妮子，看我撕烂你的嘴！

小秋说的那个人，是老倔头郝强。他家地多，几个儿子都出去打工了，本来想让他把地租给别人享清福。可他坚持把儿子们的地都揽过来一个人种，住老屋离自家的地近。干部们劝他从老屋里搬走，儿子们也劝他。老郝强把脖子一拧，一句话就把他们的想法拍死了。他说，除了爹娘，我就跟这老房子亲，它养了我七十多年。等我断气儿了，你们把我扔出去喂狗都行！老郝强在村头碰见小秋奶奶。小秋奶奶趁着没人悄声劝说他，这气不能赌，我们老胳膊老腿了，死活没啥要紧，可得给儿孙们留条后路，胳膊拧不过大腿！老郝强说，我哪像你，在城里有那么大的家业。我怕啥，大不了去南大院喝稀饭。南大院是指监狱，老郝强这是拿话堵她。小秋奶奶当然知道，老郝强面上对她使性子，其实心里是舍不得她搬走。年轻时俩人偷偷地好过，她娘家嫌郝家穷，中意任家的手艺和家道殷实。终身大事怎么能容得她自己做主？小秋奶奶也坚持过，抗争过，终归不起作用。她娘说，爹娘生了你养了你还得顺着你，天底下哪有这样的好事儿？闹出事来要么你死，要么我死，要么咱俩都死，可是咱家这规矩不能死！等你当了娘这道理你就明白了。

当了娘她果真明白了，三个儿媳妇都是她一手包办的，从头到尾三个儿子没谁敢跟她龇牙咧嘴。

老郝强一辈子都拿眼睛白她。水性，见几个钱就能把心卖了。小秋奶奶也发狠，我想不卖自己的心能有什么办法？你家什么时候上门求过亲？你又有钱让我爹娘卖我吗？再说了，我什么时候说过稀罕你，应下过要嫁给你吗？老郝强更加愤怒，我爹娘是没有背着钱袋子求过亲，你也并没有应下嫁给我，可你说你不稀罕俺你自个儿都不信，俺家地边上的煮鸡蛋葱油饼不是你偷偷给放的？小秋奶奶一肚子的委屈说不得，她和他赌气，但又觉得确实欠着他的。几十年都这样过来了，老郝强说点什么，她表面上不在意，可心里还是非常作数的。而且恰恰因为心里欠着他，面上就更加矜持。老郝强那边，是得理不让人，倔强已经成了他身体的一部分，是他的壳。两个人都不依不饶，反而更像两个斗气的孩子。想起来，小秋奶奶就有说不出的羞愧和无奈。

老郝强是三庄五村最好的庄稼把式，他种的田哪怕和别人的夹在一起，站在田头一望，高低分寸就出来了。种什么什么好，不但长势旺盛，单看那讲究就知道主人是何等的用心。埂是埂畦是畦，漂亮得像是小姑娘的头发辫，被娘耐心地梳理过了，横竖都是好看。他地种得漂亮，人也长得高大敦实，走路腰板挺得倍儿直，脚底下像刮旋风，大姑娘小媳妇见了没有不偷偷瞄上两眼的。除了种庄稼，老郝强种瓜果也是一把好手，棉花地里种上一畦甜瓜，麦茬地里点上几棵西瓜。他种的瓜个大心甜，而且还有样儿，到了收获的季节，他家的土地谁看着都眼馋。小秋奶奶在地里薅草，薅着薅着就摸出两个白里透黄的甜瓜，有时是一个翠绿西瓜，全是挑长得最好的样儿送。小秋奶奶当姑娘时叫翠儿，翠儿不傻，凭那郝强眼睛里星星一样的光亮，两个人你一眼我一眼的，就知道瓜果是结在哪里了。郝强后来也常常收到东西，有时锄地突然锄出来两个煮鸡蛋，一摸还热乎乎的，有时是麻布包着的一张葱油饼，饼烙得酥香，恨不得有一千层曲曲弯弯的心思。郝强舍不得吃，卷巴卷巴揣在怀里，一定要看上半天，直到看得饼会说话了才肯下口。

翠儿嫁了。后来郝强娶了外村的闺女。日子既没调转方向，也不曾改变目的。在乡村生活中，爱情是不作数的，它只是寻常日子的一张皮，要么是它自己蜕掉，要么是被粗粗拉拉的生活磨掉。不过，磨掉了还能再生，伤着了还会愈合。

郝强娶的女人身坯子天生就弱，没少在翠儿家郎中那儿针灸拔罐。任郎中不像个庄稼人模样，身架子不高也不大，团团的，面皮比女人都细嫩。他天生的好脾性，说起话来有板有眼，上知天文地理，下知皇帝老儿的三宫六院。女人在他这医病，还能捎带着受教育，所以能多耽搁会就多耽搁会。翠儿看着那些女人的心思，又好气又好笑。有时候她想，要是把他和郝强换个个儿，自己躺在他的病床上是个啥心情？想着想着，自己反倒觉得没了意思。

任郎中在时，郝强见了翠儿就发狠，人去了又发呆。翠儿从小姑娘熬成小老太婆，凭人家怎么样都始终是自尊自爱的表情，目不斜视，竟然还是小姑娘家的尊贵模样。郝强有时实在忍不住犯贱，偷偷往人家地里送瓜果蔬菜，她也不声张，把瓜果收了吃了，见了人仍旧是目不斜视。倒是郝强家的女人，打从一开始就觉出不对，郝强的心思一辈子都没使在她身上，到了却也抓不住个啥把柄。这个心里才是真苦，头晌家里少了点什么，后晌郝强家女人见了小秋奶奶，眼睛变得跟刀子一样犀利，一眼一眼地好似要把属于她的东西剜回来。小秋奶奶像对待郝强一样，脸上愣是不带任何表情。

先是任郎中不在了。又过去几年，郝强家的女人也不在了。不过小秋发现，自爷爷死后，奶奶再也没拿过郝强爷爷偷偷送到地头的瓜果，也很少跟郝家爷爷说话了，有时候在路上碰见，她也要故意拐个弯儿绕开。小秋说，奶奶，你怎么那么不待见人家？奶奶说，我跟他有啥要说的？小秋说，为什么没有？人家还见天想着给你送瓜果什么的。奶奶叹了一口气，说他要是想给咱们送瓜果，就让孙子光明正大地送来。你爷爷在的时候，我站在大街上跟他说一天都没啥，吃他多少东西也能还他多少，你爷爷也从来不小我的心。现在你爷爷不在了，我能让人家在后面捣脊梁骨吗？就是人家不说，我也不能让你爷爷在那边不踏实。不管奶奶怎么样说，细心的小秋瞧得出来，奶奶说到郝家爷爷的时候，表情一下子就变得温柔起来，竟然还有一丝儿小姑娘家的娇羞。

小秋奶奶没有搬到新村的时候，老郝强不肯搬的主意还没那么坚决，后来他看小秋奶奶走了，就彻底断了自己的退路。他之所以留下来，主要是为了给小秋奶奶看。别人搬的时候他走那算是撤退，现在再搬就是逃跑，村子里还有谁会拿他老郝强当个人看？况且住着自己的老门老户，不偷谁不抢谁，谁逼他他就跟谁急。打听打听，谁不知道他老郝强是个敢喝热汤的人！

三

小秋晚上睡不着，就带着小黄到老村子去转转。她喜欢老村街上的味道，还有老村街夜晚的感觉。尽管大部分院子都空了，但是空了的院子里依然能发掘出一大堆人物，能猜到主人家的模样性情。新村就不一样了，水泥地上生不出故事，所有的房子长相都差不多，连栽棵树都是村里统一发的树苗，家家门口收拾得干净整洁，看不出家里人的脾性。小秋是个心里有故事的孩子，但她的想象在新村那里被屏蔽了。

小秋走一会儿就走到田里去了，玉米叶子沙沙的响声让她身心舒展。晴天会在那里等她，第一次就是在玉米田里被郝晴天搂住的。郝晴天比他爷爷有出息，爷爷恋了人家一辈子，手都没有拉过，他却一下子搂上了人家的腰。

小秋在乡下上学，奶奶不放心，天天提着书包接送。地里活儿忙时，就把她托付给郝家的孙子郝晴天，打小两个孩子就爱在一块玩儿。郝晴天跟他爷爷的性情一脉相承，倔脾气上来了，挨打时敢跟爹娘老子还手。可在小秋面前，他旺盛的火儿好像被水给浇灭了，连一点儿烟都不冒，让周围的人觉得不可思议。郝晴天上学接，放学送，说实在的也没得到小秋几句好话听。有时候，他在小秋面前说一点儿出格的话，小秋会很长时间不和他说话。明明是他受委屈，最后还得他小心翼翼地赔不是。晴天的奶奶活着时老背着脸骂孙子，跟爷爷一样没出息，一辈子犯在女人手上，到末了屁都搂不着。

郝晴天可没有奶奶说得那样笨，他轻易地就搂上小秋的腰。后来得寸进尺，又摸了人家的奶子，亲嘴儿好像是无比自然的事情。小秋可不是个轻浮的孩子，可是一到玉米田里，她的身子就变得柔软无比。她那时是一株植物，任凭晴天的揉捏，好像是不懂得羞怯的。换到别处，她就变了另一个人，端庄得完全让郝晴天摸不着头脑。

小秋和晴天好成那个样子，却从不在语言上有任何表示，常常让郝晴天心里没底儿。可小秋对郝晴天的好奶奶却是知道的。有一回，郝晴天送小秋一个书包，小秋随手一扔，像是不在意的样子。奶奶还真以为孙女不喜欢，拿它装了鸡蛋，小秋见了，气得眼泪叭嚓地把鸡蛋全倒在地上，倾巢之下当然无一完卵。奶奶打也不是，骂也不是，再有郝晴天送的东西，凭咋都不敢乱动了。照理孙女在乡下找对象，奶奶是不愿意的，她知道小秋迟早是要回城里去的。可因为郝晴天是郝强的孙子，她就狠不下心肠说她了，仿佛这是还郝家债似的。想到自己的儿子媳妇把孙女交给她了，她又不能坐视不管。常常旁敲侧击地给孙女往这个话题上扯，先说到自己的婚姻。她说，幸亏那个时候我父母看得远，要不哪有咱们这一大家子人今天享的福？小秋笑了说，奶奶，我觉得你这不是享福，这是认命。奶奶说，啥叫福啊？认命就是福。你看看咱这村子里，只要是自己找对象的，八成都过得不好，离的离分的分；只要是父母包办的，包括你爸妈，不都过得好好的？小秋就说，人想干啥就干啥，不想干的事儿坚决不干，走到哪儿算哪儿不也是认命吗？小秋说话时安静的神情让奶奶心惊。奶奶见她这样说，知道她心里透亮，也就不再打哑谜了，说，你的婚姻事可不是自己能定下的，你看好了的要是你爸妈不同意咋办？小秋仍旧细声细气地说，嫁给谁是我自己的事，得我自个儿说了算，否则我就不嫁呗。奶奶一瞬间脸憋得由红变白，由白变青。可是僵持了一会，她仿佛看见了五十多年前的自己又托生在孙女身上，可孙女显然是比自己当初有主张。这样的小秋，表面上温顺如水，心却是铁打的，爷娘怕是管不了的。奶奶叹一口气说，唉，小秋啊，现在你们说话，说一句就能算一句话，我们那时候说这样的话，连个屁都不算，不认命又能怎么办。现在的孩子有福气啊！她本来是在开导小秋，说出来的话却像是在羡慕孙女儿了。

小秋和郝晴天上学读的是同一个年级，小秋只读到初中。郝晴天被爸爸逼着勉强把高中念完，他心不在读书上，考不上大学是理所当然的事情。毕了业也不出去打工。小秋不愿意到城里去，郝晴天自然哪里都不去。村里的年轻人都出去闯世界了，他的两个姐姐也都在外面做事。家里就他这么一个儿子，又是那样的脾性，他说不出去，爹娘也只好由着他了。

小秋的爸妈见过郝晴天，任建成是正眼都不给人家一个。那次是小秋的爸妈回来看奶奶和小秋，正好郝晴天在。待他走后，小秋的爸妈还有过小小的争议。爸说，一个壮小伙子，书没念好，什么技能也不学。等爷娘老子都走了，一个人吃风喝沫啊？小秋妈却看着喜欢，孩子长得像个小明星一样，高高大大，比自己儿子都展乎。就说，你也不看看你闺女那不争气样，真找个这样的，我看不比城里的孩子差。再者说了，咱这地儿马上就划到城里去了，要真是成了，倒是咱们的福分。走的时候，小秋妈让婆婆问问郝晴天，说咱家诊所里要人，他愿不愿意去做事。小秋奶奶逮个空儿问了。郝晴天说，我得去问问小秋。见了小秋，郝晴天按捺不住自己的高兴，说，你爸妈想让我进城跟着他们做事，你觉得怎么样？小秋一脸无辜地瞧着人家，把人家汗都弄出来了。小秋说，你自己的事儿你得自己做主，我怎么能决定你呢？郝晴天说，我的事儿不就是你的事儿嘛！小秋说，你的事儿就是你的事儿，你的事儿如果是我的，那我的事儿是谁的？小秋的口气和神情让晴天觉得非常沮丧。他想，我留下来就是为了你，出去也是为了你，不问你问谁啊？可是他没这样说，他觉得跟小秋说这样的话，说了也是白说，她从来都是这样，像是听不懂人情世事。他只是反问她，那是你们家的诊所，你会回去吗？小秋摇摇头，半天才补了一句，我就在乡下陪我奶奶种地。郝晴天说，要是奶奶不在了呢？小秋说，奶奶不在了还有我，还有家！这话说了半天等于是没说，郝晴天一时间着急了起来，恨不得砍下一只手来给她，好让她明白自己的心。说真格的，若是能和小秋一起去城里做事情，他是很有些向往的。他现在手中总是没有太多钱，爸妈给的只是个零花钱，要是自己挣了钱，就可以给小秋买许多礼物。城里人谈恋爱都要给对象买个戒指，若是你任秋慧戴了我郝晴天的戒指，总不会再说我的事情是我自己的事情了吧？

小秋不愿意去城里，郝晴天就没有了主张，他回家去把心事说给爷爷听，爷爷一点儿都不同情自己的孙子。到城里去有什么好，城里人吃的都是有毒的饭菜，在乡下吃的菜都是爷爷亲手种的，绿色植物。你哪哪都别去，就在乡下跟爷爷学种地，爷爷这一辈子想吃啥吃啥，想什么时候歇就什么时候歇，可不比城里人过得差。爷爷还说，钱再多有啥用，任家挣钱多，老头子六十不到就死毬了，钱一分都带不走。比了他，我可多赚了二十年的命。郝晴天是个傻孩子，不知道爷爷和小秋奶奶的故事，但他觉得爷爷说得有点在理。一般大的孩子出去打工，听说天不亮就得起床，吃的也不好。他在乡下，睡觉不论点儿，太阳晒到屁股还得再赖一会儿。吃食爷爷可从来不缺他的嘴儿，鸡蛋肉从来未断过，瓜果蔬菜都是从地里现摘的，依着小秋的话说，吃到嘴里还有泥土的香气。

到了下午，郝晴天又到小秋的田里去找她。他以为小秋会为进城的事跟他生分。可小秋仿佛早把那事儿给忘了，坐在田埂上，兀自往手指上缠绕着几根草茎，一脸的快乐和恬静。郝晴天过去，坐在她旁边。晚霞由鲜红变成了紫红，暮霭升了起来。春已经很深了，杨树的叶子已经能发出哗哗的喧响，远处行人的腿脚埋在麦垄里，远远看去像在水上滑行。再远处，能看见城市上空被反射向天空的光线，在暮色里变幻着面孔，看起来忽然有了一点柔情。郝晴天趁势去搂小秋，小秋弯在他的怀里不反抗。他去吻她，她也不躲开。虽然城里没有去成，郝晴天觉得幸福依然如期而至，因此心里是满满的感动。他把小秋的手握在自己的手里，觉得那手柔软无骨，像从地里长出来一片叶子，淡蓝色的脉络时隐时现，让他既非常熟悉，又异常陌生。他顿时心生困惑，这样的手，若真是戴上个戒指，还不变得不像小秋了。

四

村里连着开了几次会，让大家支持社会主义新农村建设，虽说并没有强迫搬迁的意思，但大家都知道搬迁已是大势所趋。村长说，社会主义新农村建设是百年大计，农民都上楼了，离城市近，老村庄的土地腾出来可以建工厂、搞开发。搬进统一规划的新村，卫生条件都改变了，用上了自来水，煤气灶，卫生间里有抽水马桶，过上和城里人一样的日子。按村干部的话说，除了晚上陪自己睡觉的女人没换，该换的都换完了，还有啥想不通的呢？

工作做到最后，呼啦啦都搬完了，就剩下老郝强自己。他成了钉子户，他跟孙子成了这个村子最后的守望者。一个老几辈人都在这熬日子的村庄突然间变得寂静无比。

小秋是个心地善良的孩子，她心疼郝晴天和他爷爷，他们晚上睡觉的时候会不会孤独呢？她晚上带着小黄到村子里转悠，突然就会流出眼泪，剩下郝晴天爷俩她已经很心疼，剩下这些空屋，这些树木，这夜晚的声音。村庄在月光里，这样地静美着。她小小的年纪都舍不得，奶奶在这里住了一辈子，年轻的记忆全在这个村庄里活着。庄子推平了，记忆也就没有了。再过上几年，老人们都死了，关于庄子的故事，就彻底消失了。

年轻人的伤感，来得快走得也快。小秋睡一个晚上，等太阳重新升起来，她的快乐就又回来了。她喜欢早早地到田地里去，哪怕是冬天被大雪掩埋的土地，她都欢喜那种肃穆庄严的感觉。郝晴天的爷爷说，雪是麦子的被子，雪下得越厚，来年的收成就越好。小秋不听话，她总是偷偷地把雪扒拉开，看看雪窝里的麦子是不是还绿着。雪窝窝里真是暖和的，正午的时间都能看到从地下往上冒热烟儿。麦苗们在被窝里眯着眼睛，睡得懒洋洋的。

到了春天，小秋觉得自己的骨头都是痒痒的，田野里的一草一木都让她快乐无比。小秋和奶奶认真地种他们的那块田地，收了麦子就点玉米。什么苗儿都那样神奇，它们的欢喜让小秋惊讶，芽苗儿在风中舞动的姿态比最好的舞蹈动作都优美。它们是有知觉的，比人都懂得炫耀。老郝强会让晴天给她们送一些菜苗，茄子、辣椒、黄瓜、豆角、西红柿。爷爷教晴天怎么侍弄这些秧苗，什么时候授粉，什么时候打岔，什么时候浇水施肥。爷爷怎么弄，晴天就教小秋怎么弄。到了秋天，小秋家田里的果子，红黄青绿，酸甜苦辣，把祖孙两个的眼睛都耀花了。奶奶高兴起了，就会回家给小秋做好吃的。除了葱花油饼，韭菜鸡蛋盒子，奶奶最拿手的，是茄子面片。先用茄子沾了面，摊在锅底细细地煎黄，西红柿切碎了熬一锅红汤，面片儿擀得溜薄，和煎好的茄子一起，放在熬好的汤里煮了，起锅时搁一点儿小磨香油，加一撮荆芥或者石香叶子。小秋敢保证，城里再好的馆子都做不出这样的美味，喝一口，眼泪都鲜出来了。奶奶总是说，饭又做多了。就让小秋给晴天家送一盆子去。老使唤人家孩子的力气，得感谢不是。小秋根本不听她说什么，早就乐颠颠地去了。她乖巧，先盛一碗给爷爷，还卖好，说是奶奶特意给他做的。小秋看着爷爷吃得一脸幸福的样子，心中很是骄傲。郝强爷爷地种得好，奶奶的饭却是村子里做得最好的。小秋等他们吃完，把盆子洗干净拿回家去给奶奶看，好让她知道，人家多稀罕她做的饭。

半山羊村离城里只有二十里路，小秋成长的这些年，城市也在不断地长大，眨眼的工夫，站在自家的小楼上都能看见城里人家的灯光了。小秋的爸爸早就说过，省城周围的土地都卖光了，农民都进城做工了，他们的村子，迟早也得变成工厂。到那时，大家都不用再种地哩。小秋听不进爸爸的话，她觉得那还是很遥远的事情，她听不懂关于城市化进程之类的话，她的心思都在奶奶的两亩田地里。

郝强病倒了。他坚持住在老屋里没有人能把他咋样，但种的土地国家要征收他却抗拒不了。他想不通，拿着前年政府刚刚发的三十年不变的土地承包经营权证跟他们据理力争。坚决不要那点卖地的钱，那不是钱的问题，土地是老人一辈一辈传下来的，不能卖。他觉得不管任何时候，卖地都是败家子的作为。他的固执和捍卫土地的热情抵御不了市场法则，周围的人都要钱，钱是他们进入城市的通行证，他们黑黢黢的脸能在城市里用钱漂得跟城里人一样白。老郝强觉得，这些人是活得没有一点儿尊严了。他带着一些人去上访，先去乡里，再去区里，再去市里。开始一些人跟着他跑，是指望多要一些钱，跑来跑去，这些人便被更多的钱打倒了。等剩下老郝强自己时，他把递过来的卖地合同撕得粉碎，甩在区领导的脸上，坐在政府院子里撒泼，派人给送回去，第二天他仍然是冲过去哭闹。终于把人给惹火了，竟然被警车拉到了看守所拘留了十多天。

老郝强病倒了也没人看他，村里人觉得他丢了人。真是老糊涂了，给钱都不要。生产队那会儿，年年都给他劳模，真不知劳模是怎么当的。小秋奶奶让小秋天天送饭给他吃，变着花样儿做，小秋回来的时候总是一脸的愁容，送什么好像都不稀罕了。

征地拆迁工作组进村的时候，郝晴天带着小秋去找他们讲理。工作组的人说，城市化是国家的大政方针，谁破坏它我们坚决不答应！郝晴天说，我爷爷只是护着自己的土地，没破坏人家的任何东西，犯了什么罪你们抓他？工作组说，他冲击党政机关，不是罪是什么？晴天说，你们门口的牌子上写的是人民政府，人民进人民的政府还算是冲击吗？我看你们这些人还不如国民党，电视上人家台湾老百姓指着国民党的主席破口大骂，主席还点头哈腰地认错呢。工作组的人故意逗他说，这小破孩儿，你还想让国民党回来，重吃两遍苦，再受两茬罪啊？晴天说，若是让我们自己说了算，这样的苦罪没谁不喜欢。工作组的人拍了桌子，说，你是不是觉得你爷爷上次太孤独，还想拉他一起去做个伴？晴天才不害怕，他说，是啊，要不是这我还不来找你们呢。他们被警察强行轰了出来。老郝强在门口等着他们，说，我啥都准备好了，他们要是抓你，我就撞死在他们车上！

工作组还没走，打狗队又进村了，据说这里已经划为市区的范围，最近市里狂犬病有复发趋势，市区周围禁止养大狗了。他们来抓狗的时候，小黄站在门口忘情地叫着，它不知道人类的圈套，只是想着尽一个卫兵的忠诚。听到它的叫声，一群打狗队的人和乡干部一起跑了来。一个长着娃娃脸的家伙把套索朝小黄扔去。狗儿不知是什么，顶头冲了上去。套索越拉越紧。小秋站在门口，用手捂着嘴泣不成声。奶奶过去拉住娃娃脸的衣服求他说，这条狗比一只猫大不了多少，你们抓它干吗呢？娃娃脸不理她，拉着狗只管往外走。晴天和小秋在后面跟着追。那个刚才和晴天吵架的征地干部嬉笑着对晴天说，娃儿，等着让国民党回来吧，你看电视上，国民党主席看见狗比看见他爹都亲。他说话的时候，好像完全没有看到小秋哭得撕心裂肺的样子。

这一件件突如其来的变故，让小秋无法承受，感情上像打了一个个死结，怎么都解不开。

大家都觉得老郝强是活不长了，怕是得被气死，做他工作的村干部也停下来了，等信儿呢。但是突然有一天，他又起来了。扎把好自己，扛了锄头照样下地。土地已经卖了，青苗费也赔偿过了，谁还收拾那地？老郝强却像过去一样，稳稳地收拾起自己的庄稼。让他惊喜的是，除了他，地里竟然还有小秋和她奶奶。她们正在给玉米松土，好像所有发生的事情，那祖孙俩都是不知道的，没有人能琢磨出她们心里想些什么，她们只顾着和土地说话儿了。慢慢地，一些老人和孩子都到地里来了，尽管地是人家的了，围墙也拉起来，但是庄稼还在，没准儿厂房盖起来之前，还能收茬玉米呢。村干部们气得蹲在地头抽烟，他们能管住谁？连他们自己的父母孩子也都下地了。

没有人明白老郝强的心，对他来说，有地种是多大的福分啊，人就是长在土地里的，如果看不起土地，伺候不好土地，那就是忘恩负义。这次拘留更让他明白了一个理，老是责骂土地的人往往是最爱土地的人，口口声声说爱惜土地的人，实际上在心里把土地看得一钱不值。人与土地这件事儿真是说不清道不明，这世道儿真是变得越来越不可思议了。

五

对小秋来说，灾难是出其不意地到来的，她是在玉米们被推土机推倒的时候出的事。

玉米棒子已经水仁儿了，大伙都请求工厂再等半个月，但是没有人理会他们。后来有明白人悄悄说，正是他们的请求让开发商觉得不能手软，因为玉米收了之后就是种麦，麦子一旦种上，就更下不了手了。所以一场大雨之后，玉米正在可劲儿生长，来了一帮人和几台推土机，一个上午的工夫，所有的庄稼都被碾平了。豆子花生在老人孩子们的尖叫声里变成了泥土。小秋拉着奶奶刚从玉米地里跑出来，一台推土机朝她们冲过来，她护着奶奶往田埂上走去，脚下一滑，滑到了埂下的水沟里。在奶奶的哭叫声里，小秋像一条鱼那样泡在水里。郝晴天赶紧跑过来拉她，发现她的手冰凉冰凉的，脸色惨白得吓人。

回家之后小秋就开始发烧，低烧，一口气烧了四十多天，好不容易把烧退了，却发现她的腿脚好好的，却不会走路了。小秋的爸妈这才意识到问题的严重性，他们带着女儿看遍了北京上海的大医院，都查不出来什么毛病。任建成无计可施，只好把闺女背回自己的诊所，十八般手艺都使上了，闺女仍一点点起色都没有。小秋妈妈的脸愁得都能拧出水来，这孩子打从生下来就不是个享福的命，不是这儿出事，就是那儿出事。好容易长成个人样，咋又得上这么奇怪的病啊！小秋爸说，可能是冷水激着哪一块儿神经了，估计一时半会儿难以康复，慢慢养养看吧。小秋妈牙疼似的说，既然这样，她想去哪就让她去吧，在城里就没有笑过，回乡下可能心情还好点。还有那个郝晴天，小秋该不会是想见他吧？小秋爸皱了眉头呵斥她，回乡下就回乡下，你把人家扯进来干吗？

郝晴天去过城里好几趟，每次去诊所，小秋爸妈都带着小秋到外面看病去了。后来他好不容易找到了他们，要求留下来，只要能和小秋在一起他做什么都愿意。小秋爸说，现在不招员，小秋病着，我们哪还有心思开诊所？他说这话是在堵他，想着自己的女儿好好的时候，没跟他说个明白，这时候再扯上他，还不净让人说闲话。郝晴天也见到了小秋，看着小秋一脸的平静，安慰的话一句也说不出来了。就他们两个在房间那会，小秋欠着身子去拿一本书，差一点从床上摔下来。郝晴天借机过去抱住了她。小秋突然问他，你信命吗？晴天糊涂着说，有时候信，有时候不信。小秋说，什么时候信，什么时候不信？晴天说，该信的时候信，不该信的时候不信。小秋说，你知道吗，我出事头天夜里，一直做梦，身子泡在水里，下半身都是木的。晴天说，也可能是你腿不舒服了才做那样的梦。小秋说，不是，我觉得那是我的命，我现在相信命。比如你吧，是在我的命里还是命外，都是有定数的。郝晴天突然说了一句连他自己都惊奇的明白话，如果这时候我信命，我相信命中注定我在你命里。小秋把书本摊在自己腿上，一点一点展平，叹了口气说，人要是能像书里那样生活多好，什么事情都能变回来，再大的烦恼三句五句话就划拉掉了。小秋长这么大也都没有说过这样深刻的话，她说的这些让晴天吃惊，还有点儿听不懂。

小秋和奶奶是十点多钟被送回乡下来的，妈妈把她打扮得干干净净，像出远门旅行回来了。刚到村街上，老人和孩子都跑过来看热闹，小秋妈发点心给大家吃。这么俊的姑娘，好好儿的，怎么说瘫痪就瘫痪了呢？她们说。妈妈苦笑着解释，小秋的腿没事儿，不能走路是暂时的，养一阵子就好了。她一路走一路这样说着。小秋则像一个局外人，静静地看着远处，一棵树，或者是一个匆匆走过的人。

郝晴天从车子上扶下奶奶，又伸手抱出小秋，做得好像从头到尾都是这家里一口人似的。小秋爸爸本想拦住他，被小秋妈推到一旁去了。生得高大结实的郝晴天，抱着瘦弱了许多的小秋就像抱着一团棉花。他那疼惜得小心翼翼的样子，让小秋妈看得眼睛潮潮的。想起来她跟小秋爸关于这孩子的争执，心里不禁泛出一阵酸楚。

郝晴天从此像上班一样，天天耗在小秋家里。有郝晴天陪着，小秋的情绪慢慢平复了。奶奶做的饭比城里好吃多了，让她的脸颜色也好看了一些。但是小秋不喜欢出去转悠了，她不能走路，虽然郝晴天可以推着她走，可她自己没有了看的热情。

只有到了晚上，她才让晴天推着她到村子外面去。老村庄没有了，老村庄的消失，细想起来是那么的惊心动魄，好像一把刀把人们的生活拦腰裁去了一大截子，就像灾难片上那些突然消失的世界。树都到哪里去了呢？还有小鸟，还有炊烟。小秋的心痛着，田地已经变成一片一片的厂房和高楼大厦，机器轰鸣。她的身心像眼前的世界一样坚硬而冰凉，话都懒得说。被郝晴天抱在怀里，也没有一丝热情。郝晴天滔滔不绝地讲着可笑的事儿，想让她高兴起来。她似乎都没有回应。小秋回来像变了个人，表情冷静得让他畏惧。他抱着她，忍不住亲她。小秋任由他动作，自个儿却朝别处看去，神色安详。如是者三，郝晴天的一腔热情慢慢地冷却下来。

这个本来简简单单，大大咧咧的大男孩，过去从来不肯静下心思想事情的人，现在被小秋逼得没有了主张。他只是懂得一味地对小秋好，但这个“好”更多地是被他凭空地想出来的。过去小秋带给他的是快乐和憧憬，现在小秋带给他的是迷茫和看不到结局的焦虑。很多时候，小秋在他眼睛里是两个人。一个是任性的，像沟坎上野生的花草，天然率真，不管不顾地疯长。另一个是理性的，那样内敛，安静到冷漠，而且心思藏得严严的，没人知道她想些什么。晴天不知道，往往不了解的事情，才会小心翼翼，才会害怕损坏一点点。从他爱上小秋的第一天起，他就被一种无法言说的力量所慑服，与其说是爱，不如说是迷恋更准确。对，他迷恋她，就像教徒对宗教的迷狂，盲从的力量更大一点。以至于这一天，当两个人真正地面对这些问题时，他才忽然觉得自己的爱情是如此的苍白。那天他还想把小秋抱到外面去，小秋制止了他，让他坐在她的对面。小秋说，郝晴天，你真的喜欢我吗？

真的喜欢！晴天的脸因为涨红而显得更加神圣。

你喜欢我，可你知道我喜欢什么呢？

我知道！

你知道什么呢？

郝晴天觉得这个问题无法用言语表达清晰，他试图去拉她的手，被她躲开了。

我会知道很多，你让我慢慢想！

小秋不看晴天，她的目光迷离着，我们没有地了，我们种不出玉米了。

郝晴天说，你别怕，没有地我将来会找一份工作养活你！

小秋说，郝晴天，你认为我们俩在一起你就快乐了，而你快乐了我就会快乐。郝晴天，我喜欢和你在一起，可是我现在仍然不快乐。

小秋的话让郝晴天发愁，他的确不知道怎么样才能让小秋快乐？

更多的时候，小秋不说话，被她喜欢着的男孩抱在怀里背在背上，像只睡着的羊。曾经在田地里，她是个疯孩子，晴天的触摸让她不同寻常，她甚至会主动亲吻他，咬他的耳朵，说一些平日里难以想象的傻话儿。现在无论晴天怎么招惹她，都没有一丝反应，郝晴天都有些委屈了，他多爱她啊。他忍不住试着抚摸她身体的敏感处，她的面色一如既往地安详着，并没有责备他的意思，但是她的安详衬得晴天多么轻浮。是晴天自己觉得没意思了，两个人再在一起，就只怯怯地待着。奶奶见了，偷偷地抹眼泪，发愁孙女这样了，若再拴不住个晴天，往后的日月可怎么过？

六

小秋越来越虚弱，说话的力气都没有了，整天歪在沙发上看电视，仿佛电视上那些故事正跟她对视着，谁也说服不了谁。郝晴天不来看她，她显得很急躁，来看她她又没有多少热情。他每天背她到院子里晒太阳，她软软地俯在他的背上，没有气息，心跳都感觉不到。郝晴天有时会突然跳出来一个念头，小秋会不会死了？有一次他梦见小秋真死了，在梦里他非常发愁，不知道该把小秋埋在什么地方。过去村子里谁家死了人就埋在自家地里，可他们现在地都没有了。而且他还听人说，没有结婚的闺女家，死了是不能埋坟地里的，随便找个地方葬了，也没个人添坟，过几年坟包平了，这个人就彻底消失了。郝晴天突然想结婚，他决定抽时间去城里找小秋的爸爸说一说，若他们肯让他娶了小秋，小秋死后就可葬在他家的坟地里，那样他每年可以给她添添坟，烧些纸钱。他背着死去的小秋，一直往远离城市的方向走。在涉过一条河的时候，小秋忽然说话了，她说，你把我放下来吧，让河水把我冲走算了，这个世界上哪儿都埋不了我。

奶奶可从未准备小秋死的事情，她自己都七十多岁了，还没有想好什么时候死。奶奶相信忽然哪一天，小秋的腿就会好了。仍然牵她的手去田地里玩耍，她们的菜园子没了，可以去别村的沟坎上采一些野菜，小秋爱吃荠菜饺子，吃饱了，咂着红鲜鲜的嘴儿撒娇，满口的野菜香呢。奶奶每天变着法子给小秋做饭吃，顿顿都不重样。小秋每天打起精神吃饭，就是为了让奶奶喜欢，仿佛她是为奶奶活着，若是奶奶没有了，她说不准真的就会死了。小秋那天说想吃葱油饼，奶奶就让晴天替他到小卖店里买一些新鲜的葱回来。地卖了，村里人吃菜也得买。开小卖店的人要到距城很远的乡村去收菜，天不亮就得走，拉回来的那些菜也像离开土地的人，总是软塌塌的打不起精神来。老郝强说，这东西哪叫菜！连草都不是，草还是青枝绿叶的。他边吃边骂，很多时候宁可吃榆树上的老叶子。有时候郝晴大从小秋家带饭给他吃，说小秋奶奶亲手做的，他才吃得有滋味一点。大病一场之后，老郝强变得很瘦，土地收走之后整天蹲在家里不出门，饭吃得极少，人一下子变得矮小了许多。

郝晴天去买葱，奶奶去厨房和面了。

郝晴天走的时候小秋在沙发上看电视，安徽台正在上演电视剧《娘》。小秋不爱看那些男人和女人互相算计的电视剧，她看不懂那些计谋，看一会就头疼。小秋喜欢《娘》里面的女人，那样善良。那时候的乡下似乎和现在的不一样。那时的乡下人无论穷富，身上都有一股子生机勃勃的劲头，爱恨情仇都写在脸上。现在的乡下，所有的人都是一种表情，看不出他们是高兴还是郁闷。那时的乡村是兴盛的，哪怕是打仗的日子，家家都在为田地忙碌，为生孩子忙碌，村子里人欢马叫，满当当的。现在村里人越来越少，年轻的都到城里做工去了，留下些老弱病残，一副衰败的模样。纵然是从城里回来的年轻人，也已经改头换面，在城里眉高眼低地生活，咋就一脸的卑琐模样？小秋厌恶他们，也厌恶这一切。小秋边看电视边想，那么个善良的娘，后来为什么一定要让她的孩子到城里去呢？她不喜欢剧中的端午，连她的死她都看不上，若是端午和新四一直在乡下种地，她就不会变坏去害灵芝，那她还用得着死吗？

郝晴天买了葱回来，惊得尖叫起来。小秋正站在电视机前哭泣，她用手指着电视里的画面，泣不成声。郝晴天看到了，端午在玉米地里薅草，画面里一坡一望无际的玉米，绿得耀人的眼睛。面对这一坡的绿，小秋哭得很汹涌，腿不能走路这么久，她始终不哭。可是，她今天好像是要把积攒的泪水一下子都控出来。她不说话，只是一个劲地哭。郝晴天过去紧紧地抱住她，把头抵住她的头，说，小秋，我一定让全世界的人都知道我怎么爱你！小秋用手搭住他的脖颈，盯着他的眼睛，她自己的眼睛在泪光里像燃着一团火。

晴天想起了他做的梦。在梦里把小秋冲走的那条河，在他脑海里波光粼粼。

晴天中午一口气吃了六张葱油饼。吃了饭，他把小秋背在背上出了门。

郝晴天走了差不多十里路，路过几条河他都不记得了，他把小秋背到外村人的玉米田里去了。太阳照耀在他们头上，均匀地向土地泼洒着金黄柔软的光泽。玉米们风姿绰约，棒子鼓胀得丰满圆润，头上顶着红缨子在风中亭亭玉立，那一切的一切，多像一群陪嫁丰厚的待字少女啊！风轻微地撩拨一下，它们就笑得沙沙响。在没有玉米的日子里，一年就这样仓皇地过去了，小秋去年的玉米正是这个时节被碾在地里的，今年的这个时节，玉米生生不息地长在别人的田地里。年复一年，守着田地的人就这样播种他们的日子。四季轮回，春种秋收。他们的日子，他们的粮食，他们存活的希望在土地里被深深地掩埋着。小秋把郝晴天的脖子搂得紧紧的，她的眼泪唰唰地流着，脸笑成了一朵花。郝晴天把她放下来，紧紧地把她抱在怀里。她搂着他的脖子说，郝晴天，站在这里，对着这一坡玉米，你要说一百次，你爱我！

七

听着郝晴天的计划，爷爷的脸色渐渐开朗起来。开始他是半躺在床上听的，这是他平生最看不起的姿势，他经常教训孙子的话就是，站要有个站相，坐要有个坐姿。可是最近他自己都觉得撑不住了，光想往床上躺。孙子说到最后，他从床上下来，走到了院子里，说，老天爷，你真是开眼了啊！力气好像突然之间又回到了爷爷身上，他让孙子陪着他，去街上买了两斤卤肉，几张大饼，回头走到半路上，又让孙子去买了一瓶烧酒。祖孙俩吃饱喝足，红光满面，好久都没有吃过这样香的饭了。

第二天，郝强起了个大早，坐着长途车去了大别山区。郝晴天的一个老姑奶奶，郝强的一个老妹子，嫁到了大别山里。她过去多次捎信让他去，他一直没腾出来时间，今天他要专门去拜访她。车子整整走了一天，到了傍晚才到。老妹看见老哥哥，又惊又喜，半天合不拢嘴。她说，你也不想法子打个电话来，真是咱们兄妹该见面，你要是晚来一天，这次咱们就见不到了，她的孙子专门从东莞回来接她，让她去住一段日子。郝强是知道的，老妹的儿子在东莞开了个鞋厂，生意都做到了外国。把一家人基本上都搬去了，老妹年龄大了不想去，只是一年去住三几个月。老妹的孙子程宣，年龄跟晴天差不多大小，却拿着手机，戴着大金表，一副企业家的派头。郝强想着先把自己的事儿说了再吃饭。老妹嫁得天高地远，好久没有见到娘家人了，哪里有让他说话的工夫？她指挥着孙子孙媳给郝强做了一桌子的好菜，腊肉腊鱼炖烂了，香得几条街的狗都在院子外面转圈子。小米酒黄澄澄的看着就让人眼馋。

老郝强没有胃口，饭吃到一半，他停住筷子说，我这次是专门来办事的，如果你们明天走，还是先把事儿说了吧。老妹说，哥啊，什么事儿这么急？要是不行明天我们也可以不走。郝强说，我是想来租点儿地种，家里的地都被政府征完了。老妹吃惊地看着他，说，那不是变成市民了吗？多好啊，你这把年纪还种什么地？郝强说，这跟年纪没关系，地我还没种够。程宣这时插上话说，舅爷，您老没仔细算算，种地真是太不划算了，刨去成本，一年也赚不了仨瓜俩枣，根本不够工夫钱！郝强说，要都不种地，你们吃啥？程宣说，话是这样说，可是咱们这里的人，只要一进城，死活都不会回来了。他们都说，在城里要饭也比在家种地强。咱们这里的地都承包给农业合作社种树了。

听他这样说，郝强放下筷子，一张脸因为失望拉得老长。老妹看见哥不高兴，也没心思吃了。她突然想起了什么，给孙子说，你打个电话问问你爹，好像他有个同学在北边农场当场长，前一段你爹回来，他还来找他，要让你爹帮忙找个大户把农场的地租出去，说是农场的人都朝外走了，地都荒着。孙子从腰里把手机拽出来，立马给爹打了电话。他爹在电话里说，一会让农场场长把电话打给他。这边刚把电话挂了，一会儿工夫电话就打了过来。程宣说，我们想去租点地种。那边问，租多少啊？孙子捂住话筒问郝强，多少？郝强伸出两个指头，说，二百！程宣一惊，问，二百亩？郝强说，二百亩！

第二天老妹没走，她让程宣带着老舅爷去了北边。快走到了郝强才弄明白。所谓北边，就是淮河边上。农场厂部就建在淮河大堤上，像一个土匪的寨子。农场场长见了他们俩，带着他们直接去了地里。他以为程宣是租地的大老板，一个劲地跟他套近乎。先是给程宣说去年那场大水，百年不遇啊！他用手比画着周围，这里全泡在水里，淮河不是淮河了，变成淮洋了，我估摸着跟太平洋个头也差不了多少。程宣说，那是，就是太平洋的水比这里的清。你不知道啊，整个农场全部泡在龙宫里了，场长说。我跑到王家坝管理局去找领导，他们拦着不让进，说温总理正在给河南和安徽的头儿们开会。我就在大坝旁边等着，后来看见总理带着他们一大群人走了出来，又站在大堤上看了半天。当时我就祷告龙王爷，让他安排温总理来俺农场看看，他要是来了，指头缝里漏一点，不就够俺们职工吃半年的！后来我给俺的头儿说起这事儿，他把我批评了一通，说我祷告错了，像我这农场的级别，归回良玉副总理管。我真是又生自己的气又窝囊得要死，你想想，我哪里认识回良玉啊？郝强听不懂他显摆的是个啥，说，这么好的农场，为啥没人种？场长说，主要是洪水不好伺候，淮河是两头高中间低，水走到咱们这里就走不动了，这里是洪水招待所，它一来没有个十天半月不会走。程宣看看郝强，郝强也不再问什么，只顾自己扒拉着土地看，一会把土放手里搓搓，在鼻子上闻闻，放舌头上尝尝；一会儿用脚丈量着距离。程宣说，那你让人家租地，不是坑人吗？水一来都冲走了。场长说，不是那回事儿，咱这土地肥实，都是洪水走后留下的腐殖土，一年抵人家三年的产量，就是说，收一年就不怕三年被水淹。程宣用头点了一下郝强，说，那你给他说明白吧，不是我租地，是他。他是我舅爷。场长看着老头儿说，是他？这时刚好郝强走了过来，场长说，您老人家租二百亩地？郝强点点头说，二百。场长说，这二百亩地一年的租金，就按两百块一亩，也得四万块啊！郝强把一条布带从腰上解下来，说，这是两万整，算是我的定金吧！

八

郝晴天走进诊所的时候，任建成正在忙碌着，病号一个接一个，忙得他抬不起头。小秋妈也忙里忙外，连跟他说句完整的话的工夫都没有。郝晴天像个病号，坐着等了一个多小时。看着那些进进出出的病人，他有点惶惑，城里人没有田地，不下力，为什么还有这么多的腰酸背痛？他们乡下人是因为劳动才会扭伤腰腿，没有闲出病来的。村子里经常病歪歪的人是让人看不起的。而城里人病了，竟然有满嘴的道理，还好意思说是什么富贵病。好像是病来找他们的，而他们是无辜的受害者。

眼看着快到中午了，郝晴天站起来往外走。小秋妈看他欲言又止的样子，知道他有事要跟她说，赶过来送他。站在门口，晴天一会看着川流不息的车流，一会看看小秋妈的脸，然后说了一句话，让小秋妈一下子待在那里说不出半个字来。他说，妈，我来没什么事儿，就是中午想请你和爸吃顿饭。他说了诊所旁边一个餐馆的名字，转身去了。小秋妈看着他高大的背影消失在人流里，站在那半天回不过神来。她发现自己的泪水流了下来，她就任眼泪汹涌地流着，也不去擦它，直到城市喧嚣的世界在她面前变成一团明晃晃的水汽。

餐馆选在离诊所不远的一条僻静的街上，小秋爸妈走到的时候，郝晴天正站在门口等他们。落座之后，郝晴天开门见山，说，爸妈，我要娶小秋，今天就是来给二老商量着怎么办事的。小秋爸沉吟了一下，说，晴天，你的心情我理解。作为小秋的父母，她都这样了，如果找到你这样的好孩子，是我家修了八辈子的阴德。要是在一年前，我们也许会毫不犹豫地答应这门亲事。可是现在不行，我们不会把小秋这样子推给任何人。郝晴天说，小秋二十一岁了，她自己的事情应该自己做主了，爸妈也不能一辈子都管着她。小秋爸说，你说错了孩子，小秋从小到大，我们都没管过她，至少没有管住过她。但现在我们要管，我们不能把她丢给别人管。郝晴天说，爸，你这样说，是把小秋当成包袱了。小秋爸说，小秋不是包袱，她是我的闺女。郝晴天说，反正你这是可怜她。小秋不需要可怜，如果你可怜她，等于让她活着比死都难过。小秋妈说，晴天你不也是可怜我们小秋吗？晴天说，我不是可怜她，我是想让她明白了什么是快乐，也要让她明白了什么是我们俩的快乐。

这时候服务员开始上菜，郝晴天打开一瓶酒，先给小秋的爸妈斟满。服务员出去后，小秋爸说，晴天，快乐不是想出来的，也不是说出来的，即使是你们知道什么是你们的快乐，可是过日子可不是玩游戏机，你们能玩一辈子吗？郝晴天说，能。小秋爸说，孩子你好好想想，我觉得你这时候提这事儿真的不合适。郝晴天拿起酒杯说，爸妈，我先敬您二老了，然后一饮而尽。他把酒杯放下又斟满喝完，连着喝了满满三大杯，然后才说，从我爷爷起，我们家男人都是一根筋性格，想必爸妈知道我说娶小秋是想好了的。小秋爸不知道再说什么了，拿眼睛瞅着小秋妈。小秋妈说，结婚是一辈子的大事，不能靠一时的激动。你们俩将来怎么生活，你考虑过吗？郝晴天说，我们俩商量好了。我已经在淮河边的农场里租了二百亩地，小秋喜欢种玉米，我也开始喜欢了。爷爷和爸爸把他们准备盖房子的钱都给了我们，相信我们会把往后的日子安排妥当。还没听他说完，小秋妈的眼泪又流了出来。她看了看小秋爸，然后从包里拿出一张卡来，说，这个我已经装了很久了，是我为小秋结婚存下的，你拿去吧孩子，或许种地能派上用场。郝晴天把卡拿过来，握在手心里，说，爸妈，我拿着，这是你们二老对小秋的心，我替小秋谢谢二老。我们最需要的还不是钱，而是二老的理解。如果你们二老没什么特别交代的，那今天我们喝了酒，就定个日子给我们办事吧！

郝晴天进城后，奶奶就开始给小秋收拾东西。在打开箱子的时候，翻检出来一条旧印花围巾。小秋说，奶奶你还放着这么好看的围巾，为什么从来没见你围过啊？奶奶笑了笑说，咋没围过，围过几次。后来老郝强说，看你围着这东西就像看见个狐狸精。唉，因为这是你爷爷给我的定情物，他不待见。不过从他说了以后，我再也没围过。这郝家和任家的关系，还真是越扯越长。小秋说，这么多年了，你也从来没给我讲过你们的事儿。奶奶说，这怎么讲？没法讲，本来就没什么事儿，不讲你还多少有点明白，要是讲了你就越发糊涂了。小秋说，等我们农场办好了，就把你们两个老人一起请过去，好好给我们讲讲。奶奶说，要去还是老郝强去吧，我是不去了，我还是去你爸爸那里享几天清福吧。小秋说，你不是喜欢种地吗，怎么现在却要进城了？奶奶的目光闪烁起来，谁给你说我喜欢种地？我可从来就不喜欢种地。小秋不解地瞪着奶奶。奶奶说，你想没想过，那会子我要是不生法子招惹老郝强打起精神种地，老郝强不早就死了？小秋说，奶奶，想不到你还这么伟大，我感动死了。不过我喜欢土地，土地是多奇怪的东西啊，看着种子下去，几个月就能收成那么多的粮食，真跟养一大群孩子差不多。奶奶不理会孙女的感叹，喃喃地说，我这一辈子啊，嫁给你爷爷什么都好，只可惜他活不回来陪我再走一次了。

小秋听得越加糊涂起来，她头回觉得奶奶感情的诡异。她这一生，到底是爱爷爷多一点，还是更爱这个会种田地的老郝强多一点呢？

奶奶停下手里的活，叹了口气接着说，你爷爷活着的时候，常常说一句话，土地能养活人，也能杀死人。可不都叫他说着了！民国三十一年，饿死多少种地的人。三年自然灾害那几年，饿死的不也都是种地的？土地绊住人的腿，走不了啊。小秋说，那都是过去的事了，现在种地都是靠机械，不是人力。奶奶说，虽然是机械，可你没仔细想想，哪个地方的土地多，哪个地方穷得叮当响，哪个地方土地少，那里的人肯定过得富裕。小秋说，奶奶说得也有道理，不过您也想想，这世上所有的人都可以没有，就是种地的人不能没有，对吧？说着，小秋把围巾拿过来贴在自己脸上。奶奶看着她，又无声地笑了起来，说，要说起来，老郝强一家人的命，还是这买围巾的人救下来的。那时候虽然不让私人开诊所了，但是人有个头疼脑热还是得来找你爷爷，所以咱家没缺过粮食。三年自然灾害最困难的时候，都是我偷偷往他们家送粮食，要没有那些粮食，还真不知道老郝强在哪里做鬼了。我唯一觉得对不起你爷爷的是，到死老郝强也没看得起过他，嫌他不会种地，老郝强要面子，给他家送粮食的事又不能给他明说是你爷爷同意送的。小秋说，你为什么不说呢奶奶？你看咱们原来的老村子，说空就空了，空了就给平了，再过几年它是啥样子都想不起来了。有一天您老人家也会走的，走了就空了，这些事儿永远都没人知道了。

奶奶把围巾拿过来重新叠好收起来，说，管他哪，空就空着吧。反正这事儿已经过去这么多年了。这人啊，过日子就得像种地，只管一茬一茬地收了种种了收，丰歉只有老天爷才能看明白。

人要是把以后都看得清清楚楚明明白白的，那日子还有啥过头？

小秋喊了声奶奶，就把自己的头拱在奶奶怀里。她摸着奶奶像劈柴一样粗糙的手臂，竟然感觉到她的脉搏比年轻人跳动得还欢实。

木兰的城

一

木兰和王小山这一阵子都是在忙活返乡的事。最近大家都在忙这事。王小山有一天对木兰说，跟我回老家去吧。木兰是个很听话的女孩，木兰想都没想就说好。王小山所在的厂子要停产了，听说是全球金融危机造成的，资金链断裂，老板天天急吼吼地说要跳楼。王小山他们当然听不太懂是什么意思，反正眼看着厂子是要关门走人。厂是大厂，已经裁了几次人，每个月的员工工资仍然是个庞大的数字。上两个月已经拖欠，这个月再拿不到钱怕就要闹事。老板撑不下去了，决定宣布破产，解散员工。

王小山在这个城市已经干了六年，要说再找个活也不会太难。

这阵子这座城市好像得了传染病，厂子一个跟着一个倒下。原来一街两行全部是高大气派的工厂门楼，喜气洋洋地像狮子一样张着血盆大口，每天吞吐着行色匆匆的人群，现在这些企业大多数门可罗雀。王小山他们的结局还算不错，有几个同乡待的厂子，老板欠了几个月的工资，干脆切断联络，弃厂逃跑了。前几年工厂缺工，老板到年终办尾牙，挨个儿给他们派发红包，打躬作揖，脸上堆着油亮的笑容，为的是留住他们。那时候政府也跟在企业后面起哄，把外来务工人员捧得跟天之骄子似的，还提供各种优厚待遇，目的也是要留住他们。现在工厂倒了老板跑了，政府也跟着变脸，一再催促他们抓紧返乡，对没有拿到工资的工人，政府还拿出资金提供给他们返乡的路费，据说是怕他们结伙闹事。一个像暴发户一样红红火火的城市，突然之间走了这数百万的打工仔，一夜之间变得有些冷清。但是有很多人宁愿闲着也不愿回家，他们在街头漫无目的地溜达，夜晚就坐在马路牙子上喝啤酒抽烟，各种与广东话结合得参差不齐的乡音飘浮在大街小巷里，让人听起来有几分凄楚。王小山家里催得紧，他妈一打来电话就骂人，娘肚子里有儿，儿肚子里没娘啊！他出来六年，一年都不肯回去一次，田地没人种都荒了。去年木兰回去给他生了个儿子，王小山只看到儿子的照片，至今还没见过面儿。他对这事儿只是觉得很好奇，仿佛觉得是一场意外。儿子，故乡这些概念在他脑子里模糊一团。他其实也还是个大孩子。

王小山和木兰没有领结婚证，木兰才十九岁，不到法定结婚年龄。王小山把木兰领回家去，在村子里摆了十几桌酒席，就算是结婚了。

吃席那天，王三思家的婆婆说，奇怪，怎么没有见娘家来人？

对面王敬启家的婆婆扭头看了半天也说，就是，一个都没有来。

一个都没有来，这并没影响婆婆们吃席的景致，她们风扫残云般地卷走了桌子上所有好吃的东西。吃了席的老婆婆们看出来了，王家媳妇的肚子是鼓的，至少有四五个月了。

王三思婆婆一边用指甲剔着牙，一边感慨，这样不声不响就把一个如花似玉的大姑娘领回家来生孩子了，王家这小子在城里这几年也算是混出本事了。

众婆婆应道，从小看大，这小子从小就不是盏省油的灯！

木兰稀里糊涂地就怀上了孩子，等她觉得不舒服时已经三个多月。从医院出来，木兰只是一个劲地哭。

王小山一边挠头一边说，哭有啥用啊？

木兰说，我不要生孩子。

王小山拍拍木兰的头，假装老成地说，别哭了好不好？我也不想让你生孩子啊！

木兰说，都赖你。

王小山说，怎么赖我，我戴了套的。

木兰说，你有时不戴的，你许多时候都不愿戴。

王小山说，算算算！咱俩去吃麦当劳吧。

木兰很饿，但是木兰说，我不吃，我不要生小孩。

王小山说，我也不想要生，医生说不想生就引产算了。

木兰不哭了，睁大眼睛说，我怕，引产疼吗？

王小山又折回去问那年轻的女医生，说，医生，是生孩子疼，还是引产疼啊？

女医生比他们大不了几岁，不像生过孩子的样子，但是她很肯定地告诉王小山，当然引产疼，引产比生孩子还要疼。她是怕王小山没有感觉，就又比画着告诉他，生孩子像是瓜儿熟了，不管它都要自个儿落下来。引产的孩子是生长正旺盛的瓜扭儿，生生扯下来，你想想会不疼？

王小山贼亮着眼睛，如实比画着对木兰复述医生的话。

木兰咧了嘴又要哭，王小山说，好了好了别哭了，我们去吃麦当劳吧，吃完了再想办法。

木兰跟着王小山去吃麦当劳，王小山买多少，木兰就吃多少，吃完了肚子又大许多。出了门木兰接着哭咧咧地说，到底怎么办？

王小山说，你回我老家去吧，生出来不就完了！

木兰在王小山的家乡住了好几个月。她打小在家里干活习惯了，是真的勤快，手冻得红萝卜一样还到池塘里洗菜，不停地哈着气，脸上却总是笑眯眯的神情。村里人都夸奖她。王三思家的婆婆说，挺着个大肚子还洗菜煮饭，小山妈没养个好儿，倒捡个好媳妇。王敬启家的婆婆就更羡慕了，王敬启是村子里的大学生，大学生娶了个城里姑娘。婆婆说，有什么用，家都不肯回来一次。有一次过年回来，待了半天，什么都嫌脏，说是厕所拉不出屎，连夜抱着娃娃回城里去了。看人家小山的媳妇，都这月份了，还天天下田帮婆婆，打着灯笼难找！

王小山的妈心里喜欢着，却不表现出来。只悄悄地对自己的男人得意。这孩子肯吃苦，小树一样插哪哪活，合该是咱们老王家的媳妇。

木兰长得很美，她却不知道自己的美。她不妖冶，不饰脂粉，不穿戴漂亮的衣服。她的美是必须静坐下来才能看得见的，像一朵小花骨朵，健康的，向上的，不够耀眼，却崭崭新，欢天喜地地生长着，越仔细看越美得干净细致。眉目间含着天生的沉着，羞怯却又无所顾忌地面对，虽然挺着个大肚子，其实还只是个简单的孩童的神情。木兰到了年尾也才十九岁。

月份到了，木兰在乡下的医院里生下一个六斤多的男孩，顺产。公公婆婆高兴，又要摆酒席，而且一定要请娘家人过来。王小山不回来，说厂子里忙，请不掉假。木兰给老家的村子打了一个电话，过了几天来了一个老头。老头儿长得又黑又干，像埋在锅灶里烘烤过一样。木兰说是她爹。王小山的爸妈一时不知道该怎么招呼。大家都面带惊讶，怎么看都想象不出，这么老而丑的男人，会是木兰她爹。木兰家在深山区，难怪人会说深山出俊鸟。

木兰的爹歇了一夜，好像精神了些，仔细看其实还不算老。木兰说，她爹才四十几岁。

木兰的爹不太爱讲话，眼神很呆板，看哪个地方半天都不动一下。亲家同他客气，他好像故意一味固执着不笑。他的手极大，骨关节突出，放在哪里都很扎眼。如果他站着，就放在屁股两边，如果坐着就摆在腿上，看着瘆人。木兰知道那手的力量，她小时候常常看着妈妈挨打。后来妈妈走了，木兰和两个弟弟经常被这张大巴掌掀出几米开外。

看起来木兰跟他爹并不亲热，但显然是心疼他，再三挽留他多住上几天，每天尽力给他多弄些好吃的。他生得瘦，食量却大得惊人，一顿恨不得吃一锅饭。他被人伺候着，难免有些羞赧，再三说不吃了，不吃了。亲家公再盛一碗，边客气边往嘴里扒拉。亲家母再盛，仍然吃得下去。木兰也觉得他爹吃了好的，面色有点滋润了。

木兰的爹住了三天，一定要走，说是家里养了两头猪，怕被人偷去。家里还有两个上学的儿子，他没有说。木兰给了她爹五百块钱，说有两百是给她两个弟弟的。爹收了，木兰心中又打鼓，也不知道他会不会给他们。

王小山的爹妈惭愧娶媳妇的时候没有送彩礼，备了许多礼物给他带回去，单是腌过的腊肉就装了满满一箩筐。木兰的爹心里感激着，却站在那里故意装出淡然处之的样子。直到出了院子，看看亲家离远了，才叮嘱木兰，这家人很好，要对得起人家，别学你妈！生了儿子就不要到城里去了，好好过日子。

王小山的家人都不知道木兰的妈妈怎么了，可木兰不说，他们也都不敢打问。后来还是木兰自己忍不住，木兰说，我妈妈跟爹是离婚了的。

婆婆就问她，离婚？你妈还敢离婚？

木兰说，我妈去城里打工许多年了，她受够了苦，不愿意回乡下了。

木兰看到公公婆婆眼睛里有诧异的神情，木兰在许多人眼睛里看到过这种神情，她觉得和这些人讲不明白，所以她不愿意说娘家的事情。

小毛头满月那天，婆婆抱着孙子在院子里晒太阳。公公下田去了，满世界只有婆婆和小毛头说话的声音，离得近了，反而听不清楚。那是一个慵懒的下午，周围有鸟鸣，还有老水牛偶尔叫一声。木兰走过去和婆婆说，我要走。

婆婆露出吃惊的神情，问，走？往哪走啊？

木兰说，我要回城。她没说“去”，说是“回”。

婆婆说，你讲什么啊，毛头才这么丁点大，你让他饿死啊？

木兰说，不会的，有阿婆疼他。

婆婆说，狠心的娃，你们也真是舍得！山子会让你走？

木兰说，山子比我还着急哩。

婆婆叹口气不再说什么了，村子里这样的事情多得数不过来。可是她还是不能轻易地答应木兰。木兰从满月那天起，就一天天地磨叽。婆婆这边可怜孙子，那边又可怜儿子，在心中一万遍骂这当爹当娘的不懂得疼自己的孩子，却又体谅小两口几个月不见面了，肯定急吼吼的。婆婆说，你去去就回来，小孩子不能没有娘。让山子也回来，城里再好，总不是他的家。婆婆哭了，木兰也跟着掉眼泪，她心中也是十分舍不得。公公婆婆都是好人，很疼她，而且家里还有个爱哭的小毛头。

二

姚水芹初到深圳做工那年三十二岁。她丈夫不肯放她出来，她丈夫说，贱货，你是想出去招揽野男人！

姚水芹说，你睁眼看看人家出去的都挣了钱回来，过上了好日子；我只想出去挣钱，不让人家低眼看咱们。我每天都在田里做活，做了十几年，口袋里从来没有装过一分钱。

丈夫说，你在屋头做活，要钱干什么？

姚水芹说，要钱造屋，要钱让娃念书。

丈夫说，我看你是想给自己买衣服！你也想染个黄头发，对吧？你是不是想跟二升老婆一样弄得一身臊气回来，像个狐狸精？

姚水芹说，我想把自己弄成狐狸精，钱哪？

姚水芹胆敢这样顶撞他，丈夫气不打一处来。他不给她饭吃，打得她遍体鳞伤。姚水芹说，你只要打不死我，爬我也要爬出去。

姚水芹嫁到山里十二年了，她没有见过外面的天空。她绝食，三天都没有吃东西。最终她出来了，她当然知道，他男人绝不是为了让她看风景，而是为了钱。

姚水芹从乡下来到城市，从此就再没有回去过。用如鱼得水形容她恰如其分。城市就是大海，家就是个小泥塘。她知道她只要游回去，她男人就不会再放她出来。

姚水芹在家政公司做清洁工。她能干，别人一天做一家她能做两家，别人做两家她能做三家，一个月能挣七八百块钱。姚水芹活几十年都没有见过这么多的钱，她很节俭，去了吃穿用住，还能省下三四百块。她给自己买了新衣服，但她没有染黄头发。她把挣的钱寄回去让孩子们念书，她把更多的钱攒起来准备将来造屋。姚水芹是一个良善的家庭妇女，她出来做工的目的，并不是为了她自己。

从乡下出来的姚水芹常常感慨，城里真好啊！今天把钱花掉，明天只要肯掏力气，总能有办法再挣回来。乡下种一季庄稼，还不知道能不能有所收获。在乡下不是为风发愁，就是为雨发愁，为空气的冷和热发愁，为土壤和虫子发愁。这些他们一样都决定不了的事情，每一样都能决定他们的收成。城里人什么都不用愁，他们早上像一张弓那样被拉开，被气吹着似的东奔西走；晚上虽然累得筋疲力尽，只要吃饱喝足，软塌塌地在床上醒一夜，第二天仍然精神饱满。姚水芹很快爱上城市生活，城市吃的是她从没吃过的好饭，穿的是她从没有穿过的鲜亮衣服。若是城里再有一个属于自己睡觉的地方就更好了，有一阵子她很为住宿的问题苦恼。家政公司不提供住宿，姚水芹和一个女工合租一间地下室，一个月每人分摊两百块钱。

同姚水芹同住的是个扬州女人。扬州女人叫孟金枝，南方人喊出来就是梦金子。梦金子说话很嗲，她一开口，姚水芹的耳朵根子都是痒痒的，听得时间长一点，牙根子也跟着痒痒。姚水芹不知道，梦金子说话的样子，会让男人听了心都痒痒起来。梦金子说不上漂亮，矮胖，可走起路来花枝乱颤。她的皮肤很白，一堆诱人的白，而且是瓷白，连女人看了都忍不住想摸一把。梦金子已经二十七岁了，她扎两个小辫，打很重的腮红，看上去还蛮像个小姑娘。

姚水芹好性格，她喜欢梦金子，也有点崇拜梦金子。她觉得梦金子对城市太熟悉了，肯定见过大世面。而且梦金子对她的亲热，让她在四面一抹黑的城市里有了依靠。梦金子软软地喊声姐姐，姚水芹就会忙不迭地把屋子里的活计全都做了，有时连梦金子脱下的内衣裤都给洗了。梦金子的内衣可真漂亮，那些小衣服花样百出，柔软舒适，摸上去滑手，姚水芹把心都看花了。她自己的胸罩内裤都是些低劣的地摊货，一水洗下来，都成布片了。

梦金子跟姚水芹说她还一直没有结婚，这姚水芹看得出来，只是不好意思打问。梦金子噘噘嘴儿，像是有些幽怨又有些害羞地说，老天爷多不公平嘛，我生得又不是不好，为什么没有男人肯给我买房娶了我呢。

她把买屋说成买房，姚水芹一下子就听进心里去了。

姚水芹说就是啊，这么娇的梦金子，为什么没有人给买房娶回去呢？然后叹口气又说，娶有什么好，我都被人娶过生三个娃娃了。

梦金子说，啊？三个？唉，宁愿自己过，我也不让乡下男人娶，我要在城里买房。

姚水芹说，城里？买房？

姚水芹看着嫁不掉的梦金子，有点儿心疼她，突然之间也有点儿心疼自己，若是自己也没有生过娃，在城里走一遭之后，会回乡下和粗野的丈夫生三个娃娃吗？这样一想，姚水芹有点儿后怕，也很有一点遗憾。但这里面的很多东西她又说不清道不明，像一堆乱麻窝在心口。她想跟梦金子说说这些，可每当她说起家、孩子、丈夫，梦金子都打哈欠，让她觉得屁股后面像拖拉机拖斗似的拖着这些破事儿，真是很让人扫兴。她想，我为什么不早一点到城里做工呢？那样娃娃就生在城里了，兴许也能住上属于自己的屋了，那他们一家人都管"屋"叫"房"，多伸展啊！她渐渐明白了，不是梦金子在城里过了这么多年还害怕乡下，就她姚水芹在乡下生活这许多年，才刚刚踏入城市的边，更害怕乡下了。

姚水芹努力把自己也弄得像个城里人，好像这样才更有底气在这里待下去。她把自己关在卫生间一遍遍地搓洗，买来廉价的润肤露不停地涂抹。姚水芹发现自己的皮肤其实不比梦金子的差，因为长期在乡间行走和劳动，她体态结实匀称，她现在吃得好，很健康，她的小麦色的肤色闪着丝绸一样油润的光泽。

姚水芹在心里欢喜着梦金子带给她的那种小女人的娇媚，喜欢她说话的样子，喜欢她穿衣服的精细。唯一让她不习惯的，就是梦金子常常带男朋友回来过夜，还常常带不同的男朋友回来过夜。这让她羞惭，也让她新奇。更让她不习惯的，是他们在深夜里吱哇乱叫，像遇到了野鬼那样耸人听闻，让她非常恐怖。第一次她被叫醒，吓出了一身冷汗，猛地坐了起来。她拍着墙问，金子，金子，没事儿吧？那边叫喊停了下来，是梦金子软绵绵的声音，没事儿没事儿！你睡吧芹姐！她刚刚才想睡去，那边又叫起来，吵得姚水芹不能入睡，第二天做活的时候腿脚都会发软。她想不明白，女人和男人在一起怎么会喊得那么瘆人，既然如此痛苦还做那事干什么呢？她和她的男人结婚十多年了，他们都是在深夜里像偷鸡摸狗一样做那事儿，做完了谁都不理谁。即使说话，也是讨论些柴米油盐和农耕琐事，话题绝不会与"那事儿"有关。他上去下来，像锄完一亩地，或者挖了半天红薯；她肚子鼓起瘪下，像倒腾了一次粮仓。

姚水芹不明白梦金子为什么喜欢做这种事，这在乡下顶让人看不起。她也讨厌这种事，像讨厌她的男人。有一次，姚水芹问梦金子，那些人会对你好吗？

梦金子说，当然。好！

姚水芹说，是啊，要是他们对你不好，你多吃亏啊？他们为什么不娶你呢？

梦金子笑得脂粉翻飞，说，谁吃亏啊？大家都高兴嘛！娶他们倒是想娶，可娶不起我，他们买不起房。

姚水芹迟疑了一下说，那，他们给你什么东西啊？她差点说出“钱”来。

梦金子杏眼圆睁，眉毛倒竖。她说，我又不卖自己！

三

木兰生了儿子无牵挂地走了。小毛头的妈妈变成了一只奶嘴。木兰走了快一年，电话都没打几个，像是没生孩子这回事一样。婆婆无法骂木兰，只有拿自己的儿子出气。王小山一接到电话，就被母亲痛骂，你们哪像当爹当娘的？就是个老鸹也知道衔点食儿回来给孩子喂喂吧？

生了儿子的木兰，好像一朵花彻底盛开了，比过去更水灵了。以前是耐看，需要细细地品；现在是诱人，会剜人的眼睛。王小山的哥们儿就警告他当心，这城里的林子阔大，小女子心会变野，可别让跑了。王小山就自信地笑，他想起家乡的一句老话，鲫鱼片儿，跑不远儿。

木兰生了孩子就不能在厂子里做了，站在机台前时间久了常常腰疼，这在她做姑娘的时候是没有过的。她的小姐妹潇潇觉得她够漂亮，就给她介绍了一份推销空调的活儿。潇潇说，你别只看基本工资很低，卖出去空调有提成。若是卖出去一台中央空调，就能挣到一年吃的。

木兰不信。木兰说，我要是卖不出去呢？

潇潇说，你这脸蛋就白长了！世上没有卖不出去的空调，只有卖不出去空调的人。那就看你的造化了！

潇潇此言不虚，她从厂子里出来一年多，就挣了好几万了。她告诉木兰，做两年挣够了首付，就在郊区买房子。她还告诉木兰说，要做这一行，得有几身行头，还得每天细细地化妆。

木兰很疑惑，她天天站在流水线上，每天都穿一样的工装，也从来不化妆。为什么改卖空调了，就得这么麻烦呢？

潇潇笑得腰弯了几弯，然后说，木兰啊没见过你这么傻的。你想过没有，为啥做空调的挣不过卖空调的？

木兰想了想，虽然没想明白，但觉得潇潇说的是这么回事儿。

木兰给王小山要新衣服，王小山只给了很少一点钱。他没钱，但他会说话儿。他说，木兰你穿什么都一样，衣服好不好都比她们好看。你要跟她们穿一样，怎么显示你好看啊？木兰得了夸奖，比得了衣服还开心。

木兰没有好行头，就遭小姐妹鄙夷。但木兰就是木兰，往哪儿一站就是个风景；木兰也不化妆，王小山不让她化。不化妆的木兰也是水灵灵的，像刚从树上摘下来的鲜桃一样，红艳的，饱满的。

木兰改行卖空调，每天回家都给王小山带回新闻。她告诉王小山，那些小姐妹为了卖出去空调会有许多办法，送礼给人家，请吃饭，还让男人那个。

王小山停住吃喝，说，你怎么知道她们让人那个？你跟她们一起了？

木兰没感觉到王小山态度的变化，说，她们在一起天天交流，什么都说，潇潇都打过两次胎了。

王小山双手抓住木兰的肩膀说，你说这个干吗？你也会让人家那个吗？

木兰甩开王小山的手，眼泪都出来了。她恼怒地说，你弄疼我了！

王小山又过去抓她，你会吗？

木兰噘着嘴说，我要会还跟你说这个？

王小山放开木兰，去亲他胳膊上被抓红的印子，一股酒气喷出来，熏得木兰又恶心又快活。有这个孩子脾气的男人守在身边她很满足。她在城里，城里还有他满嘴酒气的男人，这就足够了。她的幸福很具体，她也没多少奢望。

潇潇说得很对，没有卖不出去的空调，只有卖不出去空调的人。木兰不让人家"那个"，人家也不让她的空调"这个"。有一天她差一点就做成了一笔大生意，她去一个宾馆推销空调，那里正在兴建几栋大楼，工地的头目指着一座楼说，木兰，你让我高兴了，我就买你的中央空调。木兰的脸色激动得红艳艳的，她使劲地点头，说，我让你高兴！我肯定让你高兴！那时她自己很高兴，木兰的高兴把那头儿惹得也很高兴。他的眼睛都点亮了，不由分说把木兰抵在办公桌上说，我喜欢你这个小女孩，认你做干女儿吧。木兰被他抵得透不过气来，死死地闭了眼睛，一副任人宰割的样子。木兰心中害怕到了极点，那头儿块头太大，若是他真的要怎么她，她是没有力量抵抗的。头儿用肥胖的身体抵了他一会，拍了拍她木头一样僵硬的脸蛋说，我从来不强迫女人，我喜欢自觉自愿的。我的楼盖起来还要一段时间，你什么时候想好了就告诉我。

木兰像做错什么事一样逃出宾馆，她没敢把卖中央空调的事情告诉王小山。木兰始终没有卖出去空调，她在公司的业绩是最差的。公司从上到下都有些另眼相待她，木兰感觉到了寒气。

要过年了，姐妹们都买了很漂亮的衣服。潇潇的一个客户还送了一个仿狐皮大衣给她，潇潇画了黑眼圈，涂了加长的睫毛膏，穿上大衣就更像一只美丽的狐狸了。

木兰很羡慕，回家把潇潇的装扮说给王小山听。王小山很鄙夷地骂潇潇是个贱人。骂完了，王小山说木兰，我今天带你去吃麦当劳。

这次木兰没有高兴起来。马上要过年了，过年就是过钱啊！

四

姚水芹在深圳没有熟人，没有朋友，她想找个说话的人都没有。徐地云是公司里最年轻的男人，比姚水芹小五岁，但他是老员工了，公司让他和姚水芹搭班。徐地云是个善良忠厚的人，他很耐心地教导姚水芹。他们去一户人家做清洁时，徐地云诚心地说，你做活要懂得用巧劲，要让人觉得你是一个干净勤快的人。

姚水芹点点头说，谢谢你啊。

徐地云说，你要会说话。要学会跟业主交流，好话能当钱用。要让他们信任你。

姚水芹又点点头说，谢谢你啊。

徐地云说，这很重要，雇主信任了你就不会再挑剔，你会做得很轻松。

姚水芹还是点点头说，谢谢你啊。

他们进了业主家，徐地云却发现姚水芹其实非常会做事，她活干得又轻快又利索。她话不多，却说得很是地方。他们俩搭伴做活，做得人家很满意，雇主那天额外给他们十元钱和一箱快要到期的牛奶，两个人都很高兴。

徐地云和姚水芹为对方的诚恳增加了默契，他们之间的距离一下子拉近了许多。

徐地云总是穿得很得体，他说话的时候不卑不亢，做人也从来不卑不亢。他从不强调什么，但是他让人觉得他做清洁工是很体面的职业，至少不比别人低贱。姚水芹很敬重他，也学着徐地云的样子做，她很快就做得很好了。徐地云在他们吃东西的时候说，姐你得买几件像样的衣服穿，把自己弄整齐，这样别人就会从外表上尊重你。徐地云这样说，很有点为自己得意，对这个刚刚进入城市的乡下女人，他有点居高临下的意思。

姚水芹是安徽人，吃大米长大，也算是南方人了。她生得骨肉

事情大部分是夫人在经营，刘老板很悠闲，上午睡睡懒觉，下午召集一帮人打麻将，昏天黑地地打。原来姚水芹以为只做老板夫妻俩人的饭，谁知道来了每天要做一大群人的饭，而且得等他们吃完收拾干净才能回去。说是钟点工，其实跟一个全工没多大区别。既来之则安之，姚水芹做事情的时候总是不急不躁，她的言语不多，但非常有眼色，她尽心尽力地照顾大家，茶水饭食打点得亦十分周到。姚水芹读过初中，看得懂书。老板爱吃包子，他常常让姚水芹到包子铺里去买，姚水芹省下一点买包子的钱买来一本食谱，研究怎么做包子。姚水芹聪慧，她很快掌握了做包子的技能，大家都说她做的包子比包子铺里的好吃。姚水芹得了夸奖，更加上心，继续研究怎么做菜，她把鸡鱼蛋肉各种青菜洗得干干净净地码好，老板说吃什么她很快就能照着书本做出来。老板的朋友都喜欢姚水芹，他们唤她姚姐，他们说，刘老板哪是雇钟点工，简直是雇到了一个漂亮女厨子，这待遇跟人家卡扎菲也差不了多少。刘老板听他们夸奖姚水芹就像夸自己一样开心，他说，是我亲自挑选的，我第一眼看到姚姐就觉得她顺眼。

刘夫人交代姚水芹，早晨来上班先要开窗透气，不管刘老板起没起床都要把所有窗子打开。刘夫人还骂道，一群猪，又是抽烟又是喝酒的，这家简直就是个猪圈。刘夫人不满刘老板的作为，说到他的时候总是眉头拧得很紧。刘夫人嘴上凶巴一点，但心底很和善。她让姚水芹用手给她洗她的高档衣服，可穿可不穿的，她就送给姚水芹，还把半旧的胸罩都送给了姚水芹。她比姚水芹略微瘦一点点，她穿松的衣服姚水芹穿上刚刚好。刘夫人说，都是好的，姚姐你别嫌弃。嫌弃？这话让姚水芹心里暖烘烘的，她点着头在心里感激着，觉得这一生遇到这家人真是天大的福分。她在电视上看到过这种款式的内衣，一件要好几百，她以前摸都没有摸过。只有人家嫌弃她的份儿，她怎么会嫌弃别人呢？

姚水芹穿了刘夫人送给她的衣服就更像样了，她很自重，她在刘家也靠勤劳得到应有的尊重，她的举止在不知不觉间也有了些尊贵的味道。有一次，姚水芹到老板的卧室开窗透气的时候，被他从后面抱住了。姚水芹不是不想反抗，是她还没有反应过来，已经被刘老板扒光了衣服。她很尴尬，她自己都没有这样在大白天看过自己的身体，她的丈夫同她生活了十多年也没有这样看过她。姚水芹手脚都不知道放在什么地方，她差不多要哭了，但是她没有挣扎。看都看到了，再挣扎有什么用。

此后，姚水芹这样被刘老板抱的事情又发生过好多次，事情总是这样，一有了开头就停不下来。

刘老板喜欢亲姚水芹的嘴，喜欢亲吻她的两只饱满的奶子，他用不同的方式进入她的身体。他穿上衣服的时候是一个威仪的老板，他赤裸了身体就变成了一只粗野的动物。他说的话让姚水芹既好奇又害羞。他说，你真是个好女人，你的身子很紧，你比我老婆让我舒服一百倍，你比许多猪女人都更让我舒服。

姚水芹想说一点城里人的话，但她不知道城里人在这个时候该说什么。她说，你不怕你老婆知道了生气吗？

刘老板说，她生气？那有什么用！然后终止了这个话题。

刘老板会舔着她的耳朵一遍一遍地问她，小心肝，我让你快活吗？姚水芹不想扫他的兴，就硬着头皮回答，快活。姚水芹有时真的也就快活了，这个男人不是只图他自己痛快，他触摸她身体的深深浅浅，他关心她的感受，他很温柔地亲吻她的嘴和额头。姚水芹有一天忍不住呻吟了，开始还是叹气一样低微，后来就变成吟唱了。在自己的歌声里，她明白了梦金子叫喊的原因。刘老板很得意，他说，一个有力量的男人只满足自己不是本事，能让女人满意了才是纯爷们儿。刘老板说，我喜欢你姚水芹，我要你是因为我喜欢你，喜欢才会和你做爱。姚水芹不知道她是不是喜欢刘老板，但是她觉得他不让人讨厌，他至少比自己乡下的丈夫好。姚水芹离开家乡后才知道，她和丈夫生活许多年，生了三个孩子，对他没有一点点的感情。

现在，她这是做爱，不是为了生孩子，不是为了只让男人发泄，这对姚水芹是一种全新的感受。如果不来到城里，这辈子不是白活了吗？她这样跟自己说。

刘老板悄悄地给姚水芹塞过两次钱，一次五百。他让她去买衣服，他说，我知道你不是那种拿钱能买的女人，但我不能亏待你。他说，我家还有一小套旧房子，我回头让人收拾了给你住。

走在回去的路上，姚水芹才认真地想着他那套房子，心跳得越来越快了。

五

木兰从出来做工就和王小山在一家工厂。这是一家纺织厂，女工多男工少。王小山在车间做维修，算是技术活。王小山做技术活不是最重要的，重要的是王小山长得好，是个大帅哥。

王小山几乎不像一个乡下人，长得高大英武，却一点不显粗糙。木兰看见王小山的时候他已经在城市生活了四年。要说他们这一代人，身上的胎记好像不是太明显，即使在农村，他们也是看着电视长大，迷恋上网和游戏，接受的也是开放式教育。他们出来的时候才十六七岁，生活习性并没有定型。他们从一个地方迁徙到另一个地方，一切都是自然而然的，并没有太大阻碍。饮食改变了，服饰改变了，头脑就有了翻天覆地的变化。他们的口袋里除了缺少钱，比城里的孩子都活得更自由自在，他们没有学习的压力，没有父母管制，没有事业心责任感，放肆任性，吃饱了今天不管明天。他们一拨一拨地来到城市，如鱼得水，简直就是城市旺盛的寄生物。也正是他们这个阶层的人，才给城市带来活力，却也带着极大的对城市的侵略和扩张。

女工们是纺织厂的星星，王小山就是她们的月亮。星星们很热烈地环绕着月亮，如众星捧月般给他买吃的，给他洗衣服，为他做各种让他高兴的事情。她们把王小山捧得像个明星，王小山长得比那些小明星们不差，再加上姑娘们的日夜追捧，他原本拘谨的形态渐渐放浪起来，竟然有了一些城市流氓的潇洒。穿白衬衣和牛仔裤，头发弄得很乱，眼睛明亮得让人心惊。他曾经是极不认真的，喜欢勾三搭四。按他自己的话说这是行善，不想伤害了她们当中的哪一个。比如，他早晨跟崔岩一起吃了早点，晚上就答应了秀秀去看电影。他和莺莺拉手被李珊看见了，他就会瞅个空子拍拍李珊的脑袋安慰一下。女孩子们众口一词说王小山的坏，但又无一例外地喜欢这种坏。虽然他们的厂子与其他厂子挤挤挨挨在一起，但仍然像一座孤岛。她们的生活太单调了，她们渴望用王小山们的坏来调剂日子的简单，对他的行为不但不恼怒，而且还有些纵容的意味。这好像是她们这样的企业女工惯常的模式：她们调戏王小山们，也喜欢被王小山们调戏。一切都是不着痕迹的，浮面的，假模假式的，没人拿这事儿当真。她们大多数文化不高，不够漂亮，也许没有太大的野心。她们靠力气吃饭，在厂子里做几年，积攒一些钱，还是为了嫁一个可心点儿的男人。王小山这类人并不是她们的首选，她们很势利，虽然王小山是她们心仪的对象，但她们中的大多数会认为王小山不够有钱。她们认钱不认人。其实，大多数人都是认钱不认人的。

王小山是一条鱼，在女工们中间恣肆地游弋了五年，他让她们仰视着，让她们用各种手腕讨好着。那时候木兰从一个小山村赶来，无意加入她们的阵容。木兰什么都不会，她没有钱，不会给王小山买吃的，买电影票，不会搭讪谄媚。即使有钱，她还不太懂这些，她没有太多的欲望。她傻乎乎地躲在姐妹们的背后，看见王小山就羞羞地喊一声哥哥。木兰水汪汪的大眼睛和长长的真睫毛击倒了王小山，听着木兰那一声哥哥，他把魂魄都丢了。

王小山找到他的哥们儿，让他们先把这傻妞带出去耍一耍，试试她到底是个什么样的角儿。游戏开始了，木兰还完全蒙在鼓里。王小山的哥们儿赵智胡文学去找木兰，说，木兰，带你去逛公园。

木兰说，公园我去过了。

那带你去看电影，请你喝饮料。

木兰说，电影我要和姐姐们一起去看。

那带你去唱歌好吧？

木兰说，我妈妈说唱歌跳舞不是啥好地方，不能去。

王小山在女孩子堆里混久了，知道什么样的女孩儿是好女孩儿。王小山说，木兰你会洗衣服吗？木兰的眼睛亮了，这是她最拿手的，在乡下她每天都得帮父亲和弟弟洗衣服。到了城里，她一下子变成了一只断线的风筝，没有人需要她了，王小山的这个要求，简直让她感动，也让她欣喜。木兰给王小山洗衣服，洗得认真精细，洁净得像新的一样。

王小山说，木兰你洗的衣服又软又香，我得奖励你。然后王小山请木兰吃麦当劳。那是木兰第一次吃麦当劳，也是后来王小山哄木兰的一个最佳手段。

然后王小山又请木兰看电影，他非常诚恳地说，木兰你为我洗衣服，我很久都没有穿过这么干净的衣服了。我感谢你，请你看电影好吧？

木兰说，不行啊。

王小山说，木兰你看我把票都买好了，你不去要浪费我十块钱。

王小山把电影票在木兰的眼前哗哗地晃着，算了木兰，你不去就算了，我不能勉强你，你不去也算我请你看过了，我这就把票撕掉算了。

木兰一下子着急起来，她冲过去抢了王小山手中的票。木兰说，我和你去哥哥，我们不能浪费十块钱的，十块钱能买两只炸鸡腿呢。

王小山带木兰去看了电影，还给木兰买了两只炸鸡腿和一大杯可乐。木兰吃了鸡腿喝了可乐，前所未有地开心。木兰从此就常常和王小山看电影了，王小山每次看电影都给她买鸡腿和可乐。木兰觉得王小山是这个城市最好的人，是她的亲人。她的亲爹爹都没有这样疼她。

王小山带木兰看完电影就带她去逛公园，王小山在树丛的暗影里亲吻木兰的嘴，触摸她的身体。木兰沉醉在电影一般的故事里，她在王小山的怀抱里战栗，这是一种奇妙的感觉。她的记忆之中，没有人这样抚慰过她。

临了，木兰拉住王小山的衣襟说，哥哥你可得对我好，你亲了我是要和我结婚的。

王小山说，木兰我爱你。王小山说木兰我爱你的时候，表情严肃庄重，他是一个王子，木兰就是他的灰姑娘。

崔岩和秀秀找到木兰，她们说，王小山从来不会只爱一个女孩，木兰你会后悔的。莺莺和王楠也找到木兰，她们都心疼这个单纯的孩子。她们说，你知道王小山吗，他是个烂人，他晚上追到你，清晨就会把你抛弃。

木兰不信。木兰没有让她们说下去。木兰说，王小山说他爱我，我也爱王小山。木兰进入城市逐渐会说话了，爱情让她变得很大胆。

潇潇是跟木兰一块出来的。潇潇说，王小山什么都好，就是太穷。木兰吃惊地看着她，刚要开口，潇潇用一个手势有力地制止了她。潇潇说，木兰你要想好，你这样年轻漂亮，你有可能嫁一个城里人的。就算他们不娶你，也会把你养起来。他们会给你买房子，买汽车，买许多漂亮衣服，到时候你就可以待在屋子里什么都不做了。

木兰说，他们不娶我，怎么叫对我好呢？我宁愿找一个对我不好，可是会娶我的人。

木兰怕王小山生气，她没有把潇潇的话告诉他。王小山不知道潇潇的话，还一如既往地自信。王小山像变了一个人，他觉得遭遇了木兰就遭遇了爱情。木兰还没有长大，从山村来到城市，她是孤单的。王小山宽厚的肩膀环绕了她，王小山成了她城市的家。

木兰和王小山生长的地方相隔很远，他们不是一个省份，他们因为向往城市而走到一起，城市让他们遇合，城市是他们的媒人。木兰很幸福，她刚刚进入城市，对新生活的要求太低太低了，不用下田做农活，不用煮饭喂猪，她就觉得很解放了。城市是这样干净明亮，它给了木兰太多的惊喜，有新衣服，有麦当劳，有公园，有电影院，有车水马龙。城市是神话中的城堡。王小山是木兰的王子，王小山疼她。木兰从乡村来到城市，睡梦里都是笑的。

王小山后来才知道木兰妈妈的事情。她妈妈走的时候木兰八岁，最小的弟弟才两岁。

王小山问木兰，你恨你妈妈吗？

木兰说，我为什么要恨她呢？

王小山吃惊地说，她毕竟抛弃了你们吧？

木兰没说话，她想起了妈妈在乡下吃的许多苦，那时候虽然她还小，但已经懂事了。妈妈要种田，要煮饭，要养猪，还要挨打。她没有吃过一餐好饭，没有穿过一件像样的衣服。她除了想妈妈，从来没恨过她。

王小山说，我还没见过当妈的心这么狠！

木兰说，我妈心真狠吗？她不出来打工，我怎么能念到高中？木兰把她念到高中，作为很骄傲的一个历史事件，她每一次说到妈妈或别的重大事情的时候，都要说到她念过高中。木兰说，我妈不到城里做工，我也没机会到城里来；我不到城里来怎么认识你王小山？我为什么要恨我妈呢？

王小山说，你没想过你爸的感受和可怜，一个男人带着几个孩子过活。我想等上几年你妈会回去的。

木兰说，我妈说她只要能有口饭吃，在城里要饭他都不会回去了！

王小山说，说得轻巧，你妈老了谁养活她啊？

木兰说，她自己养活自己比谁都牢靠。乡下养着一大群儿女，过得连头猪都不如的女人不多的是！

木兰是高中毕业，她至少有吵嘴的文化。她在与王小山吵架的时候就变得比平时格外有力量。

木兰是在她爹的咒骂和巴掌下长大的。在爹的嘴巴里妈妈是个婊子，抛夫弃子，是个牲畜都不如的女人。木兰恨不起来她妈妈。妈妈蹚出了一条路，这让木兰看到了未来的希望，也让木兰有一个梦想，过上几年，她会让弟弟们也来城里。她常常想给弟弟打电话，告诉他们一些城市的新鲜事物，但是她怎么说都不能表现真实的状态。城市太大了，太妖娆繁复了，城市有太多她想都想不到的新奇，城市又给了她想象不到的自由。她不用再处处被爹爹骂着打着，不用日复一日穿着旧衣服，做着永远做不到头的屋里田地里的活计。木兰在城市里挣的钱很少，但她在乡下长到十几岁，花过的钱加在一起，还没有现在一个月多。木兰太爱这个叫作城市的地方了。

木兰刚睡在王小山旁边时常常做噩梦，她梦到她仍然在乡下，他爹把她关起来，逼他嫁给一个他不认识的丑男人。她一次次地被自己的哭泣弄醒，发现躺在王小山的身边，喜极而泣。若是在乡下，木兰能给自己找一个丈夫吗？这样赤裸着身体睡在一个男人身边，她爹会打断她的腿。王小山虽然没有太多的钱，不能给她买小姐妹那样昂贵的衣服，但是他健康英俊，他们身下有干爽的被子，他能带她吃麦当劳，去电影院，最重要的是他让她在城市有了家的安定。木兰喜欢城市，她紧紧地抓住手心里拥有的一点快乐，做梦都怕这快乐像烟雾一样消散。

城市是一个魔盒，给了木兰想都想不到的幸福。

木兰一厢情愿地认为，她和王小山相爱让许多小姐妹嫉恨。潇潇有钱，潇潇身边总是有新的男人。潇潇自己知道，这些男人的确不爱她，他们给她买许多漂亮衣服，他们也像换衣服一样把她毫不手软地换掉。潇潇因为懂得这些男人不爱她，她因而也不爱这些男人。他们的头发都掉没有了，他们的肚皮鼓得像气球一样，潇潇怎么会爱上他们，她只爱他们口袋里的钱。木兰的姐妹有结婚的，甚至有嫁给城里人的，但她们找的男人不是不够年轻，就是不够好看。他们都没有木兰的王小山英俊。王小山牵着木兰走在大街上，一对鲜活漂亮的生命，总是会有人羡慕地打量他们，这让木兰很骄傲。

木兰因此很听王小山的话，王小山说，木兰收拾东西跟我回乡下去。木兰想都没有想就说好。

木兰那些日子每天都在采买，木兰说，王小山，我们怎么有这么多东西要买啊？

王小山说，我们剩的钱不多了，你买完我们就什么都没了。

木兰说，我们可以再挣。

王小山说，你以为我们是在城里啊，回乡下去可没得挣了。

木兰发起愁来，她给儿子买了新衣服，买了玩具。给自己买了润肤露，买了袜子和内裤，她甚至连卫生巾都买了。王小山的家能吃饱饭，可是缺少的东西还是太多。木兰总在担心，他们会有许多需要的乡下买不到的东西。现在木兰清醒了，他们回到乡下，钱是没地方挣的，但也没有地方花。木兰想不明白，她来城市的时候两手空空，现在怎么多了这么多东西，以及对于东西的渴望和依赖。

六

姚水芹最关心的是她的房子问题，若是刘老板能借给她房子，她的心病就解决了。她现在每天做完活计都要回到徐地云那里去。她每天回去已经吃完饭，她常常带些老板家里吃不完的饭菜回来，有时也会在剩饭剩菜里面藏点好吃的，有时在包里塞上几个新做的包子。她把这些东西带给徐地云，够他一天吃的。

徐地云每天都等着姚水芹回来，等得内心焦躁。有时候回去晚了，他会对她发脾气，问她怎么回来得这么晚？姚水芹就赔着小心安抚他，手忙脚乱地给他热饭菜。徐地云不吃，他继续发他的脾气，说，你知道深圳是个什么地方吗，外地盲流巨多，治安又不好，你回来这么晚出了事咋办？

姚水芹笑笑，想，我口袋里从来不会超过一百块钱，已经是三个孩子的妈了，我没有钱，没有年轻的身子，能出什么事？但她的心中仍然感动，这个萍水相逢的男人是在关心着她。他不要她的钱，他是真心地关心她。除了他，姚水芹还真的不曾得到过这样的关心。她的父母把她嫁出去就不管了，她的丈夫只关心他的猪，从来没问过她吃了没有，只会问猪吃了没有。她每天做完田里的活，要给一家人煮饭，还要给猪煮饭。猪吃得晚了就会像杀它一样嚎叫。她的丈夫心疼猪，猪一叫，他就骂人。稍慢一点他就打人，他把一大块劈柴朝姚水芹甩过来，他说，你这个猪女人，你要死啊。你把我的猪饿瘦了，我过年就吃你的肉！

姚水芹闷的时间长了，就会唠唠叨叨把一些陈年旧事说出来，像是说给徐地云，又像是自言自语。她每次说完，都会看见徐地云的眼睛水汪汪的。姚水芹就安慰他，乡下的女人都这样，有什么可伤心的呢。

姚水芹每天做完工，洗干净躺在床上，身体恣肆放任，她觉得自己前所未有的幸福，对于她来说，穿好吃好，享受到自由就是最大的幸福了。她是个没有欲望的女人，乡下艰苦的岁月早把她的欲望磨灭了。她不是不喜欢她的老板，她知道他们之间的距离太遥远了，喜欢不喜欢都是没有用的。她从来也不想从老板那里得到什么，那个体面的男人看得起她，给她怜惜和抚慰已经足够了，她不认为刘老板欠她什么。

姚水芹称呼徐地云弟。她说，弟，年龄不小了，你为什么还不讨老婆啊？

徐地云说，穷，娶不起呗。徐地云的语气平淡，像是开玩笑。

姚水芹说，弟生得这样周正，怕是挑花了眼。

徐地云说，是真的穷，我出生几个月妈就病死了，我不知道她长什么样。我爹是个瞎子，爹带着我兄弟四个过，老大老二娶了，老三都还没娶。

姚水芹知道徐地云他们家的情况，兄弟四个攒钱先给老大娶亲，然后依次往下排，到徐地云这里还没着落。他们兄弟四个只有徐地云一个人读完高中，他心高想考大学，可是连续两次都没如愿，于是就追随哥哥们来到城里。

徐地云那天突然说，我要找老婆，也要找个姐这样的。

姚水芹骂他傻，姚水芹说，你这个傻瓜，俺都老了，男人该娶不娶真的会变傻。

徐地云得了姚水芹的骂，像是蛮高兴的一件事，脸都是红的。

姚水芹那一阵子天天念叨的都是老板的房子，可老板说了那次之后就再不提起，她有些失望，但是替人家想想，一定是有难处的。毕竟那是一套房子，不是一双鞋。姚水芹不好意思问刘老板，她把她的疑惑说给徐地云听，她说，我老板说了要借我房子住，为什么又老不落实呢？

徐地云突然之间脸色就变了，面色涨得通红，他说，你老板为什么要给你房子住？你做工他付你薪水，你说，他为什么还要借你房子住？

姚水芹觉得诧异，徐地云从来都不是管闲事的人，她老板借不借她房子关他什么事呢？但是姚水芹因为和老板有了那种关系，心里发虚，倒像是对不起徐地云。

姚水芹说，老板是个好心人。

徐地云说，城里哪有好心人？你一定要提防着，他借你房子还不知道安的什么心！

徐地云有天晚上很晚才回来，他去喝酒了。他回来的时候姚水芹已经睡熟了，他没有回自己的屋，直接爬到姚水芹的床上去了。

姚水芹白天累了一天，睡得很沉。她在梦里回到山里的老家里去了，她的丈夫变成了另外一个人，穿着体面的衣裳，脸洗得很干净。他没有打她，他没有像过去一样强暴她。他亲她嘴，摸她的奶子，他说，姐姐，我想你想了很久了。

姚水芹被一种新奇的温柔覆盖着，她的身体像花一样开放了，前所未有地幸福。但是她的膀胱被尿液胀得发慌，丈夫莽撞的挤压让她疼痛，她突然就推开他坐了起来。

姚水芹坐在黑暗中足有一分钟才弄清楚她身在何处，弄清楚了身边这个男人是谁。她用力把他推下床去，然后她就哭起来。姚水芹说，徐地云，这城里连你都不是好人吗？

徐地云喝得太多了，坐在地上起不来。徐地云说，你以为你是个好人吗？连你这个婊子都看不起乡下人！你老板为什么要给你房子住，你以为我看不透吗？徐地云骂完，又倒地睡着了，他躺在姚水芹的床下，呼噜打得山响，吹出的酒臭气能熏死一头肥猪。

姚水芹不哭了，她穿好衣服抱着床单在小客厅里坐了一夜，再不敢睡了。她刚才又哭又喊，却没有太多的眼泪。她奇怪自己心里并没有太多的忧伤，甚至愤怒大部分都是装出来的。徐地云骂的对不对？她这样算不算婊子呢？想到这才真正有点伤心，但是很轻微。她虽然进城不久，却分明不知不觉向另外一种生活妥协了。

刘老板对姚水芹很不错，虽然不能有直接的表达，但是时时事事都有一点刻意的小体贴，比如关照她多喝水，让她吃新鲜水果，没有客人的时候让她一起坐在餐桌上吃饭，为她夹菜。

刘老板说，你还年轻，要学会爱惜自己。有什么事情就告诉我，我一定帮你。

话到嘴边了，姚水芹想想，房子的事不能提。

刘老板总是在白天要她，他也只能在白天要她。这让她有种新奇的感觉，她身体不放纵，但是心中并不抵制，与她乡下的丈夫比起来，他让她觉得愉悦。姚水芹从刘老板那里开始知道了做爱、高潮、叫床这些词儿。知道了怎样打开自己，让身体慢慢感受。她是一个正常的女人，她还年轻，城市生活让她丰富，也让她孤独。她知道这是不光彩的事，她现在做了，却并不觉得十分羞耻。但是从徐地云喝醉骂她那次起，她就一直在想一个问题，她算不算一个婊子？

从那天起姚水芹都不再和徐地云说一句话，而徐地云却像什么事情都没有发生过，仿佛他根本不记得那一晚上的事情。

姚水芹每天都早早把小屋的门插上，她把自己的行李都收拾好了，一找到房子就走。

她去了孟金子那里，可是孟金子已经走了，连工作都辞了。

姚水芹的心在傍晚的辉光里忽然变得凄惶无助，她将身子倚在她和孟金子住过的房门上，哀哀地想，孟金子是找到给她买房的男人了吗？

孟金子是个算得上年轻的女人，她没有嫁过人，她有本钱。姚水芹什么都没有，永远都不会有人给她买房。

姚水芹再也不想看到徐地云，她现在觉得他很脏，他是一个乡下人，他的那些体面都是装出来的。徐地云平时爱哼哼两句豫剧，姚水芹很喜欢听，觉得他是有情趣的。现在听到他喉咙里发出任何声响，她都觉得很厌恶。她早上早早走，晚上在外面转悠很久才回去。可她暂时没有地方可去，她已经看了几处房，有三百的，四百的，是她每个月一大半的收入，她实在舍不得。

姚水芹一天天地腻烦着，却一天天地忍挨下去。她每天都对自己说，明天一定走，明天却仍然住下来。她每天夜里躺在床上都禁不住悲哀地想，穷人总是缺少志气的。

日子尴尬地过着，徐地云那天是喝多了酒，若是他能说上一句道歉的话，她也许会好受一点，徐地云却什么都不说。姚水芹就暗暗骂自己没囊器，你不是丈夫骂的猪女人啊，难道碰不到徐地云就得睡路上吗？明天一定得找地方，四百就四百吧！

这座城市四面都是海，白天再怎么热，太阳落了风就凉爽起来。姚水芹不喜欢徐地云，可她喜欢这里的夜晚，她在道边的市民公园一坐，一两个小时就过去了。她是自由的，不用操心地里的庄稼，不必伺候圈里的猪，远远地逃开了丈夫的打骂。她很穷，租不起一间属于她一个人的屋，但是她白天受人尊重地劳动，她吃得很好，她穿的是在乡村见都没有见过的漂亮洁净的衣服，她做一天活就能挣一天的钱。到了晚上，所有的时间都是她自己的了，她自己也是她自己的了。她一个人坐在路边的公园里听风，鸟儿夜间的呢喃显得很遥远，过往的行人与她通通都是不相干的。这个城市是孤单的，谁都倚靠不住，她却仍然愿意在这里待下去。有时在她的不远处，会有一对恋人在亲昵。他们这就是爱情吗？她没有经历过爱情，在这个城市的夜晚她陡然想到了这样一个词——爱情。姚水芹的心中突然泛起一股从未有过的辛酸。过上了好日子，她的心竟然娇嫩起来！

姚水芹准备和徐地云商量，在她没找到房子之前，房租两个人平摊，这样或许她会好受一点。姚水芹想好了还没有说，她那天下班却在自己的小床上意外地发现一个皮包，式样洋气的皮包让她的心狂跳起来。她在女人街里见到过这种包，要好几百元。她曾经想过，将来攒足了钱就给自己买一个，她一直用着在地摊上十元钱买的棉布手袋，不用看就是个做家政的大嫂。若是背了这包，或许就像个城里的女人了。

包肯定是徐地云买的。可是，天啊，他不道歉，却买这么昂贵的包给她？

姚水芹坐在床上想了很久，她决定把包还回去。姚水芹把包挂在徐地云的门把手上，她想好了，这不明不白的东西她不能要。可是包第二天又回到她的床上。第三天她再挂回去，仍然是又固执地回来。

这包是长了腿的。

姚水芹想，你徐地云哪怕说一句道歉的话，我就原谅你。她任那包放在桌子上放了两天，她非常恼怒，恨不得拿剪刀剪碎它。可到了第三天，心中反而发了横，我明天干脆就背上，只当是赔偿，要不当作是捡来的，决不给他徐地云一句原谅的话。

姚水芹把她的几样小东西真的就装进了包里，把包背在身上试试，一下子年轻了许多，她心中其实已经有一点原谅徐地云的意思了。

城市，钱，衣服，皮包……

姚水芹的心里热辣辣的，她有点感恩上天给她的这些小小的幸福。

姚水芹的小灵通就是那个时刻响起来的。小灵通是做家政的必备工具，作为进公司的条件，他们以此接受派遣。这是姚水芹进入城市后给自己购置的最贵重的家当。姚水芹现在有固定的老板，她的小灵通很少有响声。而且，除了工作，还从没有人给她打过。

姚水芹接了那电话足足愣了两分钟才开口说话，她只说了一个字，好！

姚水芹挂了电话立马像被蛇咬了一口，使劲地把小灵通甩了出去。电话是一个男人打来的，问姚水芹是不是徐地云的亲属，说徐地云在派出所，让她速带一千元去领人。

七

木兰在跟王小山回乡下之前，告诉王小山想去看妈妈。王小山觉得应该，他说要陪她去，他至今还没见过木兰的妈妈。木兰拒绝了，木兰说她想一个人和妈妈说说话。王小山给了她一百块钱，让她买点水果。木兰很惶惑地在街口等公交车，妈妈住的地方她只去过几趟，也不知道搬没搬家。她留的有她的小灵通号码，可一次都没打过。木兰在人前背后都护着这个她叫她妈妈的女人，其实她心中对她很陌生。

木兰发呆的时候，有一辆黑得锃亮的轿车突然在她前面停下来了。车上的人朝她这边连连招手。木兰觉得是自己碍了人家的路，赶紧往边上让了让。车子上的人却下来了，并且喊出了木兰的名字。木兰往周围看了，她的脸像个熟透的桃子一样涨得艳红起来，她想不出她在城里会有熟人，更想不出会有坐轿车的熟人。可那人是真的冲她木兰过来了，很熟悉地叫着她的名字。

我说早晨眼皮老跳，出门就看见这么漂亮的木兰。这是要坐车去哪啊？

木兰定睛去看那人，一下子就想起来是建筑队的头儿。木兰的记忆中那是个很肥胖的人，现在他好像瘦了许多，原本很丑的样子，现在看上去蛮帅的。木兰在城里时间久了，多少也知道一点门道。这城里人想瘦就瘦，想胖就胖，想让自己变个样子很快就能实现。

木兰羞红着脸说，我要去看一个亲戚。她脱口把看妈妈说成看亲戚，她不想让人知道她有个妈妈在这里做工。

头儿笑着说，你看亲戚害什么羞啊。走，坐我的车，送你过去。

木兰急忙挥动双手，语无伦次地说，我自己会坐车去的，我知道我妈妈家的路。

头儿笑得更和蔼了，他说，我这会碰巧没什么事，木兰小姐就给我一个面子让我送送你。今天是赶巧，木兰不想让我买你的空调了？

木兰的心中欢快地跳了起来，她做了这许久，始终都还没有卖出去一台空调，若是他能买一台该多好。她的眼睛霎时充满了期待，忘记她已经收拾好东西要回乡下去了。

头儿像是看透了她的心思，走过来用手亲切地揽了她的肩膀。木兰还没有反应过来，已经坐到人家的车子里去了。

接下来的事情木兰一直都是糊里糊涂的，那头儿怎么就给她买了一个大果篮，还有一堆东西，怕几百元都不止。后来车子把她送到了妈妈家旁边的路口，木兰下了车，竟然连谢谢都忘记了。头儿给了她一张名片，说有需要帮忙的就找他。车子一溜烟远去了。田东临，经理，工程师。他是个工程师，木兰拿名片的手被自己弄得汗津津的。

门是锁着的，木兰没有在家里找到妈妈，她本想回去了，或者回头再来。可是手中的东西让她犯愁，她不想让王小山知道这些事。她拨了妈妈的小灵通，等接通后，很不高兴地问她在什么地方。那边听到是木兰，倒是很激动的样子，她说你等我，很快就回。木兰等了大约一个小时，妈妈急匆匆地回来了，鼻尖上都是汗。见了面就埋怨木兰，你这孩子，来之前怎么不打个电话。知道你来我今天就不出去做事了。

妈妈开了门，先是给木兰倒水，接着把屋子里所有吃的东西都拿出来给她。把木兰拿来的东西也一样样打开让她拣着吃。她像一个停不下来的陀螺一样团团转，突然赶着要去超市买菜去，说要给木兰包饺子。

木兰阻拦了她，她说，我来时没有准备在这里吃饭，小山会着急的，我一定要回去。

木兰对妈妈说话的时候变得格外沉着，她不笑，镇静地看着这个女人。从木兰来深圳第一次找她就这样，好像她是妈妈，这个慌乱的女人才是女儿。她不愿意在这里吃饭，这里不是妈妈一个人的家，有一个男人和他生活在一起。若是她在他这里吃饭，就算是承认了他。这个问题她不愿意面对。

木兰坐了一会儿，娘儿俩也找不来什么合适的话题。妈妈说，木兰你看着是有什么事吧？木兰愣了一下，说，我可能要和王小山一起回乡下去了。木兰很奇怪自己为什么用了可能，行李不都收拾好了吗？

木兰把妈妈说愣住了，她说，回乡下木兰，你要回乡下？

木兰点点头。

妈妈说，回去多久？

木兰摇了摇头。她不知道。

妈妈叹口气说，你可要想好了，回去就不太容易出来了。

木兰说，我知道。木兰说这话的时候突然发现自己心中一点底都没有，她知道什么呢？她什么都不知道，回去以后会怎么样，能不能在王小山的家生活下去她根本都没想过。

木兰站起来坚决要走，说是怕王小山等她，又说有很多东西还没有收拾好。

妈妈也没有执意留她。她知道木兰已经是人家的人了。跟她生活在一起的王小山是谁，他长什么样，会不会欺负木兰。这些在嘴边的话她很想问问，但是又咽了回去。她觉得自己毕竟欠了孩子很多，对她的婚姻她似乎没有资格过问。

妈妈给了木兰五百块钱，这是个不大的数目，可是她坚持要给木兰，一定要木兰收下。这时木兰才感觉到妈妈这个字眼是如此具体，木兰从妈妈塞钱给她的手上感觉到温度，妈妈像是发热的机器。木兰知道，妈妈其实非常爱她的孩子。木兰觉得妈妈穿得也比在家好看多了，干净大方，很有尊严的样子。其实她心中非常喜欢妈妈，她和乡下那些女人不同，从来都有自己的主张。木兰长得像妈妈，但是她缺少妈妈身上的坚定。也许年龄大起来她也会像妈妈这样，她想。

木兰走出小街，已经差不多中午了。她没有饿意，而且她也不着急回王小山那里去。木兰的口袋里有妈妈给的五百块钱，加上王小山给的就有六百元了，她该去干点什么。城市的确是个好地方，城里有个妈妈就会更好一点。

木兰看到了田老板，她先看到田老板，然后才看到他停在不远处的车子。木兰本来该称呼他田老板。可是她什么都没有称呼，她笑了，露出一口整齐的牙齿。她说，你不是走了吗？

田东临也笑了，他笑起来一脸的诚实。他玩笑一样地对她说，我要是走了，木兰怎么办？

虽然是玩笑话，但田老板说话的神情就像是木兰久违的亲人。

田老板的随意让木兰有一种异样的温情，像刚才在妈妈家里一样，她心中是渴望着撒娇放纵的，但是却固执着不肯流露半点热情。现在倒觉得想对这个陌生的男人软弱一下，仿佛他是她救命的稻草，她的眼圈儿突然红了。

木兰那天是和田老板一起吃的午饭，龙虾、石斑鱼，还有木瓜燕窝什么的。木兰吃完了却不知道什么味儿，她第一次吃这样奇怪的食物，感觉并没有鸡腿和汉堡的味道好。田老板开了一瓶红酒，红酒倒在高脚杯里执在手上，木兰觉得很诡谲，像是电影里的感觉。田老板让木兰喝一点，木兰不肯。田老板说，不喝也好，这么小的孩子不应该喝酒。田老板又说，木兰你知道我喜欢你什么地方吗，你和那些乡下来的女孩子不一样，你不化妆，不穿奇怪的衣服，木兰你是个很干净的女孩子。

田老板说“喜欢”的时候，木兰的心跳了一下，声音大得她都能听到。

田老板说，木兰你几岁？

木兰老实地说，二十。

田老板说，你还是个孩子，我女儿和你一样大。她去国外念书都要带着妈妈，你这么小，却已经出来做事情了。

木兰的眼泪憋在眼眶里，她拼命往嘴里塞着食物，好像是饿了二十年了。田老板爱惜地取下了她手中的筷子，他说，快不要吃了，这样吃会生病的。不要伤心木兰，往后你要不嫌弃，我田东临就是你的亲人。木兰愈加伤心，她若是也有田老板这样一个父亲她会幸福疯的。她木兰是穷人家的孩子，穷人家的孩子是不能被温暖的。

木兰那天很晚才回家去，她带回了好几件新衣服。她把价签都撕了，告诉王小山是妈妈买给她的。木兰后来又去了好几次妈妈那里，每一次都带点小礼物回来，有一天她的手上还戴上了一枚小戒指，亮晶晶的。

王小山说，是钻石吗？

木兰说，是假的。

王小山原谅了木兰的妈妈，到底是一个母亲，到底是母女情深。

那一阵子，木兰总是懒懒的，对王小山的亲热也不再积极响应。有一天她干脆说她不舒服，不让王小山动她。王小山有点不高兴，丧气地转过身去睡了。木兰却又扳他过来，她让他要她。她那天突然变得很亢奋，竟然前所未有地喊叫起来，她央求王小山再用力，她发疯一样地搂抱他，她那么有力量，恨不能把王小山的骨头勒碎。王小山被她弄得筋疲力尽，木兰却依然不肯放过他。她干脆自己爬到他身上去，一遍一遍地给王小山说，我爱你，我要你。

王小山笑着骂道，都成魔女了，你在哪儿学的啊？

木兰关了灯，在黑暗里说，你不是让我学电影里嘛！

八

他派出所凭什么说姚水芹是徐地云的亲属？走在路上，姚水芹恨不得咬掉自己的舌头，我怎么这么蠢，我凭什么就答应了，我怎地就说好了呢？

姚水芹快气哭了，她恼怒无比。本来她想折转回去，但心里的善良止住了她。她不知道徐地云到底出了什么事，如果不是很麻烦，肯定不会将自己与他牵扯到一起。这个城市对于他们是太陌生了，他们在这里四面漆黑。这个明亮却是令人心生恐惧的夜晚，对他们来说依然漆黑。他没有什么亲人，他们几乎不认识什么人。

他出了事能找谁呢？若是她姚水芹出了事情，除了徐地云她又能找谁呢？

他们进入城市，在一个陌生的地方遭遇。虽然他们没有任何关系，姚水芹甚至恨这个人，可她这时却不能不管他。

姚水芹在床下的鞋盒子里取出一千元钱。这钱让她觉得心里非常忐忑，她独自尴尬了半天。这是刘老板给她的钱。用一个男人的钱去救另一个男人，他们俩谁知道了都不会把她姚水芹当人看。

姚水芹把徐地云从派出所领回来，恶心得一夜没有睡着。这个男人遇到的不是别的事情，他是嫖娼。嫖娼！

那个警察最多二十四五岁的样子，他的训斥让她羞愧难当。他说，你也不好好管管你男人，现在干这事的就是你们这些不三不四的民工，有几个臭钱不好好过日子，尽填坑了！告诉你，这是第一次，再发现就是五千！他用手在姚水芹的脸上用力地点了一下，五千，一分都不能少！

姚水芹在城市遭遇的第一次屈辱，是他徐地云带给她的。

快天亮的时候她才在惊悸中睡去，她想，明天是一定得走了，住桥洞都不能和这个人待在一起了。接下来的一整天，姚水芹都是神情恍惚着，她一边工作，一边想着她的一千块钱。若是晚上徐地云不主动还给她，她就开口向他要，必须马上要他还。

姚水芹的打算落空了，徐地云那天一夜都没有回。姚水芹心惊肉跳地等待着，早上看了他的家什都很整齐地摆放在那里。徐地云是一个很有条理很干净的乡下人。那些东西不止一千块钱，他还不至于为那一千块钱逃跑。

姚水芹等了三天，徐地云是在第四天的晚上被轿车送回来的，他的腿上还打着石膏。送他回来的男人和女人从车子上搬下来许多吃的喝的，还有把小屋撑得满满的鲜花。那个体面的城里女人拉着姚水芹的手说了一大堆感谢话。什么救人啦，善良啦，恩人啦，农民工风采啦。姚水芹被这满屋子东西和没头没尾的话弄得头晕目眩。她看着徐地云回来了，唯一的想法就是睡觉。她几天都没有睡好了，她现在就是想睡。她觉得她越来越看不透徐地云，徐地云这样的人让他困乏无力，怎么一夜之间就从嫖娼犯变成了人家的恩人？

姚水芹淡淡地说，我们只是同租一间屋。说完就砰地关上了屋门。

等她出来的时候，人已经都走了。徐地云的床头摆了一大沓一百元的钞票，姚水芹一辈子都没有见过那么多的钱。可她反而不好意思开口讨要她的一千元钱了。看着他那个样子，姚水芹没再提走的事，她开始照顾徐地云，帮他洗漱换衣服，给他做饭。

第二天起来，她才知道徐地云现在成了救人的英雄，满城的人都在谈论农民工跳水救小女孩的事，每天都有人来小屋看望他，说一大堆赞扬的话。那时候姚水芹还是躲进自己的屋子里，她什么都不想听，什么都不想看到。她只是觉得，徐地云不管是不是英雄，他的腿摔断了，他不能动弹，他需要照顾。她也觉得一切都摆平了，她欠他的终于有了回报。她有的是力气，她可以照顾一个摔断腿的人，她这是用劳动来换栖身的地方，心安理得。那只被扔在床下并被踩了几脚的皮包又被捡起来，她擦干净了上面的尘土。

姚水芹下了工就尽心尽力地照顾她的雇主，现在她认为徐地云是他的第二个雇主。做饭、洗衣服、洗头洗脸洗脚，她不觉得他是一个男人了，他成为她的服务对象。

有一天，姚水芹刚刚睡去，听见徐地云在她的门口哭了，一个大男人，哭起来像一头笨牛。他一直反反复复地说，姐你打我吧，我不是个人。我那天酒醒后恨不能砍断自己的手。姐我不是个人，我还在门缝里偷看过你洗澡，我没有见过女人的身子，我那些日子是疯了。可是你住进来的日子是我从没有过的快乐的日子，我活这么大年纪都没有和女人一起生活过。姐是个正经女人，我却对姐做下这样下流的事。我不算个人，姐骂得没有错，我就是个畜生啊……

姚水芹再也不让刘老板碰她了，她千方百计躲避着他。有一天刘老板又从后面抱她的时候，她把他推开了。她说，刘老板，过去的就过去了，往后我得干干净净地做人做事儿。

刘老板很诧异，问，你说的什么啊？

姚水芹打断他，我说的是你要尊重我。你不答应我就辞工。

刘老板说，姚姐，你是为房子的事吧？

姚水芹说，曾经是的，现在不是了。

刘老板叹了一口气，说，你是个好女人。刘老板尽管喜欢她，但是这个外表软弱、内心强硬的女人让他不敢轻举妄动。刘老板说，我一个月再给你加一百元薪水，没有其他意思。

姚水芹想都没想，说，可以。

徐地云的小屋白天是空荡的，他们都出去做活了，现在晚上也是空荡的，姚水芹总是到很晚才回来。徐地云等她，不管多晚都在路口等，见了面却又都不说话，姚水芹仍然不肯和他多说。徐地云这样等了一阵子不等了，他去喝酒了。徐地云每天带回满屋子的酒气，他喝酒和不喝酒绝对不像一个人。喝完酒就是个流氓，赤裸着膀子去冲凉，撒尿的时候门都不关，说起话来脏字不离口。姚水芹不怕这个，她冷冷地看着他，任他胡作非为，既不招他惹他，又不声不响地干自己的事情，像没看见这个人一样。

有一天晚上，姚水芹已经睡下了。徐地云又喝醉了回来，在洗手间吐了半天就没动静了。姚水芹怕他出问题，爬起来看看，发现他趴在马桶上睡着了。那一刻，姚水芹的心剧烈地疼起来，她想起了他的好，同时也为他担忧，其实她这些天心一直都在揪着。他这样喝酒胡闹，挣的钱糟蹋完都不够。他的身体会垮掉，他的工作也会丢掉。再这样下去，他真的会堕落成坏人。

姚水芹明白，她其实完全没有必要替这样一个不相干的人担心，但是她管不了自己。曾经，徐地云是一个多么干净整齐的男人，大家都尊重他。他那样耐心地指导姚水芹做活，他借房子给她住，为她一个单身在外的女人担心，怕她晚上下班太晚遭遇危险……他对她好，她长这么大都没有人对她这么好过。他是因为她姚水芹才变成这样吗？我姚水芹怎么可以不负责任地一走了之？

姚水芹因为长期受着这样的煎熬，几乎从来没有睡好过。那天中午做完了活，就在刘老板家的客厅里犯了一会迷糊。老板和老板娘都出去应酬了，一般情况下他们不会回来。她觉得热，就把衣服的扣子全部打开，只穿个小背心和裙子躺在沙发上。刘老板是什么时候回来的她根本不知道。他抱住了她。姚水芹抵挡了一会，就任他去了，那时她心里一片空白。

老板娘就是这时进了屋子，她打开门，丝毫没有犹豫，抓起一个花瓶就砸过来。花瓶把姚水芹的头上砸出一个大血包，落地之后粉碎了。

恶骂声骤然而至，像暴风骤雨。

看姚水芹没有告饶，老板娘又抓起一个水晶烟缸。幸亏她的胳膊及时被老板抱住，厚实的玻璃烟缸在姚水芹的脚下落地，竟然没有碎，若是砸在头上，后果可想而知。

刘老板说，姚姐你快跑啊！

姚水芹说，我不跑，我为什么要跑？

老板娘气不打一处来，挣扎着再次去找东西，又被老板抱住。

刘老板说，你快跑啊，你要干吗啊你？

姚水芹说，把工钱给我结了，你们还欠我工钱。

老板和老板娘看着这个不卑不亢的女人一下子呆住了。老板娘知道碰上了不好惹的茬儿，再闹下去也不会有什么好结果，就骂骂咧咧地上楼了。刘老板拿出一沓钱放在桌子上，不知所措地看着姚水芹。

姚水芹说，我只要属于自己的。她拿起钱数了九百，把剩下的又扔在桌子上。

姚水芹没有自己出去租房子，她打消了出去的念头。她是自己爬到徐地云的床上去的。徐地云仍然沉醉不醒。姚水芹把徐地云的头搂在怀里，她亲吻他，泪水鼻涕都流在他的脸上。她从来都不曾那样亲过一个人，哪怕是自己的孩子。她一个劲地跟他说话，知道他并没有在听。她说，我们在一起过吧，我们命该在一起过。

姚水芹打电话给乡下的丈夫，她明确无误地告诉他要离婚。

丈夫说，你是不是给狗日的睡了？

姚水芹说，我过去是跟狗日的睡，现在是跟人睡。

丈夫说，日你祖宗八代，看我拿刀劈了你！

姚水芹说，劈了只要给我留张嘴，就要说跟你离婚！

从那之后，姚水芹就不再寄钱回去了。她让人捎话说，如果离婚，她保证每个月寄四百元。后来听她的女儿木兰说，丈夫还到深圳找过她。深圳这么大，他连方向都找不到，哪里找得到老婆。后来在木兰的劝说下，姚水芹的丈夫最终同意离婚了，他需要那四百元钱。

现在，姚水芹和徐地云生活得像一对体面人。他们白天做工，晚上牵着手出去散步。有休息日他们就去爬山，姚水芹走不动了，徐地云就搀扶着她，他有的是力气，他疼爱这个叫姚水芹的女人。他们像两条流浪的鱼，在这个城市里遭遇。他们生活得很幸福，尤其是姚水芹，她觉得到了城市之后，才知道什么是幸福。

九

木兰几乎是在王小山眨眼的工夫就消失不见了，过了许久许久王小山都还糊糊涂涂。警察一遍一遍地询问王小山，说说你们的基本情况。你强迫她了吗？

王小山说，没有，她答应和我回乡下。王小山说，她主动要求跟我在一起，也从来没有表现过她不想跟我在一起。王小山说，她跟我生了儿子，她从来没跟别的男人有过交往。王小山还说，我和木兰很相爱。

警察说，嘿，你走吧！她肯定不会跑。这爱情挺瓷实的嘛！

一直到过年，木兰也没有回来。王小山把脑袋都想疼了，仍然想不明白，这么听话的木兰，怎么突然之间就没有了呢？木兰走了许久，王小山才想起看看她为回乡下买的那堆东西。他在里面翻出一张字条：我走了，你别找我，找也找不到。我爱你，我也可能一辈子都会想你，但我不能和你在一起了。毛头你们带着吧，他长大了若是读书不灵光，他想出来打工就让他出来，千万不要拦着他。

你别恨我，我的人生才刚刚开始，我不能和你再回乡下过一辈子。

春节前后，王小山的妈妈一直打电话让儿子回去，木兰没了也得回来嘛，你还有儿子，总得回来过日子吧。王小山被妈妈说烦了，对着电话大发雷霆，都是你们多事儿，要不是非逼着我们回乡下，木兰会没有了吗？

妈妈说，你到底是肚子里真没娘啊！

王小山到底没有回乡下去，他不在工厂做了，他靠收破烂为生，这样他就可以边干活边走遍整个城市。他用他和木兰攒下的钱买了一辆大三轮，在郊区租了一个农民的小院，慢慢把生意做得逐渐大起来。王小山给他的小院挂上了牌子，再生资源回收公司。他打印了许多小广告，每一张广告里，都夹带着寻人启事。他在广告中承诺，若是有人帮助他找到木兰，他就把自己的公司奖励给他。

王小山的妈妈仍然不断地给儿子打电话，她说，政策好了，也不收钱了，每年还给种粮补贴。你爹做不动了，毛头也大了，地也荒了，回来啊儿！

王小山哽咽了一下，说，妈，没有木兰我能回去吗？

寻找木兰成为王小山留在城里的理由。

马兰花的等待

常成

常成那些天放了学就往长江河里跑。

其实，长江河是个可怜得没法形容的小河，它夹在长江和淮河之间，扭扭捏捏地穿行在大别山北部丘陵地带。它的水只有小腿肚子深，河床却宽阔得没来由。常成喜欢看裸露在水面上光滑圆润的石头，看得长久了他就觉得一漫滩的水泊里站的坐的躺的都是脱光了衣服的女人。常成一个一个地寻找，藏在电脑壳子里面的那些女人们终于都被他湿淋淋地打捞出来。胖的，瘦的，耀眼的，妖艳的，鬼怪精灵的……他甚至找到了陈丹。陈丹是圆白的，陈丹并不似她们那样脱到无耻，她的身旁长着几棵翠绿的水草。水草婀娜地环绕着她，像她惯常穿戴的那些娇俏的小衣裳儿。

她们都对常成笑，鬼魅如花，速成速朽，阴柔而又诡谲。陈丹也笑，陈丹的笑却距他近了许多，陈丹的笑容像关在暖房里的花朵。虽然他只能隔着玻璃看，毕竟是现世的，活生生的。

常成始终没有找到自己的妈妈，石头是凉的，妈妈是温热的，哪一块石头都和妈妈不一样！

找不到妈妈的常成觉得腔子里有一团火在剧烈地燃烧，穿越喉咙的热气烧得他满嘴都是泡。他的手心烫得能煮熟鸡蛋，双足必须长时间浸泡在寒彻骨的河水里，脚被泡得像石头一样冰凉坚硬时，他才开始急促地行走。

水是自西向东流的，常成的行走却是无序的。他有时顺着水走，更多的时候是逆着水走。有时是从河的南岸走向河的北岸。他那样横着走的时候，脚步撩起的水花迅速地把水面切出一条横线。有一回他粗暴起来，水流的秩序便大乱了，像是一群惊慌失措的羊群。

脚已经比坚硬的石头更坚硬，硌人的碎石已经让他感觉不到疼痛。有一次，一块异常锋利的石头棱角划破他的脚，殷红的血丝一缕一缕地向东飘散。他冷静地察看着，突然伏下头去追逐着那片殷红狂饮一阵。他不知道从哪里得到这样一种认知，喝自己的血在心中盟誓，便可以实现一个心愿。

常成的心里是有一个心愿的！

马兰花

马兰花是深圳天王大厦的保洁员。马兰花常常一边很认真地做事，一边眯起眼睛掐一掐时间，从2000年的3月到2006年的3月，她在这里已经做了整整六年。马兰花面无表情地做她该做的事情，面无表情地和认识不认识的人点头说话，面无表情地吃饭，面无表情地捍卫着自己，不迟到不早退也绝不加班加点。马兰花的内心是满意的，从细微的神态到每一种感觉，她都觉得自己已经从一个乡下人做成城里人了。马兰花甚至知道，那些皮毛的东西都是不重要的，重要的是她的内心，她的内心里有了一种沉着，有了一份尊严。她知道，她正是凭了这两样东西赢得了天王大厦的认可，马兰花已经连续五年被评为优秀员工。

马兰花有时会偷偷打量自己，贴在员工光荣榜上的照片让她熟悉而又陌生。眸子里的自信有些飘忽却又是坚定无比的，神情淡然却又蕴含着不屈的向往。六年前的她不是这样的，她那时的神情呆板而固执，敏感而仓皇，一点小小的闪失都让她觉得受到莫大的委屈，陌生客人不经意的一瞥都会让她自惭形秽。她实在想不明白问题出在哪里。有时候，她也想用直视的目光告诉人家她的存在，可当别人对视她的时候，她立马会败得一塌糊涂。那时她才得出结论，是她的目光缺少钢火，还得锤炼。

马兰花来天王大厦之前差不多换了十来份工作，她明确地告诉用人方她不加班，不做夜间工。她为此放弃了好几个条件比天王大厦薪水高得多的工作。介绍给她工作的人怎么都闹不明白，不是为了挣钱吗，这个叫马兰花的女人对这点为何如此坚定？

马兰花那时的心里是蓄了满满的眼泪的，她的心里会跳出一个丰润美白的女人的脸，那张瞬间闪现的脸并不比她漂亮，却比她沉稳一百倍，自信得没有道理。

天王大厦每个月付给马兰花只有八百元。马兰花也许在乎钱，可马兰花看上天王大厦的不是钱，她看上的是天王大厦的霸气，天王大厦的派头和尊贵。更重要的，是天王大厦给了她一个体面的容身这个城市的理由。

马兰花热爱天王大厦，她第一次进来就觉得自己寻找了这么久，就是找天王大厦的。

马兰花对自己每个月八百块钱的分配铁定的，雷打不动。三百元寄给乡下的儿子，一百元用于女人日常的小零碎，一百元存起来作为备用。剩下三百元才是最重要的，她要用这三百元为自己添置各种她认为是她日后生活必备的东西，这三百元也可以说是她出来做工的全部目的。天王大厦免费提供员工一日三餐，马兰花不必考虑吃饭的问题。

马兰花用第一个月的工资给自己买了一件上衣，第二个月给自己买了一条裤子，第三个月四个月五个月伙起来给自己买了一套深圳女人流行的套裙，第六个月七个月八个月九个月给自己买了一条精致的白金项链，第十个月十一个月十二个月给自己买了一套欧珀莱的化妆品。

马兰花像一个病态的储存宝藏的人，所有买来的东西都被她深埋在包里面。在准备行装的过程中她的意志是坚强的，她甚至不忍心自己翻出来看一看。

马兰花历经两年，终于备足了她所需要的东西。她请了积攒下来的十五天的假期，直接买了去阳城的火车票。

与其说去阳城是见自己的丈夫，倒不如说是为了见那个和丈夫密切关联的女人。两年前马兰花见过那个女人一面，那时她的出现让丈夫惊慌失措，他像老鸡护小雏一样护着她，他怕马兰花会随时从口袋里掏出一把刀伤到她。是的，瞧他把她养得那么好，脸蛋儿就像刚剥了壳的鸡蛋，手像水葱一样。不要说是一把刀，单凭马兰花粗糙的手都能把她抓得稀烂。马兰花一直疑惑的就是自己当初为什么没有冲过去，不是她的刚强，更不是她的克制，而是丈夫的神情把她彻底击垮了。只有她自己知道，那种溃败的悲哀劈头盖脸地从头顶浇灌到脚底。丈夫是个言语不多的大男人，行事素有主张，不惊不惧。他不想干的事情，用刀逼着都没用；他想干的事情，前面都是刀子也阻止不了他。她从头到尾没有见过他这样的怕，他怕的当然不是他自己，他怕的是被他称作老婆的马兰花会伤害的他心爱的女人。还有比这更痛的痛吗？马兰花和丈夫生活了这么多年，天上下刀子他都没有想过她会不会怕！

马兰花不甘心，马兰花见他们的目的是要找回自己的丈夫。马兰花去的时候她婆婆说，你别怕，你有他的儿子，你守着老祖屋，那样的贱女人只会让男人尝个时鲜，很快就腻了！

那女人却从容得让马兰花不自在起来，女人说话的语气很温和，温和得都有些近乎无耻了。女人说，他是你法律上的丈夫，他也是我事实上的丈夫。我们的丈夫要谁不要谁，我们两个谁说了都不算，只有他自己说了才算。

女人又慢悠悠地说，他要是说愿意和你过，我一句话都不会多说，立马走人。我什么都不要他的，我就要他一句话！

这话是一把软刀子，把“立马走人”埋在听天由命里，会是一种怎样的霸道啊！因为到最后，立马走人的不是她，是马兰花。而且，马兰花相信她说的是真心话，女人的表情是温和柔软的，她的目光却是透着满满的笃定，这样的女人也许是爱男人的，但这样的女人是有男人也活没有男人也照样活的。因为在战场上的有利位置，她和马兰花的这场战争里，她能够意志坚定进退自如。

这更让愤怒伤心的马兰花羞愧难当。两年过去了，马兰花生活在丈夫回心转意的神话里，马兰花更是生活在她和那个女人唯一的一次见面的细节里。细节让马兰花痛心，细节也让马兰花在无数个辗转反侧的长夜里，暗暗地、疯狂地生长。

马兰花从深圳回来了，马兰花和在家时的马兰花已经不一样了。马兰花在上火车之前就已经想好了，一定要约丈夫到茶馆见面，这是她和家乡女人的不同。而且，见他一面不仅仅是为了哭一场诉诉冤屈，马兰花坚决要求丈夫必须带着那个女人，这是她和家乡女人的第二个不同了。

两年了，马兰花的脸已经养出了天王大厦的精细和阔绰。马兰花做工的时候从来都戴着橡胶手套，她的手也变得秀气起来。马兰花为了抚平皱纹每天都强迫自己早睡早起，抹上厚厚的护肤品。她看上去确实年轻了许多，时间和金钱的熔炉，加上仇恨的怒火，已经重新锻造了马兰花。

马兰花没有眼泪，马兰花几乎用了她全部的家当披挂上阵。马兰花出场的时候是真正的一脸盛艳，嘴唇涂得饱满无比。马兰花那时已经学会了化妆，她买那套欧珀莱化妆品的时候看破了整整四本化妆指南。

马兰花所期待的效果，很快反映在她丈夫的脸上。他从害怕转成了惊愕，一个大大的问号贴在他的脸上，那个问号前面的句子是，你在那边做了什么？

马兰花当然能看出来他的疑惑，这些年里她阅人无数。她镇定地说，我还不会像有些人那样下贱。第一不会给人做小老婆，第二不会卖身，我靠我自己的双手吃饭。

那是马兰花那天说得最精彩的一句话。就为了这句话马兰花准备了多少年啊。这句话的玄机是，她把给人做小老婆放在卖身的前面，这刀刃是多么的锋利啊。马兰花说完就去看那个让她日夜揣摩的女人。可是，让马兰花意料不到的是，马兰花只看了她一眼，就突然间觉得辛酸无比了。这好比争夺一块高地，几年来她处心积虑，埋头冲锋。终于冲到了高处，她才发现这是一块无人值守的阵地。物静人寂，一切都没有因为她的到来而改变。女人穿着白色的棉布孕妇衫，小碎花的灯笼裤，米色的平底儿鞋。女人的肚子微微凸起，那份骄傲膨胀得不动声色，她的双眸明净如水，脸上不带一丝脂粉。她的一脸纯净却是惊心动魄地晃动在马兰花眼前。母亲的盛装可以把全世界的描眉画眼通通踩在脚下。马兰花想，这样的女人，她还需要证明什么给别人看呢？

顷刻之间，马兰花的大脑空白得像一条新领到的抹布。

其实那天马兰花很精彩，马兰花本来就生得不错，马兰花的不错加上她那天的精彩在阳城已经能足以引人关注了，马兰花甚至长时间地吸引了丈夫的眼球。可马兰花突然间丧失了全部斗志，她恨不得甩去身上所有的衣饰，洗净脸上的污浊。她悉心培植了几年的心情，在片刻间被雨打风吹去。

马兰花要了一杯龙井。她翻了半天茶谱，那是绿茶里最贵的一种，一杯一百五十元。她根本不懂茶，却不管不顾地大口吞咽。茶味道太厚，一会儿的工夫马兰花就把自己灌得头晕眼黑大汗淋漓了。那女人只要了一杯柠檬水，象征性地抿上一小口。她不说话，只静静地看着。仿佛马兰花和她的丈夫在唱一出大戏，而她根本不是戏里的人物，她只是看戏的那一个。

马兰花被一杯茶弄晕了。她不知道他们是怎么分别的，谁送了谁或者谁也没送谁。或者自己笑了或者自己拍了桌子。是的，她该拍桌子，她理直气壮凭什么不拍？一场预谋已久的见面就这样结束了，她于心不甘。她觉得还不能算输，她也曾经是一个母亲，她还有儿子，对于丈夫这是一件利器。那个女人就一定能给他再生个儿子吗？即使是儿子，他也不是长子长孙！

常村

半山羊的人都知道常村是发了大财的。连常村自己都不敢想他一下子有了这么多钱，他的水厂至少值一百万吧。

常村有经营的天分，懂得做人。他刚出去做工的时候吃了许多苦，他开始当搬运工，后来给人送水，再后来批发水，再后来攒了钱就自己办了个水厂。常村那一路走下来的辛苦，可不似说起来这样顺溜。让他再走一次，他恐怕也没有重走的勇气了。

常村是在漂亮宝贝理发店里认识陈丹的。陈丹不是漂亮宝贝的人，她是漂亮宝贝女老板的女儿。陈丹师范毕业不愿意去郊区当教师，就一直在家里耗着。陈丹爱笑，什么时候看到陈丹总是看到她的笑脸。让人觉得她的笑一天到晚都停不下来。

常村和陈丹第一次见面正赶上陈丹的妈妈骂陈丹。妈妈骂着，女儿一边笑一边在摆弄自己的头发。妈妈说，混到什么时候才是个头啊？再耗下去嫁不出去让我给你养老啊！

陈丹的笑灿烂在镜子里，她做头发的时候，两只胖胳膊白玉虫子一样的上下蠕动。她时不时慢慢悠悠地和妈妈对一句嘴。她说话的时候，两只玉虫子就停顿下来，好像在倾听，又好像在给陈丹助威似的。常村就觉得好笑，这样的陈丹，要真是嫁不出去，用刀子逼着她妈她也不会这样在大庭广众之下骂她。很显然，她这样的骂，有太多炫耀的成分。

客人多的时候，妈妈就让陈丹帮忙给常村洗头。常村不挑剔，洗好洗歹他都照样笑嘻嘻地付钱，不像别的客人那样难伺候。陈妈妈就觉得常村厚道。陈丹不怎么懂得洗头，所以就洗得格外仔细；洗得越仔细，那被洗的人就越难受。可这个客人是常村，因而那难受就另当别论了。当陈丹胖鼓鼓的两只玉虫子擒住常村的头，还没开始动作，已经让常村受用得闭上眼睛了。更重要的还是陈丹的快活，嘴巴一刻不停地问东问西，陈丹最爱听常村讲他小时候的故事。

常村说他的家乡到处是树，每到山洪暴发的时候，水的威力就显灵了，合抱粗的树能拦腰被截断；他们家乡到处是池塘，小孩子跑得快了会刹不住车，一头就冲进水里去了。

陈丹歪着脑袋想半天，实在想象不出小孩子跑起来怎么个刹车法，便忍不住笑了又笑。她妈妈就骂她，笑笑笑，死丫头，我看你也刹不住车了！全店的人都笑起来，不是笑常村，这回是笑陈丹。

常村说，他四岁就死了父亲，母亲一个人带着他靠种田过活。小时候家里穷啊，他十五岁以前没有用洗头膏洗过头发。白天在水里泡一天，晚上脏兮兮地就睡了，长好多虱子，痒起来头皮都恨不得抓破。娘就买“666”粉撒他头上。虱子不咬了，药粉却把人烧得整天昏昏沉沉的。

陈丹没见过“666”粉，也没见过虱子，赶着让常村解释。她妈说，快别说了，你说得我浑身痒痒！又叹口气说，没娘的孩子被虱子咬，没爹的孩子就是到处咬人的虱子了。常老板你出息到今天可真不容易！

陈丹想象不出那是一种什么样的生活，她没过过穷日子，更没尝过被虱子咬得痒痒难禁的滋味。陈丹想起来好像张爱玲说过，生命是一袭华美的袍，上面爬满了虱子。就觉得浑身爬满虱子的生活，除了闹心，也不会太那个。但陈丹还是笑了，陈丹说，我洗你的头，等于在洗一座虱子养殖场，你得请我吃饭才是嘛！

常村忙不迭地回她，我请，我请！

陈丹喜欢听常村讲话。常村讲话声音不高，但中气很足，像一只低音炮。而且常村说话非常冷幽默，不紧不慢的话语里，不时抖一个小包袱，让陈丹禁不住放声大笑。常村说有一次他放学回来，走到家门口，看见叔叔领着村里的女支书在他家门口等他。见了面问他，常村，爷们儿(也门)共和国在哪里，是不是全国人民都是男爷们儿啊？常村说，不是都是男爷们儿，也有女的，但是国家主席和支部书记必须是爷们儿。陈丹正在给他洗头，笑得把一瓶洗发水脱手扔了出去。有一段时间若是常村没去理发，陈丹就会跑到常村的水厂里去。那个时候，常村就会丢下所有的工作，陪陈丹海阔天空地聊上半天。谁家的牛在山上走失了，一年以后带了小牛犊回来了。谁家的漂亮小伙子因为家里穷，娶了个磨盘一样矮胖的老婆，生的孩子个个都像侏儒。常村还说到自己的老婆，在乡下，带着他们的儿子。

陈丹偶尔也说一说自己，她不想去教书，她小时候的理想是当女外交官，周游世界，无所不能。陈丹一边说一边突然咯咯笑起来，她说，长大了，想嫁人了，想要嫁一个有钱有能耐的丈夫，让他无所不能，要天都能买半个。

常村听了，就拿眼睛定定地看着她，半天都不说话。陈丹说，干吗这么看我啊？要嫁也不会嫁给你这样的！不等常村反应过来，又眉开眼笑地说，常村，你小时候的理想肯定不是做一个水厂的老板吧？

常村憨憨地笑。常村说，其实我读中学的时候是想当一个作家，坐在家里写书，不出门就能养活自己和母亲。常村说了这句话，脸突然羞得像一块大红布，好像对人家说出来当作家这个理想，是个天大的见不得人的事。

陈丹又笑了，陈丹说，你要当作家多好啊。你要是当了作家，我可什么都不管，哭着闹着也要嫁给你。

常村仍然是憨憨地笑，陈丹却不笑了。陈丹用异样的眼光看着常村，我从小就崇拜当作家的人呢，有一次在一本杂志上看见苏童的照片，觉得这样的人才是真正的白马王子。你要是个作家那有多好啊。陈丹那样说的时候，瞳孔突然大了一下，是欣喜，更是遗憾。

这个世界还会有谁这样认真接受他的梦想呢？也许这只是陈丹非常不经意的一句话，然而却说得常村的鼻子一股脑地发酸。他觉得，自己和这个女人很亲，像自己的亲人一样的亲，好像很多年以前就认识了。但是他却什么都说不出来，只是任一波高过一波的情感在心中滚滚翻涌。

陈丹最初只是觉得好玩，她不知道好玩是女人最大的陷阱，更不知道从什么时候开始喜欢起了这个高高大大，阔鼻子亮眼睛的男人。这个强壮的男人的内心是孤独的，他呵护陈丹，其实他缺失温情的内心更需要被人呵护。她越来越愿意和这个大智若愚的男人在一起。他身上带着朴实笨拙的野性的气息，有一点本真，又有一点孩子气。这致命的两点，足以让有点儿小浪漫的陈丹沉迷其中不能自拔。尤其是他讲的那些苦难的童年经历，总是把她的心泡得软软的，像盈满了泪水。

那些日子，常村像打摆子一样，一会浑身冷，一会又满身燥热。他吃不下睡不着，一天到晚把自己关在房子里发呆，任何事情都做不下去，见了人也像丢了魂一样。他仍然常常去理发店，见了陈丹笑也不是，不笑也不是，总是挤出一脸的尴尬，然后就木木地坐着。小姐们都取笑他，说他从一个老板，变成了一块木板。可陈丹摸到他的时候，感到他浑身都在颤抖。

常村爱上了一个人，他活到三十岁才体会了爱情。

常村和他的妻子，是一个普通山村的一桩普通的婚姻。常村说，妻子肯嫁给他，是他们常家的福气。妻子是个好女人，不管多穷都有洗得干干净净的衣服。不管多难，永远都有积极向上的生活态度。常村压根就没有想过爱情这档子事，常村想他的没出过县城的乡下老婆，日日为了生计而活着，更是不会懂得爱情为何物。他们只是在一起过生活，一起劳动，一起吃饭，一起睡觉，一起养育老人和孩子。在一起他不讨厌那个女人，离开了也没有什么好挂牵的。

常村说，要是跟自己的老婆说爱情，怕是会闹出笑话的。我们这样的人，哪配得起说爱情啊！

常村说，妻子是个好人。那时候家里穷啊，当那个女人答应媒人她愿意嫁给我，我娘差一点没有给人家下跪。

常村说，她生得那么好，我真没有想到她肯嫁给我。家里什么都没有，房子下雨漏水，天气好的夜晚，躺在床上都能看见天上的星星。相亲那天，热水瓶都是借的。

陈丹安静地等着常村说完，她摸着他的头，深深地叹了一口气，接着，又叹一口气。她眼睛里汪着泪花儿说，常村，你受苦的时候，为什么没有我在啊？

常村把自己的两只手举过头顶，按住了陈丹的手，胸腔的共鸣震颤着陈丹的手。陈丹能听到那声音，像被遗弃多年的矿井里，发出的混浊回声。

陈丹叹出的这两口蕴了满当当的温情的气息，完成了一场爱情，造就了一个新的常村，也因此促成了一个安在城里的崭崭新的家。可也正是这两口气，从此淹没了一个乡下女人埋在心底的希冀。

水厂老板有妇之夫常村和理发店女老板的女儿好上了，这确实让女老板始料不及。女老板算是个有本事的女人，她教了一辈子书，退了休不忍心在家里闲着，弄这么一个店，不料想生出这么一段是非来，气得恨不得打自己的脸。在外面丢不起面子，人前装出若无其事的样子来，晚上回去关上门就要死要活地跟女儿闹。女儿像是铁了心，说破了天都不肯回头。

妈妈说，你要是跟了他我就死给你看！

妈妈说，你要跟了他我真会死给你看！

陈丹说，别闹了妈。再闹下去，死的是我不是你！

自己生自己养的，哪能不知道孩子的脾气。小事上温顺乖巧，一旦到了事头上，主意却正得很，想改变她简直比登天还难。没几个回合下来，便由她去了。

真正有问题的倒是铁汉柔肠的常村。常村回到半山羊和妻子谈离婚，话还没说完，妻子已经泪流满面。妻子哭了三天，妻子那时才二十几岁，却在三天里把一张年轻的脸哭成了一块旧抹布。妻子如果跟常村拼命，常村也许会有办法解决这个问题。但妻子什么都不说，只是一个劲儿地哭，哭。这让本来就愧疚无比的常村，觉得问题远远不是想得那么简单。

常成

常成六岁那年，第一次在父亲常村家里看到男女欢爱的场景。那件事深埋在他的记忆深处，像一堆尖利的石子儿，时不时地硌着他，让他怎么都忘不掉。

那时常成还不知道家里发生了什么事。妈妈一天到晚流眼泪。奶奶只要看到妈妈哭，就站在院子里狐狸精长狐狸精短地咒骂个不停。后来常成糊里糊涂被送到爸爸的家里。常成走的时候一向不哭的奶奶也流泪了，奶奶说，小乖乖，奶奶舍不得你，可是你爸爸被狐狸精蒙了心，要靠你找回你爸爸了。奶奶说，我的乖你可是个大男人啊，那个狐狸精要是碰你一根指头，你就哭喊，你可千万不能让她欺负你！

常成走一路哭一路。常成不懂得，狐狸精那么厉害，连奶奶和妈妈都拿她没办法，为什么一定要把他送到狐狸精那里去。常成是因为害怕而哭。

狐狸精是个比妈妈还要年轻的女人，狐狸精跟常成说她叫陈丹。陈丹比妈妈爱笑，她喊常成名字的时候，常成目不转睛地看她的脸。他看到她的眉毛眼睛是向下弯的，嘴角是向上弯的。幼小的常成在心里暗暗松了一口气，他觉得狐狸精并不是那么可怕。但常成还是记得奶奶的叮嘱，坚持不让陈丹给他洗脸，不换衣服，不吃不喝。他觉得奶奶肯定不会骗他，陈丹笑得再好看，她也是个狐狸精。

因为太害怕，加上一天不吃不喝造成体内缺水，夜里常成就发起了烧。一会儿火热一会儿冰冷。常成觉得自己快要死了，他咬着牙不让自己喊。奶奶说得没错儿，狐狸精是施了魔法的，这魔法弄得他满身针扎一样疼痛。他只好把头蒙在被子里哭，呼喊妈妈和奶奶，可是她们听不到，他就要死了，可能没人能来救他了。常成把被子都哭得湿透了，是他把爸爸哭醒了吗？爸爸背着他朝什么地方走，爸爸是要把他送回家里了吗？常成觉得终于躺在了妈妈的怀抱里，他抱紧妈妈的脖子，他怕爸爸再把他带走。妈妈的怀抱好温暖，妈妈的怀抱很香，常成不知道妈妈怎么会有这么香的怀抱。他在妈妈的怀里很快就睡着了，睡得很安心。醒来时，常成发现自己竟然躺在狐狸精的怀里。常成挣扎，哭闹，但他很累，没力气挣脱开去，他竟然也是有些舍不得那香香软软的怀抱的。他只哭了一小会儿，很快就又睡过去了。常成在医院了睡了好几天，每次醒来都躺在陈丹的怀里。陈丹给他喂冰糖水，给他吃各种各样好吃的东西，还给他讲好多新鲜的故事。常成不再哭闹，他已经习惯了看那弯弯的眼睛。常成把奶奶的话忘了个干净。

陈丹带常成看电影，游公园，吃冰激凌。陈丹还给常成买了一大盒子兵器，刀枪剑戟一应俱全，常成夜里睡觉手里都握着一把刀。

慢慢地，常成开始在心里喜欢陈丹了。他喜欢闻陈丹那些漂亮衣服上的香味，喜欢看陈丹笑的时候满脸的灿烂，喜欢陈丹摸他的头。陈丹管常成叫小宝贝儿，管常成的爸爸叫大宝贝儿。陈丹的嘴巴一天到晚叽叽喳喳说个没完。妈妈可不是这样的，妈妈不爱讲话，而且老是没完没了地掉眼泪。妈妈的眼泪总是把家弄得像个坟场，把常成的心情弄得沉甸甸的不开心。

唯一让常成不习惯的就是晚上睡觉，在家里是奶奶搂着他睡，在爸爸家里他们却让他一个人睡在小屋子里，好像野兽一样被关在笼子里。他睡不着，就大睁着眼睛想家。有时候爸爸他们的房间会传来一些奇怪的声音，让常成在寂静的夜里提心吊胆。爸爸在吼，陈丹好像在哭在喊，又像是在笑。常成想起奶奶的话，陈丹是狐狸精。对了，故事里说，狐狸精白天是人，晚上才是狐狸精。夜里的狐狸精，会是什么样子呢？

常成终于有一天忍不住了，他手中握了一把剑，无声无息地推开了他们的门。

常成没有看到狐狸精，他看到了他不曾见到过的爸爸和陈丹。两条白色的鱼在床上翻滚，他们奇形怪状的姿势，丑陋得比半山羊村的大黄狗都不如。

常成悄悄退了出来。他没有哭，他溜回到自己床上，却忍不住想吐。半夜里他又发起了高烧，不停地叫喊着含混的话语，但有一句却是清晰无比，也坚定无比。他要回家，他要找妈妈和奶奶。

常成自此再没有见过陈丹。爸爸偶尔回来一次，他总是躲得远远的，他不想看到这个他必须喊爸爸的男人。

少年常成在他十五岁生日那天去放映厅看了一次录像，那些动荡在电视机里的男人和女人的表演，让他终于明白了几年前爸爸和陈丹的行为。常成想哭想喊想对一个人倾诉，那些存储在他记忆深处让他羞愧无比的碎片，突然之间拼接起来，形成一个欲望的黑洞，然后却像一蓬野火那样燃烧起来。

常成前所未有地委屈，常成长到十五岁突然有了诉说的愿望。常成不想回家守着奶奶。奶奶越来越老，奶奶的耳朵有点聋，正常的话都听不明白了。奶奶只会说，作业写完了没得？和人打架没得？饿没得？渴没得？

没得。真的没得。一切都没得。常成真想大声喊出来，常成只想挣脱这一切。

常成放了学不想回家，就独自一个人跑到长江河里扔石头。

长江河里有各种各样的石头，大的小的，胖的瘦的，圆的方的，应有尽有。常成选择了一块刚好同他十五岁的手掌一般大小的红褐色的石块。那方石块一头滚圆一头锋利，握在常成的手心里光滑圆润，犹如从娘胎里带出来的一样让常成受用。常成用这块石头练习投掷，开始是砸向那些大块的像女人身体的石头，后来砸向水草里的小动物，再后来连游动的小鱼也逃不出他的掌心了。

十五岁的常成连睡觉都握着一块石头。上课的时候那块石头就贴着他的身体，慢慢地由凉变暖。

马兰花

马兰花是天王大厦最好的员工，她爱惜天王大厦像爱惜自己的眼睛。真的，同行们都拿马兰花的事情当笑料。她平时不多言，听到客人有指责天王大厦的话，她觉得比指责她的孩子都让她难过。如果有可能，她一定会跟在客人的后面，小声地跟人家解释。那些客人常常拿奇怪的眼光看着她，有一位衣着高贵的女人甚至表情严肃地责问她这么啰唆烦不烦？这让她一天都会沮丧得不行，不知道自己到底做错了什么。

马兰花可真是认真，她可以用自己刚洗干净的工作服擦去廊柱上的一处污痕。又不是自己的家，干吗呢？别的女工问她。可谁说天王大厦不是马兰花的家呢？马兰花热爱天王大厦，热爱这个城市，她已经五年没有回过家乡了。

马兰花在天王大厦负责大厅、公共卫生间和电梯间的保洁。马兰花只是一个保洁工，可在她的内心里她是这座大厦的主人。马兰花有时也帮助客人做一点别的什么，但是她拒绝小费。客人扔下的一些不要的报纸和杂志，她会细心地收起来。马兰花高中毕业，是属于把深圳的平均受教育程度拉下来的那种人，可这用来读书看报却是足够了。马兰花喜欢杂志，她每个月都会去报亭买一本《读者》，上面都是教人立志的文章。她不喜欢《妇女生活》，那些炫耀幸福或者卖弄苦难的故事，让她觉得生活要么是充满谎言要么是灰暗无比。曾经有一位女客人丢下几本厚厚的《时尚》杂志，马兰花爱不释手，翻看了无数遍，许多个空闲的时间都是那几本杂志陪她度过的。

马兰花喜欢一切华丽的东西。商务层电梯口的小桌子上每天都放有水果，那些艳丽的青的红的苹果装在一个阔大的水晶盘子里，圆圆满满，是活生生的华美。马兰花每次看见了，内心就有一种快乐到眩晕的感觉。常常有员工利用空闲的时候偷偷吃一个。马兰花从来舍不得吃，看着比吃下去受用多了。那苹果是摆给住宿的客人们吃的，他们每取走一个，就取走一份华丽，一片灿然的好心情。若是那盘子空了，姿色也就褪尽了。马兰花想一想，她的心会有一种失落感。

马兰花早已经从天王大厦的员工宿舍搬出去了，她不惜花一百块钱租了一间地下室的储物间。她每天上下班要走好长一段路到自己的小屋。小屋有时会让马兰花热泪盈眶，它让马兰花在这个城市有了一种归属感。她用廉价的装饰物把她的小屋装点得七彩斑斓，温馨无比。

马兰花每天下班要换两次衣服，先是脱去工作服换上一套普通的便装，她顾不得和人说话，不肯为任何事浪费一分钟，匆匆地离开。回到她的小屋，她把自己彻底地清洗一遍，大厦的痕迹像她脱掉的衣服那样褪了下去。这时，她就换上了自己最喜欢的衣服。虽然马兰花从来都不富裕，可马兰花总是舍得给自己买她能买得起的最阔气的衣服。

马兰花换了衣服，给自己化一个合适的淡妆，再出来，像是变了一个人。气定神闲地穿过小区，步入她熟悉的城市，随意的目光任性地打量着周遭，那种有根底的感觉，几乎有一点贵族的傲慢散漫和浪漫。马兰花喜欢这样徐徐地走，已经五年了，她每天都要这样慢慢地走出去，再走回来。这样的走不是学来的，很多人在城市学了一辈子都学不来，这是用心养出来的。马兰花几乎每天都要去一个茶馆，她在那个茶馆里，找一个安静的位置坐下来，熟练地看着茶谱。她任服务小姐站在她的旁边等待她，让她享受微笑和虔诚的服务。最后她只要一杯果汁或者一杯柠檬茶。她让那杯饮料陪她坐上两个小时，神情安然笃定。

那天马兰花要了一杯绿茶，她在绿茵茵的茶烟里进入冥想。马兰花甚至做起了一场白日梦，她梦到她的脚下开满了鲜花，草地把天空都染绿了。

背景准备好，马兰花和丈夫常村便相逢了。

马兰花今天穿得极为朴素，宝蓝色的短袖 T 恤，白色的休闲长裤，白色的平底儿旅行鞋。带着些许忧伤的脸上仿佛是不施脂粉的，头发只用一跟簪子轻轻地绾了。马兰花是夜间静悄悄绽放的一朵兰花儿！

常村看她的目光好陌生啊，他怎么都想不出，他曾经和眼前这个女人生活过很多年，常村的眼睛里差不多都生出敬畏来了。

马兰花不要敬畏，她要的是亲，是守护。马兰花的举止是安静的，安静到像在天王大厦做那些细小的事情。她的内心却是尖叫着的，她下了决心要撕破脸同常村闹一回，她要找回属于自己的东西。她想告诉这个令他日思夜想的男人一句话，她喜欢他，她第一次看到他就喜欢上了他，她马兰花是因为喜欢才嫁给他的啊。常村不是说他们俩没有爱情吗，喜欢与爱情，相差有多远呢？

马兰花终归没有喊出她想要说的话，他们的周围游走着太多的人，马兰花看不清楚他们，听不到他们的声音。可他们却看着她，她觉得他们能听得到她说的每一句话。她不敢当着这么多人说出心底的秘密，更何况是关于爱。他们也许会看耍猴一样地围过来，这样太丢脸了。马兰花突然发现丈夫老了，头发稀疏了，脸上生出了皱纹。才几年不见，这种老的速度让她心痛。这个记忆里永远无所畏惧的男人被时光打得破败不堪。他看着马兰花，眼睛里竟然盛满了无助。

马兰花哭了，她发出了令人惊讶的声音，她已经很久不这样说话了。她说，我想和你回家去，我们不能再这么过下去！

常村的声音很小，但他说出的话却很坚定。常村说，我不能和你回家了，我在城里有家，更何况我有陈丹，我们之间有爱情。他说，马兰花，有爱情的人怎么能分离呢？

马兰花说，那我就杀了陈丹！

常村说，你不能杀陈丹，你杀了陈丹我杀了你！

马兰花说，那就大家一起死吧。

马兰花说完真的从包里掏出一把半尺长的水果刀，刀的光芒在阳光下熠熠生辉，把两个人都埋在光照之中。

马兰花的眼睛有一瞬间什么都看不见了，她听到一只小鸟在耳边欢快地叫，睁开眼，却有一个小小的女孩花蝴蝶一样地飘过来。她大约有三岁，一边喊着爸爸，一边趔趄地跑。常村朝她迎过去，常村的脸不知什么时候淌满了泪水。

阳光。

眼泪。

鲜花。

草地。

一个满脸胡须线条生硬的大男人抱住一个肉虫子一样柔软的小女孩。

突然之间，马兰花醒了过来。坐在茶馆里的马兰花常常回想这样一个让她伤心欲绝而又心生感动的梦，她总要想上好久才从梦里猝然惊醒。那其实不是梦，是她不堪回首的往事。

马兰花三年前最后一次见到丈夫常村时突然就明白了一件事情，她要找回的不是一个形同虚设的丈夫，她想要的是属于她的、同陈丹得到的一样的爱情。

马兰花不再恨那个叫常村的男人了，也许她从来就没有恨过。那男人俊气的眼睛里有一片忧郁的云，那种飘忽让她心动。她用了七年的时间打捞那片云，可那片云彩终归是飘向了别处。他们一起过了七年，常村不曾牵过她的手，常村甚至不曾看过她的眼睛。常村走了，马兰花喜欢他的那份心思永远没有人也不需要有人知道了！

马兰花坐在茶馆里喝茶的时候，偶尔也会有人坐过来和她聊两句。马兰花礼貌地微笑着，眼睛只是盯着那杯茶。一个人来了，又走了。又是一个人。天气啊，时装秀啊，俄罗斯马戏团啊。那些人把她当成一个有钱的女人，还会有人把她当作有闲的女人，但他们中间肯定没有任何一个人想过——这个奇怪的女人是用她全部的收入来维持这杯茶，和这种喝茶的姿态的。从半山羊村走出来的女人马兰花，坐在繁华都市的茶馆里。她想着一个几乎所有的女人都渴望的问题。茶凉了热，热了又凉。而马兰花的情感，却一直恒温着。

马兰花不管别人会怎么说，怎么想，怎么看，她一如既往地喝着每天的这杯茶。她用全部力量期待着，总有那么一天，一个懂她的人会坐过来，看着她的眼睛，或者牵了她的手走到外面的草地上去。那个人说，你马兰花就是我一生要寻找的爱人。

那样的爱可以是一年，可以是一天，可以是一秒钟，但足以让马兰花用生命交换。

常村

常村的孝敬是出了名的。半山羊的女人骂自己儿子时都会说，跟人家常村比一比啊，有人家的百分之一就够了！这百分之一是多少，半山羊的女人大部分不明白，但她们全都明白常村的孝敬有多深。常村的母亲出了门，半山羊的女人见了她就会恭维她，你真是没白煎熬，养出了这么一个有本事又孝敬的儿子。

常村有好多次都想把母亲和儿子接到城里去住。儿子死活不肯，母亲更是不领那个情。常村给母亲造了大屋，买了席梦思床和沙发，买了洗衣机电风扇，买了细米白面，买了洗头膏沐浴液。常村想让母亲过上舒心的日子。常村每个月给母亲五百块钱，加上马兰花每个月寄回的三百元，一个老人和一个孩子，应该够了。但母亲想的却不是这些，母亲觉得她活了一大把年纪，却做了对不起人的事。这个事与儿子有关，与马兰花也有关。她把马兰花寄回的钱一分不少地给她存起来，那是个好女人，也是个可怜的女人，这屋子和屋子里的东西都是她的。让她不明白的是，家里什么都不缺，她为什么不能回家来过日子呢？母亲把儿子送回来的钱也是能省下一个是一个，花开没有百日红，哪一天光景不好了谁又敢保证过啥日子呢！奶奶给孙子的零用钱从来没有超过五块钱。她想不起来小孩子能花什么钱，他爸爸那会儿可是连一毛钱都没有！

常成是很听话的孩子，他在学校里功课很好，从来不让奶奶操心。奶奶给常成的五块钱总是乖乖地待在他口袋里。那是爸爸的钱，爸爸现在和他们不是一家人了，他是和那个被半山羊的人说得很污糟的叫陈丹的女人一家。他们有孩子。常成不是他们的孩子，常成恨他们，他们做下的事肮脏不堪，根本经不起嘴说，他们还逼走了妈妈。常成想他高中毕业就去工作，把妈妈找回来，他要用他自己挣的钱养活妈妈和奶奶。

常村并不知道儿子想什么，常村也不想知道。常村对儿子没有过多的苛求，听话，不给他惹事，平平安安地长大。儿子总算是个省心的孩子，长到十六岁了，从来没向他提过任何要求。常村内心是爱着儿子的，常村只是不满意儿子看见他时的眼神和态度。每次看见他回来，他总会像个影子似的躲开，勉强在一起吃饭也像个哑葫芦，连屁都不放一个。这孩子越来越像他妈，什么都闷在心里。这样的人，将来怎么会有出息。

常村不喜欢儿子的性格，常村回家的次数也越来越少了。

只有回到城里的家，常村才会长长地松一口气。他身边的那个女人可以让他松弛，她从不会鸡零狗碎地哭闹，她甚至连婚姻都懒得向他讨要。这个叫陈丹的女人，终归是个单纯的好女人。

陈丹还是那样的爱笑，好像从来不懂得发愁。陈丹没生孩子的时候天天变着法子设计常村，把丈夫弄得像个城市的新贵。有了孩子她就成了孩子的设计师，她给孩子报了无数个学习班，女儿会说英语，会跳舞会唱歌，会弹钢琴抓古筝，而且大字写得也像模像样了。陈丹现在全部的理想就是培养一个全能的女儿，她准备让女儿念完小学就送到国外去，而且自己陪着去。陈丹知道，她的所有的愿望常村都会让她实现。

有时候，陈丹半夜醒来，看见常村还大睁着眼睛。她说，你怎么还没睡啊，有什么事儿吗？

常村说，没事儿，你睡吧！

日子这么好，能有什么事呢？陈丹想一会，又安心地睡着了。可常村怎么能没事呢？母亲老了，终归要接到城里养老。儿子也渐渐长大了，总是也要进城来吧。还有至今没有办离婚的前妻，始终是他心里化不开的一块硬结。想起来堵得慌，摸起来隐隐的痛。

有一天晚上常村在梦中把自己哭醒，他梦到儿子常成拉着板车给人家送水，少年的脊梁被沉重的车子压得几近弯曲。常村的眼泪忍不住哗哗地流，他这么些年拼下来，不就是为了孩子不再像他一样拉车吗？怎么孩子还在拉车呢？常村不知道自己怎么总是做这些伤心的梦，他最近越来越爱伤感了。秋天来了，他看到叶落草黄北雁南飞，眼睛总是潮湿着。走在路上，看到收废品的老汉捧着一只馒头贪婪地吃，他的泪水会莫名其妙地滑落。他给一家大公司供了三年水，从来没见过老总。有一天他去续签合同，碰巧老总从里面走出来。猜到底也不过三十来岁，西装革履，意气风发，脸上虽然挂着一成不变的谦虚的微笑，但那种世袭的尊贵却是三百年前就定制好的。这样一张脸，大抵不会为眼前的荣华张狂半分，即便到了穷途末路也不会丧失分毫尊严吧。常村回到家，把自己关进屋子里，他想不出自己有什么好难过的地方，却是为了在别人的镜子里照见自己而结结实实地哭了一场。

做水的这个行业竞争越来越激烈，一天不打拼就会失去一块地盘。常村现在面临着两种选择，要么加盟名牌企业，要么破釜沉舟创新牌子。加盟省心，可只能跟在别人的屁股后面转，利润小而且没有一点自主权。若是创一个新牌子，风险更大。策划、广告、营销这些前期的费用，把他全部的资金投进去都不够。这一个又一个的难题，怎么能让常村睡得着。有时候勉强睡着一会儿，梦里也总是挤满了心事。

回到半山羊村，常村会很悠闲地把手背在身后，一副成功人士的稳妥。而回到城市里，他就会搓着手，每天夹着猪皮公文包进进出出，打躬作揖求爷爷告奶奶。他觉得自己简直就像一个托钵僧在沿街乞讨。他也想让自己脸上堆满谦逊的笑，可他知道，那不是钱能够解决的问题。

张辉煌

半山羊镇初中二年级的学生张辉煌在长江河边遇到了初中三年级的学长常成。

张辉煌出现在长江河边的时候看起来很不景气，甚至有点失魂落魄。张辉煌的举止让常成认定他是想自杀，他的心里有点紧张。

去年就有一个初三的学生因为抑郁而开煤气自杀。那学生的爸妈在北京打工，回来哭得一死一活的。

常成是个有同情心的孩子，常成可不想看见张辉煌的爸妈从什么地方回来哭得一死一活的。常成说，嘿，兄弟，有什么想不开啊！可千万别跟自己的命过不去。

常成虽然内心很紧张，但故意把自己弄得很轻松。

张辉煌略带警惕地看了他一眼，说，扯！只是有点烦心，还不至于死吧。

常成已经走近了张辉煌。常成非常真诚地说，兄弟有啥烦心事，能说出来听听吗？

张辉煌说，说啥，烦就是烦呗！

常成无助地把他的石头从兜里掏出来，从左手拍到右手上，又从右手拍到左手上。兄弟，还是说出来看我能不能帮你。

扯！还不是欠了网吧八块钱，这算个啥事儿吗？妈的，最烦心的就是被猪头老板给扔出来了。

你可别再犯傻，大家都知道那是家黑心店，我劝你还是不要去了。

扯！管他黑还是红。你说人活着啥意思？扯！不能上网还真不如死了算毬！

常成摸了摸口袋里的五块钱。常成说，家里没人管你？

扯！我爸妈都在东莞，见他们一次比见阎王都难！他们把我甩给姑姑就不管了。扯！我姑姑一天就给两块钱。扯！我去网吧我姑父揪住就揍我。扯！我将来有了钱第一件事就开个网吧，扯！一气儿玩他个七七四十九天！

壮实的张辉煌说到愤怒处，突然弯腰搬起一块大石头砸向水中。水面立即绽开了巨大的水花，溅起的水珠弄了两个人一头一脸。

张辉煌抹了一把头脸上的水说，扯！狗日的，不能上网还真不如死了算毬！

常成把手里的石头扔得老高，然后轻轻地接住。别，兄弟，好死不如赖活着，你要是死了咱兄弟不是无缘在这见面了？

张辉煌这才认真地打量起了常成，他看了看常成的脸说，那哥哥你这时候到这儿，是不是也有啥烦心事？

常成迟疑了一下才说，我也需要钱。

不能跟你爸妈要吗？

常成用他的巴掌石用力劈断一棵水草，说，我没有爸妈。我只有一个奶奶。

你爸妈是不是死了？你是孤儿吗？

我只有一个奶奶！常成这样说的时候眼前突然现出了妈妈的脸。他已经五年没见到妈妈了，每到逢年过节，他总是想着妈妈会突然回来。妈妈那张温暖的脸，已经变成一些粗糙的细节，像FLASH一样在眼前晃来晃去，让他想哭又想吐。

奶奶不给你钱吗？

常成叹了一口气说，我奶奶啊，她只认识五块钱！

常成细高挑儿，张辉煌矮墩墩的。两个人逆着快要落下去的太阳光，一高一低地坐在河岸上，像一对与爸爸妈妈走散的熊崽。两只熊崽越来靠得越近，说出的话也越来越江湖，大有相见恨晚的样子。

张辉煌的心情渐渐好了起来。也许两个不幸的人相遇，会抵消彼此的不幸，正像两个幸福的人相遇会冲淡彼此的幸福一样。

张辉煌说，扯！看起来哥比我过得还灰。

河面一瞬间安静得让人惊慌。常成抬脚踩向一块石头。大石头带起了小石头，骨碌碌跌进河里，像一群顽皮的跳水的孩子。张辉煌说，扯！要不我陪哥到镇上散散心去？

常成点头接受，常成站起来的时候把张辉煌也拉起来。常成说，走！兄弟。

孤独的常成觉得张辉煌的出现，简直是老天爷给自己派过来安慰他的。

两个少年在镇子上转了一圈，常成用他口袋里的五块钱买了两个烧饼夹肉，吃完了又一起去看了一场录像。那天晚上的录像没有女人，但是打得挺过瘾的，一群看起来比他们大不了几岁的好汉，杀人如麻，飞檐走壁，无所不能。让两个少年看得精神大长，忘记了忧愁。

常成回到家，给奶奶谎称在学校补课，这是他第一次对奶奶说谎。他埋头吃完了奶奶留给他的饭菜。奶奶正在看电视，声音开得半个村子都听得到，中央十套一个什么栏目正在讲述一桩抢劫杀人案。

常成时不时地瞄一眼电视。常成想，跟电视剧里那些英雄比起来，这些个罪犯笨得像猪，被捉一百次都活该！

常成和张辉煌第二天又在长江河相遇。他们没有相约，却在同一时间从不同的方向走到一起。

张辉煌说，哥哥，咱俩索性就在这结拜了吧哥，有福同享有难同当！

常成说，好兄弟，正合我意！

两个人以手代替碗盏，以水代酒，严格依照电视剧里的那一套程序完成了结拜。

常成

常成第一次主动跟奶奶要了五块钱。常成说，学校让买学习资料。常成这是第二次说谎，但他说得比上一次更镇定。奶奶知道，常成的学费书本费是开学一次交清的。学校发的作业本都被孩子们撕下来叠飞机了。常成是副班长，常成从来不撕本子，也不在上面乱涂乱画。常成的书本作业本从头到尾都干干净净规规矩矩，老师常常把常成的作业本拿出来展览，让同学们学习。总之，常成在家是个好孩子，在学校是个好学生，这点奶奶是非常放心的。

常成拿了钱去找张辉煌。之前，张辉煌已经请常成吃过两次烧饼夹肉。俩人不声不响地在一个小饭店坐下，张辉煌看到常成从口袋里捻出五块钱，仔细摊开铺在桌子上。他欢喜地说，哥，要不弄点烧酒到河边喝去？

常成用五块钱买了半斤劣质烧酒和几个小菜，一前一后去了长江河。在路上，张辉煌顺便到人家的菜园子里偷了两根黄瓜和几个西红柿。他到的时候，常成已经在河边的一块石头上摆好了酒菜。

他们就着小菜，埋头喝着烧酒。酒瓶在两只油腻的手中递来递去，每传递一次俩人的脸就红一成，感情也加深一层。最后，常成一仰脖子，把酒瓶子里的酒全部喝了下去。

空酒瓶画了一个弧线，跌落在长江河里的石头上，发出清脆的爆响。

常成是第一次喝烈酒，常成明亮的眼睛因为喝酒而变得通红。常成拿血红的眼珠子瞪着张辉煌。常成说，我得想办法弄到钱，要不我会死。

张辉煌说，扯他娘的蛋，哥，要不咱去抢吧！

张辉煌舌头已经大了，话说得含含糊糊的。张辉煌说完就睡着了，张着大嘴很狰狞地睡着了。常成没睡。常成心里有点害怕，他知道自己不能醉着回家。他跑到水边，用手搅进喉咙里，吐了个天昏地暗。然后用凉水洗了脸，坐在张辉煌身边看着他睡了大概一节课的样子，才把他推醒。常成说，该下课了，回家去睡吧！他搀扶着张辉煌站起来，晃晃悠悠地回家去了。

常成仍旧每天到长江河边扔石头，可他已经四天没有等到张辉煌了。常成想，这样敢说大话的人，往往都是孬种，喜欢叫的狗不咬人。唉，往后见了就只当作不认识行了。

张辉煌是在第五天在河边出现的。张辉煌一看到常成，就从怀里摸出一把半尺长的刀来。张辉煌说，哥，我攒了五天钱才买了这把刀。

常成看了看那把刀，用拇指试了试刀锋，把它塞回张辉煌的怀里，他只是使劲拍了拍张辉煌的肩膀，千言万语都在那里面了。

两个人沿着河堤朝大路的方向走去。

常成和张辉煌顺着大路朝镇子相反的方向走，走了两三公里的样子才停下来。两个人始终没说一句话，就那么傻傻地站着。常成的个儿疯长，却细了吧唧像棵豆芽，因为走了太远的路，整个都弯下来了。矮壮的张辉煌，却因为走路变得满面红光神采奕奕。俩人都不知道对方心里想的是什么，却自始至终都没有一句话。

天差不多黑下来的时候有一辆空驶的出租车朝镇子的方向开过来。车子快开过去的刹那间，常成果断地打了手势。

出租车在刺耳的刹车声里停下来，司机伸出头说，起步价三块。

常成在前面张辉煌在后面，俩人刚刚拉开车门坐下，车子便带着巨大的噪声驶出去。车门无法关闭严紧，带动得风的声音像哨子一样呜呜响起来。

常成想，这的哥开车的时间大概不会超过三个月，在对他们耍酷。张辉煌拍了拍破旧的车垫说，扯！还有这么破的车！

司机看都没看他们一眼，十分无耻地笑着。他经常拉这样的孩子，父母都在城里当孙子，留他们在家当大爷。他说，两位哥委屈一下，车是破了点，可总比站路边舒服嘛！

常成在侧面打量了一下这个家伙，怕也就是二十来岁的样子。

说话间已经跑了一公里多，常成这时对坐在司机座后的张辉煌使了个眼色，常成说，不好，我肚子吃坏了，怕是要拉稀。大哥停下来让我方便一下。说着真的放出一个臭屁。

那司机把车停住，用手捂着鼻子不耐烦地说，你怎么这么多事啊？你们只能下去一个。对了，你们有没有钱啊？

常成一边假意拉车门一边用腿使劲顶了一下张辉煌。张辉煌刚才看见常成的眼色就已经心中有数了。他从怀里掏出一样东西朝司机说，扯！老子别的没有，有的是钱！根本没等那家伙看清楚什么，刀子已准确地抵住了喉咙。张辉煌的那个动作做得太漂亮了，干净利索，一只手握着刀子，另一只胳膊紧紧地夹住了敌人的脖子。这样的场面比在电视里看的精彩多了。张辉煌终于有了一次实战的机会，他激动得满面通红。

常成扑过去按住了司机的头，常成说，我们要钱！

发生的事情迅捷无比，司机被突然的变故吓得差不多要昏过去，司机说，我没钱，救命啊！

常成用力按住他的头说，别喊，我们只要钱！

司机说，我没有钱，救命啊！司机的声音大了起来，脖子上暴起了青筋，突突地跳着。局面出现了短暂的僵持。张辉煌说，扯！你到底要钱还是要命？他的刀背深深地逼进了脖子上的肉里，但没有划破。司机憋足一口气，猛地挣扎起来，刀子在他的脖子上划破了一层皮，血流了出来。司机看见血，以为他们是要杀死他，更加拼了命地朝外挣去，两个人都按不住。在这个时候，卡在脖子上的刀子突然断掉了。断掉的刀片从司机脖子上弹起来，打到车的顶棚又落下来，发出铮响。

张辉煌发呆的一瞬间，司机竟然挣扎着拉开了车门。常成反应很快，从口袋里掏出他的石头猛地朝他头上砸过去。这么大的目标比起砸一条鱼容易一百倍，可是张辉煌和那条鱼搅和在一起，影响了常成的正常发挥。司机的头开了一个洞，血猛地涌出来，但司机还是拼了命往外冲。常成都有些傻了，带着两处这么大的伤，这个司机却竟然能挣脱他们，英勇非凡地冲了出去。

常成几乎是在瞬间就追了过去，如果是在百米赛场，这瞬间将会是一个无法追赶的距离。可那前边奔逃的毕竟是被满头满脸的热血纠缠着的人，他跑得越来越慢。常成一边追一边喊，站住，咱们商量商量。常成跑了不到十米就把他按住了，常成其实也已经没力气了，常成用了最后的力气抱住了司机的后腰。常成用央求的口气说，别跑了，咱们商量商量，你给我钱好吧？

司机哭喊着被常成压在身下，司机说，我没有钱，来人啊，救命啊！

常成把司机的嘴摁在地上。常成说，别喊，你得给我钱！

我没有钱。救命啊！

常成说，你有钱，你得给我钱！我得拿钱去找我妈！再见不到我妈我会死！常成说到死突然就哭起来，他仿佛看到妈妈在前面向他招手。常成的身体里有一团燃烧的火，他就要被那股烈焰烧死。妈妈的怀抱是一潭清水，投到妈妈的怀抱里他身体里的火会顷刻熄灭。

常成的泪滚滚地流下，比身下的受伤者的血流得还汹涌。

来人啊，救命啊！

天已经完全黑了，这条山区的乡间公路上连鸟都没有飞过一个，这个司机不屈的喊叫却把常成吓得心惊肉跳。

常成说，你别喊，求你了，给我钱，我只要两百元，一百元也行。我得去见我妈，等我找到我妈回来，我会把钱还给你。

救命啊！

你给我钱！

救命啊！

别喊，咱们商量商量，你只要给我一百块钱！

我没有钱，救命啊——！

常成再次摁紧他的嘴。不许喊，连你都欺负我，你怎么会没钱？常成一边哭，一边用手中的石头朝他的头上砸下去。你怎么会没钱！谁让你没有钱！没有钱我怎么办啊？

常成砸到二十下的时候，张辉煌说，停！张辉煌一直在旁边数着。张辉煌说，扯！别砸了，已经死了，你都砸了二十下了，哥把他的头当成蒜臼了吧。

张辉煌又说，扯，别哭了！赶紧收拾收拾，咱还得赶回去上课哩！

常成抬起头看看张辉煌，又看看身下的司机，突然不哭了。

常成和张辉煌一起把司机翻到了路边的山沟里。他们翻遍了司机的口袋和工具箱，连后备厢都找遍了，除了口袋有一部破手机，真的一分钱都没有找到。

张辉煌这回不扯了。张辉煌说，哥，这个司机没有说谎。

张辉煌说完，脱下自己的外套把车里车外仔细地擦了一遍，又找到那半截刀子，确信没有落下什么，才拉着常成的手朝长江河的方向走去。

张辉煌心里还是有些遗憾，虽然整个过程都像电视里的套路，出手利索不落痕迹。但他精心挑选的刀子，毕竟有些让他失望。

奶奶

一连好几天，常成都没有去长江河。常成放了学就回家安静地做作业。奶奶边看电视，边当着编外评论员。奶奶说，这谁这么缺德啊，把人家出租车司机给砸死了，这人家一家人老的老小的小可怎么过啊！

奶奶说，成子你晚上放学可要小心，杀人犯真狠啊，杀个人跟杀个鸡子一样！

常成看看奶奶，又看看电视，然后又埋头写自己的作业。后来他对着电视发了好一阵子呆，不知道是对奶奶还是对自己喃喃地说，出租车司机怎么会没有钱呢？

马兰花

马兰花仍然端坐在深圳一间茶馆里喝茶，她今天要的是一杯柠檬红茶，虽然是最便宜的一种，但便宜得很得体，绝不会让喝茶的人显得寒酸。

马兰花喝茶的那一刻，目光温柔动人，甚至洋溢着愉快的光彩。怀着期待的女人都会是这样的。上帝在某个地方看着她们，她们的期待会因为虔敬而显得非常庄严。

马兰花有很多时候会恍惚到幸福，她其实已经很满足现在的生活。她尊贵地生活在这样一个城市里，她有一份做得很好的工作，她每天还可以让别人看到她在悠闲地喝茶。

马兰花坐足了两个小时，她喝最后一口茶的时候，把茶包也喝进了嘴里。她用力地咂了一下嘴，然后用细嫩的拇指和食指把茶包捏出来，丢进桌子上的茶洗里。

图书在版编目 (CIP) 数据

挂职笔记 / 邵丽著. — 北京 : 北京十月文艺出版社，2017.9

ISBN 978-7-5302-1707-8

Ⅰ. ①挂… Ⅱ. ①邵… Ⅲ. ①短篇小说—小说集—中国—当代 Ⅳ. ① I247.7

中国版本图书馆 CIP 数据核字 (2017) 第 195605 号

挂职笔记
GUAZHI BIJI
邵 丽 著

出 版 北京出版集团公司
北京十月文艺出版社
地 址 北京北三环中路 6 号
邮 编 100120
网 址 www.bph.com.cn
发 行 新经典发行有限公司
电话 (010) 68423599
经 销 新华书店
印 刷 北京盛通印刷股份有限公司
版 次 2017 年 9 月第 1 版
2017 年 9 月第 1 次印刷
开 本 880 毫米 ×1230 毫米 1/32
印 张 11.375
字 数 234 千字
书 号 ISBN 978-7-5302-1707-8
定 价 36.00 元
质量监督电话 010-58572393
如有印装质量问题，由本社负责调换。